정신과 의사를 만났습니다

정신과 의사를 만났습니다

하버드 의대 정신의학과 레지던트 성장기

애덤 스턴 지음 | 박귀옥 옮김

홍익출판 미디어그룹

차
례

나는 우연히 발밑을 내려다봤을 때 지구 밖으로 내 몸이 솟구치는 중임을 깨닫는 꿈을 밤마다 반복해서 꾼다. 그 꿈은 무척 신나면서도 한편으로는 무섭다. 내 몸이 어떻게 공중에 떴는지 알 수 없지만 발밑을 내려다보는 순간 내 몸을 위로 올리는 힘이 사그라진다.

그래서 중력이 나를 지구로 당겨 끔찍한 사고로 이어지기 전에 계속해서 내 몸을 위로 움직일 방법을 찾아내야 한다. 가끔 지구로 떨어지기 시작하자마자 잠이 깨기도 하지만, 어떨 때는 뜻밖의 해결책을 찾는 것으로 꿈이 마무리되기도 한다.

그중 가장 편안한 결말은 주위를 둘러봤을 때 나 혼자가 아님을 깨닫는 것이다. 내 바로 옆에 다른 사람이 같이 떠있는 것을 발견하면 공포감은 여전히 조금 남아 있더라도 더 잘 이겨 낼 수 있고, 그 사람과 함께 해결책을 찾을 수 있을지도 모른다.

깨어 있는 현실도 이와 비슷하다고 생각한다. 나는 인간관계의 가치를 가장 핵심적인 내용으로 배우는 정신과 의사가 되었다. 정신의학과는 환자가 눈앞에 놓인 역경을 이겨 내고 자신에게 가장 이상적인 결말이 무엇인지 찾고, 거기에 도달하도록 도움을 주는 의학이다.

이 분야는 기본적으로 따로 떨어져 있는 것보다 같이 있을 때 더 큰 힘을 발휘한다고 생각한다. 정신과 의사는 사람들이 침체되어 있을 때 벗어나도록 도와주고, 그들이 무너져 갈 때 부축하도록 훈련받는다.

우리는 보고 듣고 느끼는 일상의 삶이 거대한 내면세계에 비하면 작은 조각에 지나지 않는다는 것을 하나하나의 경험을 통해 배워 나간다. 인간의 정신은 불안정한 자신을 바로잡는 복잡한 문제를 해결하느라 집중되어 있기 때문에 겉으로 드러나는 자기 자신에 대해 잘못 판단하는 경우가 있다. 정신과 의사는 이런 사람들의 감춰진 부분을 밝히는 데 도움을 주기 위해 노력한다.

아무리 정신과 의사라도 살면서 이런 숙제에 직면하는 것은 똑같다. 나는 인간의 본질에 관한 전문가가 되고 싶어 이 분야를 선택했지만, 가끔 나 자신도 간신히 추스르고 있다는 생각이 들 때면 스스로 평정심을 유지할 방법을 찾아야만 한다. 그런 때는 나 자신의 삶의 무게도 견디기 힘든 와중에 어떻게 환자를 위해 정서적인 조력자로 성장할 수 있을지 눈앞이 캄캄해진다.

뉴욕 북부의 주립 의과대학 출신인 내가 세계적인 명문인 하버드 의과대학에서 레지던트 과정을 수련하게 되었을 때, 다른 사람들은 대단히 명석하고 뛰어난데 나 혼자만 거기에 어울리지 않는다고 생각했다. 마치 내가 신분을 속인 사기꾼이 된 기분이 들었다.

위에서 말한 내 꿈이 실제 삶에서도 실현되고 있지만, 아직 결말이 어떻게 날지는 나도 알 수가 없었다. 내가 미국 최고의 레지던트 과정으로 날아들었다는 사실을 깨달은 상태에서 과연 지구로 다시 떨어지는 결론을 피할 시나리오가 있을까?

이 책은 내가 그곳에서 4년 동안 동료들과 함께 훌륭한 교수님들의 지도를 받으며 어떻게 성장해 갔는지 보여 준다. 그리고 정신과 의사 수련 중에 예상하지 못한 난관들을 어떻게 동료들과 힘을 합쳐 헤쳐 나갔는지도 이야기한다.

치료 과정에서 오히려 우리를 깨닫게 했던 환자들이 그랬던 것처럼, 나와 내 동료들도 변화해 갔고 더 성장하기 위해 분투했다. 우리는 함께 실패의 의미를 배웠고, 성공의 소중함을 깨달았다. 갑자기 한배를 타게 되면서 하나가 된 우리들은 우리 자신이나 환자와 소통한다는 것이 어떤 의미인지 배워 나갔다. 흔들릴 때도 많았지만, 우리는 결국 전진하는 방법을 함께 찾아냈다.

1년 차

1

롱우드에서의 시작

방 안은 어두컴컴했다. 축 늘어진 커튼 사이로 창밖의 거리에서 달려온 불빛이 새어 들 뿐이었다. 지금 내가 있는 곳은 보스턴 지역으로, 이곳에는 하버드 의대를 비롯해서 유명한 병원들이 위치해 있었다. 나는 하버드 메디컬 캠퍼스의 정신의학과 보호병동에 있는 어느 환자의 병실에 들어섰다.

혈관으로 아드레날린이 마구 분출되는 것 같았지만, 나는 그 방에 들어선 이상 애써 침착하고자 했다. 세 명의 경비원이 나를 둘러싸고 있었다. 나는 정신병으로 입원한 스무 살 남짓한 청년을 찬찬히 바라보았다. 그의 현실은 세상과 동떨어져 있었다. 본능과 두려움이 그를 180센티미터 높이의 서랍장 위로 올라가게 만들곤 했다. 그는 공포로 경직된 채 서랍장 끄트머리에 걸터앉아 있었다.

"내려오세요. 저희는 당신을 도와드리러 왔어요."

내가 차분하게 말을 건네자, 그가 대꾸했다.

"당신 에이전트지? 악마들의 CIA 에이전트!"

나는 더욱 부드럽게 타일렀다.

"제발 내려오셔야 합니……."

내가 말을 끝내기도 전에 그가 갑자기 우리를 향해 뛰어내렸다. 쿵 소리가 나긴 했지만, 경비원 두 명이 공중에서 그를 재빨리 붙잡아 바닥으로 안전하게 제압했다. 경비원들이 그를 붙잡고 있는 동안 간호사가 들어와 그의 엉덩이에 진정제를 주사했다. 그녀는 방에 들어설 때부터 주사할 준비를 해두고 있었다.

"상황이 이렇게 되어 미안해요."

나는 바닥에 무릎을 꿇고 그와 눈을 마주치려고 노력하면서 말했다.

"앞으로 같이 해결해 나갑시다."

직원들이 그를 격리실로 데려갔다. 긴급한 안전 문제 발생 시 강제 치료가 가능하다는 매사추세츠의 주법과 의료 규정에 따라 그는 침대 기둥에 단단히 결박을 당했다. 나는 조금 거리를 두고 그가 침대에 묶이는 모습을 지켜보았다. 그때 누군가 내 옆으로 다가왔다. 아까 그 간호사였다.

"처음이시죠? 곧 적응되실 거예요."

"적응하고 싶은지 아닌지 저도 잘 모르겠습니다."

"그래도 지금 당장 주어진 일인데 어쩌겠어요. 서두르셔야 해요, 선생님. 서류가 산더미같이 쌓여 있어요. 환자 세 명의 입원 심사도 대기 중이고요."

한 달 전의 일이다. 그때 나는 엘리아나와 함께 하버드대학에 와
있었다.

"이런 곳에 와본 적 있어?"

나는 깜짝 놀란 아이처럼 그녀에게 물었다. 엘리아나가 압도적인
주변 광경에 정신을 차리려는 듯 잠시 멈추었다가 고개를 저으며
말했다.

"이런 곳은 어디에도 없을 거야."

그렇게 말하며, 그녀가 내 목에 걸려 가슴까지 내려와 있는 하버
드 신분증에 시선을 멈추었다. 내가 어색하게 웃으며 말했다.

"내 이름 옆에 하버드란 명칭이 너무 부담스러워."

"넌 원래 똑똑한 사람이니까 괜찮아."

나는 계속해서 하버드 의과대학의 캠퍼스 중앙을 훑어보았다. 여
기는 나보다 훨씬 똑똑한 사람들에게나 어울릴 텐데……. 보스턴
지역의 시민들은 이곳 캠퍼스와 주변 기관을 통틀어 '의학의 성지'
로 부른다. 특히 베스 이스라엘 디코니스 메디컬센터Beth Israel Dea-
coness Medical Center, 브링햄&여성병원Bringham and Women's Hospital,
보스턴 아동병원Boston Children's Hospital, 다나 파버 암 센터Dana Far-
ber Cancer Institute 등 굴지의 의료시설들이 다섯 블록 반경 안에 모두
모여 있다.

이곳은 생명과학의 발견과 실행의 중심지로, 실력 있는 수많은

의과학자들이 거쳐 가는 곳이다. 이곳의 존재감은 한 마디로 압도적이다. 캠퍼스 중앙 전체가 벽부터 난간, 계단에 이르기까지 대부분 대리석으로 지어진 것만 해도 그렇다.

헤어진 지 얼마 안 되는 여자친구와 6월의 한낮에 이런 곳을 함께 둘러본다는 것은 그리 좋은 생각이 아니었다. 대학교 때 만나 4년간 사귀었던 엘리아나와 나는 헤어진 후에도 서로에게 헌신적인 파트너로서 익숙함과 편안함을 그대로 유지하고 있었다.

우리는 더 이상 커플이 아니라는 사실을 곧잘 잊어버리곤 했다. 헤어지기 1년 전부터 헤어짐과 만남을 여러 번 반복했는데, 나의 하버드 레지던트 과정이 결정된 동시에 그녀 또한 뉴욕에 정착하게 되면서 우리의 관계는 마침내 끝이 났다.

그 후 하버드 의대에 가기 위해 내가 보스턴으로 이사했을 때 그녀가 방문해 주어 무척 고마웠지만 한편으로는 이곳처럼 힘겨운 장소에서 새롭게 시작해야 하는 거대한 막막함이 그녀가 옆에 있어서 더 강화되는 느낌이기도 했다.

처음 캠퍼스 중앙을 걸어가면서 들었던 주눅 들고 나약한 기분은 내 평생 처음 느껴 본 감정이었다. 내가 다닌 의과대학의 허물어져 가는 벽돌과 색 바랜 콘크리트의 편안함은 어디에도 없었다. 하지만 나중에 보니 하버드에도 무너져 가는 벽돌 건물이 있기는 했다. 구석에 있는 오래된 부속건물인데, 메디컬센터 중에서 예산이 부족한 정신의학과를 일부러 그곳에 배치한 것이었다.

그날은 내가 보스턴에 온 지 사흘째가 되는 날이었는데, 그때까지 나는 단 하루도 잠을 깊게 자지 못했다. 신경이 바짝 타는 듯했다. 아는 사람도 없고, 하버드의 정신과 의사가 된다는 게 어떤 의미인지 혼란스럽기만 했다.

의대생들이 레지던트 과정을 어디에서 이수할지 결정하는 프로그램인 '매치Match'의 알고리즘에 뭔가 오류가 난 것은 아니었는지 자꾸 의심이 들었다. 나는 뉴욕의 주립대학교 중에서도 북부 주 의과대학교Upstate Medical University 출신으로, 시러큐스Syracuse라는 소도시에서는 최고의 학교였지만 보스턴에서는 잘 알려지지도 않은 곳이었다.

그래서인지 나는 줄곧 레지던트 과정을 결정하는 매치에서 낮은 순위를 차지하곤 해왔다. 내가 졸업한 의과대학의 '북부 주Upstate'라는 명칭이 너무 포괄적이어서 어떤 사람들은 내가 이름을 그냥 지어냈다고 생각하기도 했다.

나와 달리 다른 예비 동기들은 보통 예일대, 듀크대, 하버드대 같은 의과대학 출신으로 이곳의 정신과 레지던트 과정을 밟으러 온 것이었다. 그 대학들은 4년 전에 내게는 인터뷰 기회조차 주지 않았던 곳들이었다.

의과대학 미국의 의대는 대학원처럼 일반 대학교를 이수한 후 진학한다에 들어가기 전만 해도 나는 꽤 똑똑한 축에 속한다고 항상 자부하며 살아왔다. 늘 시험에서 최상위권의 성적을 받았고, 어릴 때부터 아주 쉽게 학과 과정을 통과해 온 터였다.

사람은 태어난 자체가 행운이 작용한 것이듯, 나도 살면서 운이 좋았던 적이 꽤 있었다. 나의 수학 실력이 대학입시의 난이도에 맞게 최대치로 발휘된 것도 그중 하나이다. 시험에서 제일 어려웠던 문제가 마침 나의 뇌가 풀 수 있는 최대치에 딱 들어맞았다. 그래서 운이 좋았다고 표현하는 것이다.

나는 대학입시를 위해 아주 높은 성적을 줄곧 유지했고, 과외활동에서 리더십을 발휘할 수 있는 역할을 여러 번 맡기도 했다. 대학교가 원하는 인재의 기준을 적용하면 나는 세상에서 제일 똑똑한 학생일지도 몰랐다.

물론 세상에는 훨씬 똑똑하고 우리 사회에 꼭 필요한 대단하고 훌륭한 업적을 남길 만한 사람들이 넘친다는 것은 잘 알고 있다. 그들은 내가 감히 넘볼 수도 없는 경지일 것이다. 솔직히 말해서 나는 인기 수학자나 우주의 미스터리를 풀 물리학자가 될 수준은 아니었다. 하지만 적어도 의사가 되어 사회를 위해 좋은 일은 할 수 있을 것 같았다.

우리 집안에서 의사가 되는 것은 일종의 통과의례와 같다. 아버지는 의사인 가족들 사이에서 자랐고, MIT를 졸업한 후에 의학을 공부하기로 결심했다. 아버지는 나중에 의공학자가 되어 의료보조기구를 설계하길 원했지만 아버지의 과학적인 아이디어가 보상받을 수 있는 안정적인 일자리를 구하기란 쉬운 일이 아니었기에 심장병 전문의를 선택해야 했다.

형과 나는 우리에게 넉넉한 지원을 해주면서도 동시에 사회적으로도 좋은 영향력을 발휘하는 아버지를 우러러보면서 자랐다. 언제

나 그렇듯이, 의학과 관련된 직업은 이공 계열에 소질이 있는 사람들이 가장 큰 보상을 받을 수 있는 자리였다. 만약 내가 할리우드의 시나리오 작가가 될 자신이 있었다면 다른 이야기로 전개되었을 테지만 나는 늘 위험 회피자로 살아왔고, 직업을 선택하는 것도 마찬가지였다.

형은 좋은 머리에도 불구하고 대학에서 제대로 공부를 하지 않았다가 의과대학에 진학하기 위해 몇 년에 걸쳐 학점을 다시 키워 나갔다. 형의 상황을 옆에서 지켜본 나는 대학에 들어간 후 오직 한 가지 목표를 위해 정진하는 기계처럼 살았다. 목표는 바로 한 번에 의대에 합격하는 것이었고, 그것은 마침내 이루어졌다.

2005년 9월 15일, 합격 발표가 나기 시작한 첫날 나는 뉴욕주립대학교의 북부 주 의과대학 입학 관리처로부터 반가운 소식을 전하는 전화를 받았다. 그리고 얼마 지나지 않아 형도 브루클린에 있는 남부 주 의과대학Downstate College of Medicine에서 합격 통지를 받았다. 우리 가족 모두에게 행복한 순간이었다.

그해 가을 우리가 의과대학에 다니기 시작할 때 내 감정에 변화가 찾아왔다. 의과대학의 우수생이 되는 데 필요한 지적 능력은 그때까지 내가 발휘한 능력과는 완전히 다른 것이었다. 그곳에서 학업을 잘 해내려면 개인의 삶은 포기하고 깨어 있는 시간 내내 공부에만 매달려야 했다.

나는 의학 교과서에 나의 모든 것을 바쳐야 하는 생활에 적응할 수 없었고, 의학 공부에 천부적인 재능을 가진 학우들이 우리 반에만 수십 명은 되는 현실을 직시할 수밖에 없었다. 나도 그들처럼 되길 원했지만 턱없이 능력이 부족했다.

생화학에서 유기호흡을 통해 에너지를 얻는 과정을 다루는 크렙스 회로Krebs cycle나 I부터 XIII로 이루어진 혈액 응고 인자의 정교한 단계 등 인간 생명의 작동에 대한 엄청난 양의 세부 이론을 외우기 위해 그들이 나름으로 고안한 암기법을 사용하는 모습은 놀라움 그 자체였다.

복잡한 의학 이론들을 일단 기억한 다음에 의미를 이해하는 기술은 나에겐 넘을 수 없는 벽과 같았다. 브루클린으로 간 형이 아버지가 예전에 근무했던 장소에서 심장 전문의로 활동하기 위해 수련 과정을 시작할 즈음, 나는 여전히 골머리를 앓으며 의학 지식과 씨름했다.

이것은 후에 내가 정신의학과로 진로를 정하는 데 큰 영향을 주었다. 다행히 정신의학과는 각종 이론을 암기하는 것보다 환자의 이야기를 듣는 것이 더 중요한 영역이기 때문이다. 의학 중에서 인간적 요소에 전문성을 갖추는 것만이 내가 성공할 수 있는 유일한 길이라고 생각했다.

명망 있는 의대 출신인 동기들은 나와 같은 문제를 겪어 보기나 했을까? 그들이 얼마나 명석한 사람들인지를 생각하면 겁이 덜컥 났다. 그래서 나는 그들을 자기중심적이고 거만한 부류일 것이라고 치부하기도 했다. 물론 그것은 나의 큰 오판에 지나지 않았다.

나는 공식적으로 오리엔테이션이 시작되기 전 주말에 열네 명의 동기를 만날 수 있었다. 첫 만남이 있던 날, 나는 병원 입구 근처 야외 휴게실에 모여 있는 그들을 보았다. 그들을 향해 달려가는 내 심장이 마구 뛰었다.

그런데 야구 모자를 눌러쓴 지저분한 행색의 사내가 불쑥 내 앞에 나타나 길을 막아섰다. 재빨리 멈췄기에 망정이지 하마터면 부딪칠 뻔했다. 그가 말했다.

"불편하게 해서 죄송합니다. 내가 온 이유는……."

"아닙니다, 괜찮습니다. 저는 저쪽에 있는 사람들을 만나러……."

그는 내 앞을 가로막고 보내주려 하지 않았다.

"보시면 아시겠지만, 나는 암 치료를 받으러 왔습니다."

그가 자신이 쓰고 있는 모자를 들어 올리자 드문드문 탈모 부위가 보였다.

"힘드시겠습니다."

"아닙니다. 사실은……."

동기들이 내 쪽을 바라보는 시선이 느껴졌다.

"죄송하지만 제가 지금……."

그러자 그가 약간 목소리를 높이며 말했다.

"저기……. 예상하지 못한 문제가 생겼습니다. 항암치료 때문에 기억력이 나빠진 것 같습니다. 집까지 가기에는 기름이 모자랄 것 같아요."

나는 말문이 막혔다. 그가 창피한 듯 고개를 숙였다.

"집까지 갈 기름을 넣게 10달러만 빌려주시면 안 되겠습니까? 제가 꼭 갚겠습니다. 주소를 알려 주시면 우편으로 보내 드릴게요. 믿으셔도 됩니다."

"10달러요?"

나는 되물었다. 사기당하는 상황인 것 같았지만 다른 동료들이 나를 쳐다보고 있다는 압박감 때문에 지갑을 꺼내고야 말았다.

"지금 20달러가 전부입니다만……."

내가 미안해하면서 말하자, 그가 손사래를 쳤다.

"괜찮습니다. 그거면 됐습니다. 주소나 얼른 주세요."

나는 얼굴이 붉어지는 것 같았다. 빨리 이 상황을 끝내야만 했다. 앞으로 4년 동안 같이 지내야 하는 동료들 앞에서 낯선 이와 실랑이 벌이는 모습을 보일 수는 없었다.

"그냥 받으세요."

나는 재빨리 그의 손에 지폐를 건네고 그에게서 벗어나 동료들에게 갔다. 빠른 속도로 그에게서 멀어지는 동안 동료들이 나를 이상하게 보지 않았을지 걱정했다. 하버드에 있는 사람들도 어려움에 처한 누군가를 보면 돈을 줄까? 나는 주위 시선에 신경이 바짝 섰고, 제발 아무도 나에게 관심을 갖지 않길 바랐다. 그가 20달러를 쥐고 있는 손을 흔들면서 아주 큰 소리로 외쳤다.

"복 받으실 겁니다. 의사 선생님!"

그 후 나는 모든 이들과 인사를 나누었다. 우리 프로그램을 담당한 선배 레지던트인 레베카가 다가와 악수를 청했다.

"거짓말쟁이 닉이랑 만나는 모습을 다 봤어."

그녀가 미소 지으며 말했다.

"이 근방에 있는 치료시설에 머무는 사람이야. 혹시 몰라서 말해 두자면, 그 사람 암에 걸린 게 아니야. 머리가 저렇게 된 건 일종의 면역질환 때문이거든. 혹시 닉한테 돈을 줬어?"

"네, 20달러요."

"뭐, 20달러? 어쩔 수 없지. 네가 여기서 일하는 사람이고 사기라는 걸 눈치챘다 싶으면 그 사람도 더 이상 접근하지 않을 거야. 시간이 좀 지나서 일이 너무 힘들거나 장시간 근무를 해야 할 때 우연히 그를 보면 의외로 반가울지도 몰라."

레베카는 다른 동기들에게 나를 소개했고, 그들은 한 사람씩 따뜻한 미소로 나를 맞아 주며 정신의학에 대한 나의 의견 등 여러 가지를 물어보았다.

나는 오랫동안 의사를 꿈꿔 왔지만 의대생 시절 정신의학과 실습을 나간 후에야 이쪽이 나에게 가장 적합한 분야라는 사실을 깨달았다고 말해 주었다. 모든 환자들은 자신만의 이야기를 갖고 있고, 가장 이상적인 치료법은 그들의 본질을 이해하기 위해 노력하다 보면 방법이 정해지는 것처럼 보였다고도 했다.

모든 의학이 인간의 치료와 관계된 것이지만 정신의학과는 신장이나 뼈의 구조 같은 것들이 아닌 기본적인 인간성이 가장 핵심이다. 동료들이 내 대답을 듣고 나를 히피족이나 얼간이처럼 볼까 봐 걱정했는데 나중에 알고 보니 그들도 처음에는 나와 같은 기분이었다는 걸 들었을 때 왠지 날아갈 것처럼 기뻤다.

맑은 날씨의 보스턴의 오후, 우리는 레베카가 신경 써서 준비한 보물찾기를 하며 앞으로 우리가 살아가야 할 도시에 대해 알아갔다. 스케줄에는 '펜웨이 공원 밖 싯고Citgo 간판 보기 미국의 석유회사 싯고의 간판은 보스턴의 명물이다', '퍼블릭가든에서 오리에게 길 내주기 미국의 아동문학가 로버트 맥클로스키의 동화에 나오는 이야기' 같은 활동이 나열되어 있었다.

누구보다 심각하고 진지하게 한 분야를 공부해 온 젊은 전문가들이 어린아이들한테나 어울릴 법한 보물찾기를 하고 있다니 다소 엉뚱해 보였지만, 우리는 오후 내내 같이 있으면서 무척 가까워질 수 있었고 앞으로 4년 동안 우리의 안식처가 될 도시에 대해 많이 배울 수 있었다.

레베카의 옷차림과 밝은 에너지를 보니 초등학교 시절 미술 선생님이 떠올랐고, 나도 모르게 하버드 정신과 의사에 대해 가졌던 선입견이 흔들리는 것 같았다. 프로그램을 진행하는 동안 그녀는 수시로 우리에게 질문을 했고, 우리의 대답을 진심으로 경청했다. 그러면서 그녀가 보여 준 공감하는 듣기 기술이 정신의학의 근본적인 치료 기법이라는 걸 깨달았다. 그러다 누군가 나에게 물었다.

"애덤은 어디에서 왔어?"

"아, 뉴욕 주립 북부 주 의과대학입니다. 시러큐스에 있어요."

순간적으로 침묵이 흘렀고, 나는 어색함을 깨기 위해 선제 방어를 하듯 말을 이어갔다.

"저도 어떻게 여기에 선발이 되었는지 모르겠어요."

"이곳은 꼭 필요한 사람만 선발해. 그 점을 항상 명심하도록 해. 어떤 이유에서든지 오류가 생겨서 네가 여기에 있는 게 아니야. 너는 이제 이곳에 속한 사람이야."

그 순간만큼은 나도 레베카의 말이 옳다는 생각이 들었다. 보물찾기가 다 끝날 즈음에 보니 우리는 어느새 하루 종일 많은 대화를 나누며 서로에 대해 알게 되었다.

미란다는 나처럼 어렸을 때 롱아일랜드에서 자랐고 초등학교 때 매사추세츠로 이사했다. 내가 여덟 살 때 참여한 여름 캠프를 추억하는 것처럼 그녀도 롱아일랜드에서의 삶을 아름다운 기억으로 간직하고 있었다. 그런가 하면 에린은 말하는 모습만 봤을 때는 활발한 성격처럼 보였지만 자세히 보면 몹시 예민하고 자신에 대해 몹시 회의적인 여자로 보였다.

다들 나보다 똑똑하면서도 더 친절하고, 저마다 지적인 호기심도 왕성했다. 나는 빨리 모든 동료들에 대해 알고 싶어졌다. 앞으로 그들과의 관계가 희망적일 거라는 느낌이 들었다. 여전히 그들이 나보다 대단해 보이지만, 그럼에도 모든 게 다 잘될 것 같았다.

다음 날, 병원에서 공식 오리엔테이션을 시작할 때 뒤늦게 동기한 명이 합류했다. 그녀는 전날 친구의 결혼식에 참석하느라 보물찾기에서 빠졌다고 했다. 그녀는 정말 아름다웠고 조용하고 섬세한 동작은 다른 사람들과 완전히 달랐다. 나는 그녀에게 다가가 악수를 청했다.

"안녕. 만나서 반가워."

그녀가 내 손을 바라본 그 순간이 영원처럼 길게 느껴졌다. 무심하게 악수에 응한 그녀는 최소한의 단어를 사용하여 자신을 소개했다.

"레이첼이야."

그녀가 심드렁하게 말하곤 고개를 돌렸다. 그녀가 나를 거부하고 무시했다는 생각에 얼굴이 붉어진 나는 얼른 자리를 피했다. 그녀는 그저 형식적으로 인사를 한 것이었겠지만 그 일로 나는 한순간에 기가 확 꺾이고 말았다.

2

전설적인 인물들

레지던트 과정은 일주일간의 오리엔테이션 캠프로 시작되었다. 월요일 아침, 우리 동기 열다섯 명은 일찌감치 집합 장소에 모였다. 다들 자신이 이곳에 선택된 가치를 증명하겠다는 듯 열정이 넘쳤다.

모두 긴장해서 경직된 와중에 유일하게 그웬이라는 여자 동기만은 여유 있어 보였다. 그녀는 하버드 의대에서 바로 하버드 레지던트로 선발되었다. 이곳으로의 이동이 그녀에게는 누구보다도 자연스럽게 느껴질 것이다. 우리가 하버드 롱우드에서 레지던트로 수련하는 동안 순환 근무로 거쳐야 하는 병원들에 대해 그웬은 이미 꽤 익숙한 듯 보였다.

"우리 지금 지하실에 있는 거 아니야?"

다나가 물었다.

"다 같이 길에서 바로 들어온 거니까 그냥 1층에 있는 거지."

벤이 대답했다.

"아니, 내 말은 그런 뜻이 아니라 이 방이 꼭 지하에 있는 것처럼 느껴지지 않느냐 하는 거야."

다나와 벤은 의대 시절부터 친하게 지낸 사이였다고 한다. 다나가 계속해서 말했다.

"그웬. 너는 의대 다닐 때 여기에 와봤었잖아. 모든 방이 이렇게 생겼어?"

"어떻게 생겼다는 거야?"

"본래 대학병원은 정신의학과를 보통 인기 없는 자리에 배치해."

"왜?"

내가 이 물음에 대신 대답을 했다.

"이쪽은 병원 수익에 별로 도움이 안 되고, 리노베이션이 된 공간에 어울리지 않는 보기 흉한 기구들이 잔뜩 널려 있기 때문이지."

내 말이 정확한지는 자신이 없었지만, 나는 똑똑한 것처럼 보이기 위해 계속 노력했다. 머리 위에 놓인 형광등을 포함해 계속해서 기계음을 내는 오래된 냉난방 장치 등 그곳의 환경은 내가 예상했던 세련된 공간이 아니었고, 그런 이유에서인지 나를 더욱 주눅 들게 만들었다. 미란다가 회의실 문을 열어 보려고 했다.

"아직 잠겨 있어. 마술봉이라도 있으면 좋겠다."

그렇게 농담을 하는 미란다는 아이비리그의 한 의과대학 출신이다. 그녀는 불안과 기쁨을 넘나드는 흥분된 상태였다. 우리가 다 같이 모여 있을 때, 나는 레이첼을 힐끔 쳐다보았다. 내가 그녀를 몰래 보고 있다는 사실을 알아차릴까 봐 걱정했지만 다행히 그녀는 나에게 전혀 관심이 없었다.

우리는 뭔가 잘못되었다는 것을 알아차리지 못한 채 회의실 밖에서 10분간 더 기다리면서 아직 서로 예의를 차리는 가운데 어색한 잡담을 이어 갔다. 마침내 벤이 우리가 마냥 이렇게 기다리는 게 맞는지 의문을 제기했다. 그리고 다나가 프로그램의 행정과장인 티나에게 전화를 해서 우리를 이끌어 줄 첫 번째 순서의 교수님이 스케줄을 까맣게 잊어버린 상황이라는 걸 알게 되었다.

병원의 반대쪽에서부터 우리에게 급하게 달려온 티나는 오리엔테이션 기간의 빡빡한 사정에 대해 해명했다. 그리고 우리가 상황에 유연하게 대처하는 법을 빠르게 익힐수록 더 유리할 것이라는 조언을 덧붙였다.

티나는 우리보다 약간 나이가 많은 30대 중반 정도로, 매우 열정적이었다. 그녀의 옷은 대부분 어두운 색 계통이었고, 머리 한쪽은 거의 삭발을 하고 반대쪽은 까만 머리칼이 볼록한 광대를 가린 채 길게 드리운 모습이었다.

나중에 보니 그녀는 레지던트 과정을 관리하는 본래의 직업 외에 또 다른 직업이 있는데, 공포영화의 시나리오를 쓰고 감독하는 보스턴의 언더그라운드 예술계에서 열정을 쏟고 있다고 했다. 그곳에서 제작한 작품들이 지역 단편영화제에서 여러 번 수상하기도 했다.

우리에게 그녀는 레지던트 과정의 모든 것을 책임지는 사람이었다. 우리가 무엇인가 필요할 때 그녀에게 요청하면, 전체 직원 중에 그녀만이 유일하게 모든 것을 다 파악하고 있는 것처럼 우리의 요청을 최대한 들어주었다. 그녀는 이 일에 있어서만은 최고의 장인이나 다름없었다.

잠시 후, 우리는 마침내 회의실 안으로 들어갔다. 레지던트 훈련 과장인 캐롤 레딩 교수님이 나타나자 우리는 자세를 바로 하고 앉았다.

"첫째, 여러분은 이제 여기 소속입니다. 그 점을 명심하세요. 우리는 여러분을 원해서 선택했습니다. 그렇지 않았다면 우리 레지던트 선발 프로그램에 포함되지도 않았겠죠. 둘째, 아직 스스로 정신과 의사라는 생각이 들지는 않을 겁니다. 괜찮습니다. 원래 그럴 수 있어요. 그러니까 여기에 배우러 오게 된 것 아니겠어요?"

회의실 안을 지휘하는 그녀의 어조는 부드러우면서도 단호했고, 그래서 더 존경스러웠다.

"셋째, 내가 여러분을 방으로 불러 복장을 더 단정히 하라고 지적하는 상황을 만들지 마세요. 제가 싫어하는 일입니다."

그녀가 잠시 멈추고 우리를 차분히 둘러보았다.

"내가 적절성을 위한 조치라고 설명하게 만들지 마세요. 여러분들은 성인입니다. 명심하세요. 그리고 주의해야 할 사항들을 말하는 지금, 여러분들이 이곳에 오게 되어 우리가 얼마나 기뻐하고 있는지도 전하고 싶네요. 여러분은 레지던트 프로그램 역사상 가장 높은 점수로 선택된 사람들입니다. 그만큼 전설적인 인물들이라는 것입니다. 이렇게 환영하는 말을 전하게 되어 기쁘게 생각합니다."

레딩 교수님의 유창한 연설이 끝나자 티나는 우리에게 신분증을 나눠 주기 시작했다. 그런데 내 이름이 재활정신의학과 소속으로 되어 있는 것을 발견했다. 누가 보면 정신의학과 재활의학 사이에 어정쩡하게 끼어 있는 풋내기인 줄 알 것이다.

"재활정신의학과?"

내가 혼잣말을 하자 미란다가 말했다.

"너만을 위해 특별히 만든 진료 과목인가 봐."

"내 생각에는 내가 학장, 교수, 행정직원, 관리인까지 다 해야 하는 것 같다."

그다음 우리는 '정신과 의사 되기'라는 세미나를 지도하는 니나와 인사를 나누었다. 원칙상 우리는 주치의들을 '교수님'으로 정중하게 호칭하도록 되어 있었지만, 니나는 자신의 이름을 편하게 부르라고 말했다.

"이 시간은 정식 교과 과정에는 없는 기본 강의입니다. 하지만 이 수업을 통해 개인 및 전체 팀이 달성해야 할 확실한 목표가 있습니다. 현재 위치에서 4년 후 도달하고 싶은 지점으로 나아가려면 우선 우리의 경험을 일종의 촉매제처럼 활용해야 합니다. 세미나의 많은 부분에서 여러분의 감정 처리 과정이 필요하지만, 그렇다고 그룹 치료의 개념은 전혀 아닙니다."

"그럼 우리의 감정에 대한 수업입니까? 한마디로 감정 수업 같은 것인가요?"

레이첼이 묻자, 다 같이 웃었고 니나도 웃으며 대답했다.

"맞아요, 그렇게 불러도 되겠네요."

나는 첫 시간부터 니나의 수업이 아주 마음에 들었고, 앞으로 그녀가 우리에게 큰 도움을 줄 수 있을 것 같았다. 우리는 수없이 복잡한 감정을 느끼게 될 것이고, 니나는 그것을 극복할 방법을 알고 있을 것이다. 그 뒤 우리는 각자 처음에 느낀 감정에 대해 대화를 나누었고, 모두 두려워하는 심리가 있음을 알게 되었다.

"혹시 어떻게 의사가 되어야 하는지 스스로 잘 안다고 생각하는 사람 있어? 난 정말 하나도 모르겠거든. 혹시 내가 누굴 죽게 만들면 어쩌지?"

에린이 말했다. 나는 이렇게 말해 주었다.

"우리가 뭔가 실수했을 때 바로잡아 줄 누군가가 옆에 있으면 좋겠어. 우리가 내리는 결정에 따라 사람들의 생명이 달려 있잖아. 아, 대체 내가 왜 의사가 되기로 했을까?"

미란다가 말했다.

"만약 내가 실수로 세로토닌을 두 번 처방해서 환자가 세로토닌 증후군에 걸리면 어쩌지? 근육 과긴장성 반응이 어떤 것인지 유튜브에서는 봤지만 실제로 본 적은 없어. 하지 말아야 할 상황을 경험해 본 적이 없는데 언제 하지 말아야 할지 어떻게 알 수 있지?"

우리의 대화는 열기를 점점 더해 갔다. 다나가 말했다.

"벤과 내가 의대에 다닐 때는 과잉보호 받는 기분이었어. 어린애들처럼 우리가 책임져야 할 것들이 전혀 없었거든. 하지만 지금은 마치 처음부터 쭉 잘해 온 사람처럼 모든 걸 다 알아서 해야 하는 상

황으로 내몰린 것 같아. 월요일에 이곳에 들어선 순간부터 그냥 의사
가 되는 거였어? 이런 식으로 다들 해왔다는 게 믿어지지가 않아."

아이비리그 의대 출신인 그들이 정확히 나와 똑같은 기분을 느
끼고 있다니 놀라웠다. 오직 레이첼만이 담담하게 보였다.

"괜찮을 거야. 그냥 자신의 판단대로 일단 해봐. 잘 모르겠으면
교과서를 찾아보든가, 아니면 선배들한테 물어보든가. 그런 식으로
접근하면 약 처방은 어려울 게 전혀 없어."

니나가 고개를 끄덕이며 말했다.

"좋은 생각이에요. 여기 떠도는 속담 중에 한 교수님이 하신 말
씀이 있어요. 그것은 '혼자 걱정하지 마라!'입니다."

그 말을 듣자 우리는 처음으로 조금이나마 긴장감을 내려놓을
수 있었다.

3

결국 다 지나갈 테고, 괜찮아질 것이다

서너 걸음 떨어진 곳에서 보니, 그 환자는 꼭 죽은 것 같았다. 진짜 죽었으면 어떻게 해야 하지? 나의 첫 환자인 그 사람은 신경과와의 협진으로 임상을 진행하고 있는데, 나는 무엇을 하고 있는지 도무지 정신을 차릴 수 없었다.

깨끗하게 다려진 하얀 의사복이 어깨를 짓눌렀고 손바닥에서는 끊임없이 땀이 났다. 혹시 오늘 나의 부족한 의료 실력 때문에 하버드에서의 피나는 노력들이 한꺼번에 와르르 무너져 내리는 것은 아닐지 걱정되었다.

우리는 각자 다른 부서에서 1년 차 과정을 시작했다. 나는 오리엔테이션이 끝난 후 월요일부터 신경과에 배정을 받았다. 모든 레지던트 1년 차들이 2개월 동안 필수로 거쳐 가야 하는 과정이었다. 첫날 아침 선배 레지던트가 나에게 한 나이 든 여자 환자를 평가해

보라고 했다.

그녀는 한동안 심장 무수축 증상을 겪은 환자로, 심장이 몇 분간 멈추었다가 쇼크가 일어난 뒤 현재 상태가 되었다고 했다. 이 여성 환자가 사실상 뇌사 상태인지 판단하려고 신경과에 협진이 요청되었던 것이다.

나에게 주어진 이 일을 어떻게 처리해야 할지 혼란스러웠지만, 나는 열정이 있었고 병원이라는 곳이 환자의 뇌사를 판단하는 데 도움이 될 종합적인 교육 자료를 대개 갖추고 있다는 사실을 잘 알고 있었다.

최신 정보로 분류된 데이터베이스에 접속했고, 이 여성의 뇌가 현재 작동하고 있는지 결정을 내릴 다양한 방법에 대해 알게 되었다. 나는 전문의 교수의 본래 회진 전에 간단하게 환자를 검진하는 일만 하는 역할이라 완전히 자유롭게 다닐 수 있었기에 최신 정보에 담긴 임상 정보를 이해하기 위해 거의 한 시간씩 투자했다.

나는 중환자실 침대 위에서 움직임이 전혀 없이 누워 있는 그녀의 몸 쪽으로 조금 더 다가갔다. 형광등의 불빛이 너무 세서 내 눈을 가리고 싶었다. 아무도 없는 그 방에는 주변 기기들만이 계속해서 소음을 내고 있었다.

체온을 떨어뜨리기 위해 그녀의 혈관으로 차가운 주사액이 흘러 들어가고 있었다. 그녀의 피부는 얼음장처럼 차가웠다. 조금 더 자세히 관찰해 봐도 그녀는 정말 죽은 것 같았다. 그때 1차 의료팀이 소란스럽게 들이닥쳤다.

"신경과에서 오셨죠! 와줘서 정말 고마워요."

팀장이 인사를 건넸다.

"아, 아닙니다. 저는 그냥 인턴입니다^{미국은 레지던트 1년 차가 인턴이다}."

"그냥 인턴이라고요? 오늘이 첫날인가요? 이봐요, 자부심을 가지세요. 당신은 이제 의사라고요! 우리가 20분 후에 다시 올 테니 당신이 평가한 것을 차트에 기록해 놓으세요."

그들은 다음 순서의 환자에게 가기 위해 서둘러 떠나 버렸고, 나는 다시 나만의 검진에 집중했다. 환자에게 가까이 다가가 목에 경동맥을 확인하니 그녀의 차가운 날숨이 느껴졌다. 내가 그녀의 손바닥 위에 내 손가락을 올려보자 본능적으로 움켜쥐었다. 그녀의 눈꺼풀을 올린 채 머리를 이리저리 돌려 보자 그녀의 눈이 반대로 움직였다. 놀라움으로 흥분된 나는 큰 소리로 그녀에게 나를 소개했다.

"안녕하세요? 저는 닥터 스턴이라고 합니다."

나는 처음으로 '닥터'라는 단어를 사용했다. 그녀에게 눈부시게 만들어 미안하다고 사과하면서 불빛을 쏘자 그녀의 동공이 정상적인 반응을 보이는 바람에 나는 너무 놀라 뒤어오를 뻔했다. 그녀의 손가락 끝을 찌르자 고통스러운 자극에서 벗어나려는 반응도 보였다. 이제 나는 답을 얻었다. 그녀는 뇌사 상태가 아니라 나처럼 살아 있는 사람이었다.

나는 그녀에 대한 협진 소견서를 작성한 후 다음 환자를 만나러 갔다. 다음에 만날 여성 환자가 병원에 오게 된 이유는 뇌가 연속적으로 또는 일시적으로 새로운 기억 형성 능력을 상실하는 일과성 전기억상실증transient global amnesia으로 발생률이 매우 낮은 희귀질환이었다.

그녀가 자란 환경, 결혼생활, 싫었던 직장생활 등을 주제로 내 딴에는 정말 재미있다고 생각해서 대화를 나눴는데 반사 망치를 가지러 환자실을 나왔다가 돌아가니, 나는 다시 그녀에게 낯선 사람이 되어 있었다. 그녀는 자신을 또 소개했고, 병원에 입원했다는 것은 알지만 왜 입원했는지는 자세히 모르겠다고 자신의 상황을 설명하기 시작했다. 그녀의 남편이 나에게 글씨가 적힌 메모지를 보라고 가리켰다.

"당신은 기억력에 문제가 생겨 병원에 오게 된 것입니다. 결국 다 지나갈 테고, 괜찮아질 것입니다."

마치 영화 〈메멘토Memento〉의 한 장면처럼, 나는 그 방에서 있었던 모든 순간들에 완전히 빠져 있었다. 물론 살인과 비극 같은 어두움은 전혀 없었다. 몇 시간 후 그녀의 뇌는 내 도움 없이도 저절로 치유가 되었다. 발작이 진정되거나 편두통이 사라지는 것처럼, 그녀의 뇌는 다시 스스로 활성화되었다. 나의 무능이 그녀의 상태에 악영향을 끼치지 않아 천만다행이었다.

'진짜 의사'가 되어 쏟아지는 아드레날린으로 흥분된 상태로 정신없이 보내다 보니 그날 다른 기억은 잘 나지 않는다. 초보 의사라면 겪게 되는 가면증후군imposter syndrome은 강하게 경험했지만, 내가 한 모든 진료 행위에는 자부심과 열정이 가득 차 있었다.

그날 세 번의 협진을 더 돌았는데 뇌졸중 의심환자와 떨어지는 나무토막에 머리를 맞은 환자, 그리고 루게릭병이 악화되면서 스스로 호흡하기 위해 안간힘을 쓰고 있는 환자를 만났다.

나는 어느 정도 환자들을 대하는 방법을 터득했다고 생각했지만, 거기엔 예외도 있었다. 루게릭병에 걸린 환자는 호흡을 위해 기관절개관이 삽입되어 있었다. 그런데 제대로 마개가 닫혀 있지 않았는지 내가 검진하는 동안 그가 기침을 하자 그의 분비물이 사방으로 튀었고, 하필 내 입과 뺨에도 묻고 말았다.

몹시 당황한 나는 방에서 나와 그 부위를 물로 꼼꼼히 닦아 냈고 간호사에게 구강청결제와 비누를 부탁했다. 에이즈, B형간염, 에볼라에 한꺼번에 노출된 것이라고 확신한 나는 한 간호사에게 방금 일어난 일을 이야기해 주었다. 나는 그녀가 당장 직원 건강실로 가서 예방치료를 받으라고 조언할 줄 알았는데 단지 어깨를 한 번 으쓱할 뿐이었다.

"직업적인 위험입니다, 선생님."

나는 직원 건강실을 찾아가고 싶었지만 전염병에 노출되었다는 확실한 증거가 있는 것도 아니고 해야 할 일도 너무 많았다. 직원 건강실로 달려가면 자칫 배탈 때문에 양호실로 쫓아가는 초등학생처럼 보일 것 같아서 계속 남은 일을 꿋꿋이 하기로 했다.

오후 여섯 시가 되었을 때 나는 의사복에서 수술복으로 갈아입고 남관 4층에 위치한 정신과 보호병동으로 향했다. 나는 신경과에서 순환 근무 중이었지만 정신의학과의 야간 당직도 담당해야 했다.

그날은 내가 야간 당직을 맡은 첫날이기 때문에 업무 교육을 위해 선배 레지던트가 나에게 당직 방법을 가르쳐 주고, 내가 필요할 때 도움을 줄 상대가 있다는 점을 확인시켜 주기로 했다. 나중에 보니 그 역할을 위해 전에 만났던 레베카가 나타나서 마음이 놓였다. 시간에 맞춰 병동 밖에서 레베카를 만났을 때, 그녀가 나에게 포옹을 해서 조금 놀랐다.

"나중에 큰 위로가 될 거야."

이렇게 말한 후, 그녀는 곧장 정신과 입원 병동의 지침에 대한 설명을 시작했다.

"야간 근무를 할 때는 주위에 있는 누구나 너를 이용하려고 기회를 노리고 있다는 걸 명심해. 너를 다치게 할 수도 있으니까 거기에 대비를 해둬야 돼. 난 언제라도 싸울 준비가 된 사람처럼 투구를 쓰는 상상을 하곤 해."

"잘 알겠어요. 그동안 고생을 많이 하셨나 봐요."

"넌 의사로서 열정적인 눈을 갖고 있어. 닥터 스턴."

그녀가 내 어깨에 손을 올리며 말했다. 우리는 병동으로 들어섰다. 나처럼 신출내기에게는 정신과 보호병동에 걸어 들어가는 일이 무척 버거울 것이다. 한 요양보호사가 무뚝뚝한 얼굴로 우리에게 인사를 건넸는데, 그의 직무는 15분마다 한 차례씩 환자들을 감시하면서 그들이 제 위치에 있는지, 상태는 양호한지 확인하는 것이었다.

입원 병동에는 치료 관리, 그룹 치료, 작업 및 신체 활동 치료, 복약 최적화 등 다양한 관리 프로그램이 있었다. 그러나 입원 병동의 가장 중요한 목적은 무엇보다도 고위험군 환자들이 자신 또는 타인을 해치는 행위를 방지하는 것이다. 이를 위해 요양보호사들이 우리를 대신해 눈과 귀가 되어 주었다.

우리는 혼잣말을 하고 있는 한 중년여성에게 다가갔다. 그녀는 우리를 쳐다보려 하지도 않았다. 그녀는 계속 혼잣말로 소리쳤다.

"그것 때문이 아니야. 다른 것 때문이야. 아니야! 다른 것 때문이라고!"

"저 환자는 20년 동안 이곳에 드나들었지만 아무도 그녀가 말하는 다른 것이 뭔지 몰라."

우리가 간호사실에 들어가자 여러 대의 컴퓨터가 보였고, 환자들의 휴게실을 지켜볼 수 있는 창문이 나있었다. 휴게실은 환자들이 치료가 없는 자유 시간 동안 서로 어울리며 시간을 보내는 공간이었다.

창문으로 보니 증상이 심각해 보이는 여러 명의 환자가 그곳에 있었다. 거식증을 앓고 있는 한 젊은 여성은 뼈가 드러나도록 앙상했는데, 작은 테이블 왼쪽 구석에 자리 잡고 뭔가를 골똘히 바라보고 있었다.

그녀의 오른쪽에는 흰 수염이 수북한 50대로 보이는 한 남자가 납굴증waxy flexibility 증세를 보이고 있었다. 이 질환은 중증 긴장증에 걸린 환자들이 보이는 특징 중의 하나로, 특이한 자세로 가만히 정지하고 있는 증상이다. 내가 그를 쳐다보자 레베카가 말했다.

"저 환자는 처음 왔을 때보다 훨씬 좋아진 상태야. ECT electroconvulsive therapy, 전기경련요법가 효과를 보고 있어. 요즘에 그는 가끔 몇 시간 동안 연속으로 긴장이 완화되고 민첩해지기까지 해. 혹시 그의 증상이 너무 심해지면 IM으로 로라제팜lorazepam, 항불안제 2밀리그램을 주도록 해."

"IM이 뭐죠?"

그녀는 엉덩이에 주사 놓는 시늉을 한 후 입모양으로 '근육 주사intramuscular injection'라고 말했다. 이어서 그녀가 휴게실 한쪽 구석을 바라보며 말했다.

"내가 지금 걱정하는 사람들은 바로 저 둘이야."

그녀는 손을 잡고 있는 비교적 양호해 보이는 두 사람을 가리켰다.

"왜죠?"

"그들은 지금 로미오와 줄리엣 행세를 하고 있는 중이거든. 병원에서 만났으니 헤어질 일은 없지. 요양보호사가 둘이 샤워실에 같이 있는 것을 여러 번 발견했어. 저 둘은 잘 감시해야 돼."

그녀가 짐을 챙기며 말했다.

"이제 어떻게 하는지 알겠지? 혹시 무슨 일 생기면 즉시 호출해."

"안돼요, 선배. 잠깐만요. 만약에 저 둘이 같이 샤워를 하고 있으면 어떻게 하죠? 제가 무엇을 해야 할지……."

"네가 생각해야지! 어떻게 할지 모를 땐 선배 레지던트를 호출해."

"응답이 없으면 어떻게 하죠?"

"넌 이제 의사야!"

혼자 걱정하지 마! 나는 나 자신에게 이렇게 혼잣말을 중얼거렸다. 내가 있는 동안 아무런 큰 사고 없이 이 밤을 지나갈 수 있을지 걱정스러웠다.

어느 정도 적응이 되기 시작했을 때, 나는 환자 세 명의 입원 심사를 성공적으로 마무리할 수 있었다. 입원 절차는 사실 대부분 서류 작업이었다. 환자가 불안감을 호소할 때 어떻게 해야 할지 방법을 기록한 안전 계획서와 우리가 적합한 약물을 투약하는지 확인하는 약물 조정서, 그리고 가장 중요한 조건부 입원 동의서가 있었다. 이 서류는 환자가 자발적으로 입원하기 위해 서명하는 것이다.

비자발적 환자의 경우 의무적으로 사흘 동안 강제로 입원하거나 법원에서 따로 지시를 내릴 때까지 머물러야 한다. 금요일 저녁에 입소한 환자들은 주말을 포함해 5일 이상 머물기도 한다. 환자들을 입원시키면서 알게 된 사실은, 응급실에서 아주 긴 시간을 소요한 환자들이 병실로 배정될 때에는 대부분 오히려 안도하는 모습을 보인다는 것이었다.

입원 수속 중에는 그들의 감정이나 어린 시절에 대해 대화를 하는 등 정신의학적 치료를 할 틈이 없다. 자살 생각이나 정신병으로 강한 힘을 발산하는 환자라도 신체와 감정이 소진되면 무력해진다. 세 명의 입원 환자들 모두 인터뷰가 어서 끝나기만을 원했고 빨리 잠에 들고 싶어 했다.

나는 서류 작업을 마무리한 후 야간 당직실에서 잠깐 눈을 붙이기로 했다. 그곳은 단출하게 2인용 침대, 컴퓨터, 전화기가 놓여 있었다. 타일 바닥과 페인트칠이 된 콘크리트 벽으로 둘러싸인 작은 방이었다. 하지만 내가 막 불을 끄려고 하자 해결해야 할 일들이 마구 쏟아지기 시작했다.

우선 로저라는 환자는 로라제팜이 필요했다. 그리고 새로 온 세 명의 입원 환자 중 한 명이 항정신병제인 쿠에티아핀quetiapine 투약을 받았다. 또한 잠에 들지 못한 다른 환자들도 약을 요구하는 상황이었다.

하지만 이 모든 문제보다 제일 시급한 것은 아까 혼잣말을 계속 하던 환자의 상태가 더 이상 조용한 목소리로 혼잣말을 하는 정도가 아니라는 것이었다. 새벽 3시에 그녀는 반대쪽 복도에 있던 나도 다 들을 만큼 소리를 크게 지르고 있었다. 냉정하게 보이는 한 간호사가 나에게 병동으로 가서 할 수 있는 일을 해보라고 요구했다.

내가 도착했을 때, 그녀는 휴게실 안을 신경질적으로 돌아다니고 있었고 납굴증 증세를 보였던 남자 환자는 중앙에 놓인 테이블 앞에서 팔을 위로 구부러지게 들어 올려 귀 뒤에 붙인 매우 부자연스러운 자세로 안쓰럽게 앉아 있었다. 그는 주위에서 무슨 소동이 일어나는지 잘 모르는 것처럼 보였다.

"개자식아! 그건 다른 거란 말이야. 다른 거라고! 이 쓰레기 같은 쓰레기야. 다른 가라고! 이 답답한 인간아."

먼저 나는 신경질적으로 소란을 피우고 있는 여성 환자의 진료 기록을 확인해 보았다. 그 서류는 환자가 흥분하거나 기타 문제가 생겼을 때 어떻게 진정시켜야 하는지 주간 진료팀이 자세하게 지침을 정해 놓은 것이었다.

그녀는 이미 모든 PRN이 사용된 후였다. PRN이란 'pro re nata' 라는 라틴어의 약자로 '필요할 때마다'라는 뜻을 함축하고 있다. 나는 상황을 진정시킬 다른 방법을 찾거나 하고 싶진 않지만 주간 진료팀의 조언에 따라 앞서 말한 약물 투여를 결정해야 했다. 나는 휴게실로 들어서며 그녀에게 조용히 말을 건넸다.

"저는 닥터 스턴입니다. 오늘 밤 당직을 맡은 정신과 의사입니다."

그녀는 걸음을 멈추더니 나를 향해 빠르게 다가오기 시작했다. 그녀가 나를 꼭 덮칠 것처럼 보여서 바짝 긴장했지만, 다행히 나로부터 1미터 정도 떨어진 지점에 멈춰 섰다. 가까이에서 보니 그녀는 공격적인 태도는 아니었다. 그녀는 겁을 먹고 있었던 것이다.

"날 도와줄 수 있나요?"

그녀의 말에 최대한 공손하게 말해 주었다.

"물론입니다. 같이 감각치료실로 가서 무슨 상황인지 대화를 나눌 수 있을까요?"

나는 그녀를 데리고 나와 나무 무늬 벽지가 둘러진 조용한 분위기의 방으로 안내했다. 나는 그 방에서 가장 멀리 위치한 소파를 가리키며 그녀에게 앉으라고 안내했고, 의자 한 개를 출입문 가까이 가져왔다.

의사는 자기 방어를 위해 항상 환자보다 출입문에 더 가까이 위치해야 한다는 점을 오리엔테이션 시간에 배웠다. 단, 편집증이 있는 환자의 경우 갇혀 있다는 느낌을 주게 되어 오히려 사태를 악화

시킬 가능성도 있다. 그녀는 망상 때문에 고통스러워하느라 나를
공격하지는 않았다.

"시간이 너무 늦었어요, 무슨 일로 잠에서 깬 것입니까?"

"다른 것 때문이에요. 바로 그 다른 것이요."

그녀는 반복해서 말했다. 마치 비밀을 공유하겠다는 듯 나에게
속삭였다.

"다른 것이라고요?"

"네, 다른 것이요."

"좀 더 자세히 설명해 주시겠어요?"

그녀는 내가 이해할 수 없는 이야기를 계속 늘어놓았다. 그녀가
어렸을 때 살았던 집과 부모님, 밴더포스트라는 성을 가진 여자 선
생님에 대한 이야기를 했다. 그녀는 자신의 몸 양쪽을 가리키면서
약물에 대해 말했고, 그녀를 담당하고 있는 다른 의사들에 대해서
도 이야기했다.

그녀가 너무 빨리 많은 것을 말하느라 내가 끼어들 틈이 없었다.
그러다가 한순간에 그녀가 놀란 듯 일어섰고, 나는 온몸이 긴장되어
혹시 모를 공격에 대비했다. 다행히 그녀는 나를 공격하지 않았다.

그녀가 벽에 걸린 거울을 향해 천천히 걸어갔다. 그리고 그녀의
왼쪽 손목에 감긴 병원 ID팔찌를 가리키다가 다시 거울 속에 비친
팔찌를 가리켰다. 이번에는 그녀의 환자복에 있는 상표를 가리킨
다음 다시 거울 속에 비친 상표를 가리켰다. 또한 머리를 숙여 나에
게 그녀의 오른쪽 머리를 보여 주더니 또다시 거울 속을 가리켰다.

그녀가 절망적으로 말했다.

"악마들! 그들은 항상 다른 것을 보여 주지. 그들은 좋은 것만 빼앗고 모조리 망쳐 놓지."

내가 그녀의 말을 제대로 이해할 수는 없었지만, 자신을 괴롭히는 정신병적 사고 과정에 갇힌 와중에도 그녀의 정신 일부는 거울에 비친 모습이 자신을 반대 방향으로 비추는 것이라는 점을 분명히 알고 있었다. 하지만 그녀의 질환이 이 현상을 악마의 짓으로 생각하게 만든 것이었다. 내가 그녀에게 해주고 싶은 말은 딱 한 가지였다.

"여기는 안전한 곳이에요."

나는 악마를 다스릴 아무런 힘도 없었지만, 한 가지 좋은 아이디어가 떠올랐다. 내 마음속 깊은 곳, 내가 열두 살 때의 기억에서 떠올린 것이다. 당시 내 머리는 늘 왼쪽에서 가르마를 탔는데 이발소에서 머리를 다듬고 있는 어떤 사람을 보니 오른쪽으로 가르마를 타고 있었다.

나는 어머니에게 나도 그렇게 바꾸면 어떨지 물어보았다. 그러자 어머니는 내가 지금 거울로 보는 모습과 똑같을 것이라고 하면서 사람들은 보통 왼쪽 가르마가 더 잘 어울린다고 말했다.

그때는 어머니의 말을 별생각 없이 지나쳤지만 내가 평생 동안 거울로만 내 모습을 봐왔고, 현실에서는 내가 그 모습과 반대 방향으로만 보였을 것을 생각하니 충격적이었다. 나는 그녀가 이와 비슷하지만 수십 년 동안 더 강렬한 경험을 한 것이라고 짐작했다.

"여기 잠시만 계세요."

나는 서둘러 그 방을 나와 휴게실을 거쳐 간호사실로 달려갔다. 다급하게 손거울을 가진 사람이 있는지 물어봤다. 한 간호사가 자신의 가방 속에서 거울을 찾아 건네주었고, 나는 그녀에게 돌아갔다. 그녀는 여전히 벽에 걸린 거울 앞에 서 있었다. 나는 손거울을 꺼내 그녀의 머리 뒤쪽으로 가져갔다.

"여기에 당신이 반사된 모습을 보세요."

내가 말하자, 그녀의 눈이 앞에 있는 거울 속을 훑더니 내가 그녀에게 보여 주고 있는 자신의 모습을 확인하자 고통스러운 표정이 점점 사라졌다.

"당신은 안전한 곳에 있어요."

나는 반복해서 말했다. 그녀가 멋쩍은 듯 미소를 띠었다.

"안전한 곳."

그녀가 말했다. 내가 방으로 데려다주자, 그녀는 한 마디 말없이 곧바로 잠이 들었다. 내가 휴게실로 돌아왔을 때는 한 간호사가 아까 부자연스럽게 앉아 있던 환자에게 로라제팜을 주사한 뒤였다. 그는 테이블 앞에 앉아서 바나나와 오렌지 주스를 먹으며 가벼운 신문 잡지 같은 것을 읽고 있었다. 그는 이제 뻣뻣한 상태가 아니었다.

"의사 선생님. 여기 주스가 아주 맛있어요!"

"맛있게 드세요."

나는 휴게실을 나와 병동을 빠져나온 후 밖으로 난 창문을 바라보았다. 일출이 막 시작되고 있었다. 나는 문득 형에게 전화를 걸어야겠다고 생각했다.

***

데이비드 안녕.

나 안녕. 여기에선 시간이 느리게 가. 형은 어떻게 지내?

데이비드 늘 똑같지.

나 나는 내일 아침 8시부터 일요일 아침 8시까지 일해야 돼. 곧 병동에 침대가 잔뜩 비는데, 그 말은 내가 입원 수속을 잔뜩 처리해야 한다는 뜻이야.

데이비드 좋겠다.

나 다음 주부터 신경과 협진을 두 달 동안 해야 하고, 수요일마다 정신과에서 야간 당직을 해.

데이비드 나는 감사편지를 쓰는 게 너무 싫어. 양이 엄청나서 스트레스야.

나 결혼하기 전에 그 정도는 예상했어야지, 안 그래?

데이비드 야, 나는 야간 연속 근무도 해야 돼.

나 나도 마찬가지야. 형은 야간 근무 스케줄이 어떻게 돼?

데이비드 일주일 더 해야 돼. 일주일에 6일, 저녁 8시부터 아침 7시까지. 다행히도, 지금까지 입원 0번, 심정지 0번이야. 얼마 전에 우연히 아버지랑 같이 일했던 사람을 만났어. 갑자기 나한테 심전도 검사에 대해 퀴즈를 내더니 심박조율기를 가르치는 일이 너무 즐겁다면서 거기에 대해 설명했어. 좋은 시간이었지.

나　내가 다음에 그 사람을 만나면 비정형 항정신병 약물에 대해 퀴즈를 내주겠어.

데이비드　좋은 생각이야.

나　나는 내일 24시간 근무를 해. 당직실에 텔레비전이 있으면 좋겠어. 지금 ESPN ^{미국의 스포츠 방송 채널}에서 뉴욕 메츠가 경기를 하는 중이야.

데이비드　우리는 텔레비전은 있지만, ESPN은 없어. 정말 고문이나 다름없지.

나　난 정신과 병동에서 텔레비전을 몰래 볼 수는 있지만 너무 신경 쓰일 것 같아서 거의 포기해.

데이비드　난 병실에 의학 드라마를 틀어 놓고 싶은 유혹이 생기지만 이상한 사람처럼 보일까 봐 못 해. 너 혹시 경조증에 대해 아는 거 없니? 내가 경조증에 걸린 것 같대, 난 논리적인 설명이 필요해.

나　경조증은 학문적인 관점에서 볼 때 퍽 흥미로운 주제야. 활동적이면서 잠이 없어지고, 행복과 최고 행복 사이에 있는 상태야. 거의 대부분 끔찍한 조증으로 발전하게 되지.

데이비드　내가 딱히 할 수 있는 게 없네.

나　잠깐, 호출이야. 나중에 다시 얘기해.

4

첫 번째 급여 파티

현실 속 레지던트의 지위는 본질적으로 모순점을 안고 있다. 레지던트는 20대 중반에 의과대학에 들어간 후 삶과 죽음을 책임져야 하는 말도 안 되는 무게를 견뎌야 하는 동시에 한편으로는 완전히 미성숙한 모습으로 환자를 마주해야 할 때도 있다.

내 동료들 중 대부분은 레지던트를 하기 전에 단 한 번도 정규직으로 일을 해본 적이 없는 사람들로, 수련을 시작한 지 2주가 지나서야 태어나서 처음으로 제대로 된 급여를 받아 볼 수 있었다.

자긍심이 한껏 고취되는 그날을 위해 근처 멕시코 식당에서 첫 번째 급여 파티를 여는 비공식적인 전통이 레지던트들 사이에서 이어져 내려왔다. 우리 열다섯 명은 이날을 축하하기 위해 모두 모였다.

우리는 기혼, 미혼, 도시 출신, 시골 출신 등 각자 다양한 배경을 갖고 있었다. 여자가 남자보다 두 배 많았는데, 정신의학과에서는 그런 경우가 흔했다. 급여 파티는 아직은 서로 편한 사이가 아닌 우리들이 더 가까워지기 위해 마련된 자리였다. 4년이 지난 후에 우리는 한 가족이 되어 있겠지만, 급여 파티 전까지만 해도 마치 가족 찾기 프로그램을 통해 사실은 우리가 한 핏줄이라고 통보를 받은 기분이었다.

"낯선 인간들과 함께 갇히게 된 것을 축하합니다! 서로 잘 지내세요!"

멕시코 식당으로 들어가 보니 사람들이 작은 스탠딩 테이블 몇 개에 삼삼오오 조금 모여 있는 정도였다. 내가 도착했을 때 미란다가 바에서 음료 두 잔을 들고 오는 중이었다.

"안녕!"

내가 너무 반갑게 인사를 한 것 같아 찜찜했다.

"누구랑 같이 왔니?"

내가 그녀 앞에 놓인 음료 두 잔을 가리키며 묻자, 그녀가 호탕하게 웃으며 대답했다.

"안녕! 아니, 내가 다 마시려고."

나는 처음부터 미란다에게 호감이 갔다. 그녀는 개방적이면서 사교성이 높은 성격이고, 매우 지적이고 호기심이 강했다. 그녀의 친근한 롱아일랜드 악센트가 듣기 좋은 것도 매력적인 부분이었다.

"오늘 받은 돈을 여기 바에서 다 써버릴 것 같은데!"

내 말에, 미란다가 유쾌하게 웃으며 말했다.

"다른 데보다 차라리 여기서 쓰는 게 낫지."

그때 레이첼이 도착했고, 우리 쪽으로 다가오면서 말했다.

"난 이런 거 정말 싫어. 사교용 대화는 딱 질색이야."

그 말에 미란다가 대꾸했다.

"난 좋기만 한데?"

그 말은 음과 양처럼 극단적으로 다른 레이첼과 미란다의 성격을 엿볼 수 있는 여러 가지 대화 중 첫 시작이었다. 언뜻 보면 둘은 절대 어울릴 수 없는 사이처럼 보이지만 어떻게 된 일인지 정말 죽이 잘 맞았다. 그때 레이첼이 단호한 목소리로 말하기 시작했다.

"우리 규칙을 정하자. 난 혼자 이상한 사람들을 상대하기 싫으니까 너희들 중 아무나 한 명은 내 옆에 항상 있어야 돼."

나는 동의하기 위해 고개를 끄덕이면서 내가 적어도 그녀에게 이상한 사람이 아니라는 점에 흐뭇해했다.

"그리고 두 번째 규칙은 오늘 밤 우리 중 누구도 동침해서는 안 돼."

미란다와 나는 복종하듯 고개를 끄덕였다. 나는 레이첼의 말을 곱씹으면서 그 상황이 일어날 가능성에 대해 생각했다. 레이첼은 나와 미란다를 겨냥한 것이었을까, 아니면 나와 그녀 자신이었을까? 그것도 아니면 그들 두 사람인가?

세 잔째 술이 들어가자 우리는 더 적극적으로 동료들하고 어울리기 시작했다. 우리 셋은 처음에 자리했던 테이블을 벗어나 다나와 벤, 그리고 뒤늦게 도착한 에린과 대화하기 위해 돌아다녔다. 에린은 비현실적으로 잘생긴 남편을 데리고 나타났는데, 그는 단 5분

만에 자리를 떴다. 그가 나갈 때 몇몇 여자들이 노골적으로 눈길을 보내기도 했다. 나는 은근히 질투가 났지만 내색하지 않고 대화를 이어 갔다.

"남편은 어떤 사람이니?"

내가 질문하자, 에린이 말했다,

"우린 고등학교에서 만났어. 대학교를 졸업하고 바로 결혼했지. 남편의 가족은 그가 작년에 응용수학에서 박사학위를 받을 때까지 아주 헌신적이었어. 하지만 우린 지금 여기에 와 있잖아. 그가 가족들을 많이 그리워하는 것 같아. 그가 다른 사람들하고는 단 몇 분도 어울리려고 하지 않아서 힘들어."

두 사람은 에린의 레지던트 과정에 따라 4년 동안 머물 거주지를 정하기로 했고, 그 후에는 그와 그의 직업을 고려해 결정하기로 했다고 한다. 이 정도면 초고학력 전문가 부부로서 꽤 합리적인 협의를 내린 것이지만, 그는 취업을 위해 학력을 낮춰서라도 취업을 했으니 이 도시에 갇혀 사는 기분이 들었을 것이다.

"우리가 여기에 온 지 겨우 몇 주밖에 지나지 않았는데, 그는 벌써부터 힘들어 보여. 앞으로 4년을 어떻게 보내야 할지 나도 모르겠어."

에린이 남편에 대해 너무 솔직하게 털어놓는 바람에 듣기가 민망했다. 정신적으로 고통스러워하는 환자를 대하는 방법에 대해 나중에 수련을 통해 배우기는 했지만 그 당시는 아니었다. 그때 미란다가 끼어들어 대화의 주제를 바꾸려 했다.

"난 어젯밤에 아주 흥미로운 협진을 요청했어."

나는 그녀에게 어서 계속 말하라고 눈짓을 보냈다.

"우리 병동에 편집 조현병으로 입원한 여자가 있어."

"잠깐, 외부에서 이런 얘기를 해도 되는 걸까?"

에린은 우리들 중에서 가장 규율을 엄격하게 지키려는 성향이었다.

"당연하지. 동료들이 서로 점검해 주는 게 뭐 어때서?"

레이첼이 웃으며 말했고, 미란다는 얼른 얘기를 계속했다.

"간호사한테 호출을 받았는데 이러저러해서 나보고 그 환자를 개인적으로 검진해 보라는 거야. 난 그냥 별생각 없이 알겠다며 뭐든 해보겠다는 식으로 답했지. 그래서 그 환자를 진료실로 데리고 갔는데, 자기 몸에 음경이 자라는 중이라는 거야. 그 환자에게 그런 일은 불가능하다고 설명했지만, 그녀는 나보고 자기 몸을 봐달라고 요청했어. 환자가 원하는데 안 볼 수는 없잖아, 안 그래? 난 이제 의사니까 봐야 할 의무가 있잖아. 그래서 그녀의 음부를 봤더니 음경이 자라는 중은 아니었지만 확실히 뭔가 자라고 있었어."

"맙소사. 난 그럴 걸 하려고 정신의학과에 온 게 아니야."

레이첼이 한숨을 내쉬며 말을 했다. 에린이 말을 거들었다.

"진정해. 환자에게 연민을 가져야지! 망상과 신체화가 교차한 정말 흥미로운 사건이잖아. 미란다, 그래서 어떻게 했니?"

"그 문제는 내가 처리할 수 없는 영역이라는 걸 깨달았지. 대체 그게 뭘까? 질 낭종? 누가 알겠어. 그래서 부인과에 협진을 요청했어."

"요청할 때 뭐라고 설명했니?"

"당연히 음경이라는 말은 안 했지. 아무튼 그 일은 잘 해결됐어.

협진팀이 왔고, 난 더 이상 그녀의 음경이 자라는 걸 신경 쓸 필요가 없어졌지."

"나였다면 바보가 된 기분이었을 거야. 병원 역사상 가장 무능한 의사……."

내가 말하자, 미란다가 씩 웃으며 말을 이었다.

"난 굴욕적인 기분이 들었어. 우리 과의 명성은 그날 밤 어느 정도 타격을 입었을 거야."

"부인과 의사는 어떻게 반응했니?"

"사실 그녀는 정말 친절했어. 작은 질 종양도 다양한 진단이 가능하다는 얘기를 계속 설명해 주려고 했어. 반대로 난 기분 나쁘지 않게 대화를 어서 끝내려고 했지."

그때 레이첼이 농담처럼 말했다.

"사실 우리가 그런 상황에 쓰려고 정신의학과를 공부한 건 아니니까!"

나는 프로이트를 흉내 내며 말했다.

"음부는 그냥 음부일 뿐이야."

그러자 레이첼이 나에게 경고를 하듯이 말했다.

"술자리에서 함부로 프로이트 인용하지 마."

"뭐 어때?"

이렇게 말한 사람은 미란다였다. 그녀가 이런 말을 보탰다.

"그런데 내가 알기로는 프로이트는 오로지 남근에만 집착했어."

잠시 침묵이 흘렀고, 그것을 깬 사람은 에린이었다.

"그 환자가 어떻게 됐는지 궁금하다."

병원 밖에서도 우리의 관심사는 여전히 일이었다.

"다들, 이제 일 얘기는 그만해. 자, 술이나 마시자."

레이첼이 지시를 내렸고, 그 후 우리의 파티는 다시 가볍고 즐거운 분위기로 흘러갔다. 나는 앞으로 4년 동안 이 친구들과 같은 편이 되어 잘 헤쳐 나갈 수 있을 거라는 희망을 가졌다. 그러면서 아까 레이첼이 말한 동침 금지가 규칙이 아니라 그냥 권고사항쯤 되면 좋겠다고 생각했다.

5

신화적인 주간팀

입원 병동에서의 야간 당직은 두 가지 중요한 목표를 갖고 있다. '모든 환자가 무사하기'와 '가능한 한 주간팀의 진료 계획에 변동사항 만들지 않기'가 그것이다. 야간팀으로 새로 들어온 레지던트들도 소중한 일원이지만, 그들의 일은 눈에 띄지 말아야 한다.

인턴을 포함한 모든 레지던트들은 효과적인 치료 및 퇴원 계획을 세우는 것과 관련해 자신의 한계를 잘 알고 있었다. 특히 야간 당직을 하는 레지던트는 환자 목록을 큰 실수 없이 온전히 관리해야만 일을 잘하는 것으로 평가받았다. 그런 관점에서 보면 그 역할은 할 만해 보이지만 여전히 피곤한 일임에 틀림없었다.

각 환자들의 관리는 주간팀으로부터 서면 및 구두로 인수인계를 통해 넘어온다. 주간팀은 사회복지사, 간호사, 레지던트, 주치의 등 충분한 인원으로 구성되어 있다. 하지만 야간 당직을 하는 레지던트들은 응급실에서 보조로 환자를 봐주는 선배 레지던트 한 명만 있을 뿐 혼자서 다 처리해야 한다.

이에 비해 주간팀의 인력은 비교도 할 수 없을 만큼 풍부해 보였다. 주간팀에 소속되기 전 나는 그들이 마치 자연의 전지적인 힘을 갖고 있는 것처럼 환자들이 3일에서 7일 입원하는 동안 자살 생각이나 정신병 같은 심각한 증상이라도 다 파악하고 효과적으로 치료하는 상상을 하곤 했다.

야간 당직 시에 환자들이 뭔가를 물어볼 때마다 나는 이 말을 끊임없이 반복해야 했다.

"주간팀과 의논해 보세요."

내 마음속으로는 알고 있지만 환자에게 말하지 않은 부분도 있다.

"주간팀은 어떻게 해야 할지 다 알지만, 저는 몰라요."

드디어 내가 레지던트 1년 차 중 순환 근무로 주간팀으로 이동했을 때, 그동안 상상했던 여유 있고 학술적인 치료 계획이나 환자 관리 프로그램 따위는 불가능하다는 사실을 깨달았다. 주간팀은 때로는 속전속결하면서 극심한 혼돈 속에서 각자 최선을 다해 버티는 중이었다.

제일 중요한 목표는 환자들을 진정시키고 그들이 퇴원 후에도 일상으로 안전하고 성공적으로 돌아가도록 만드는 것이었다. 규정상 환자들은 자신 또는 타인에게 긴박하게 위험할 때만 보호병동에서 입원에 준하는 치료를 받게 되어 있다. 매사추세츠 주에서 법적으로 승인될 수 있는 경우는 환자가 자발적으로 입원 결정을 내리거나 환자가 반대하더라도 정신의학과에 사흘 동안 환자를 안정시킬 권한을 부여하는 1장짜리 문서를 작성한 때다.

사흘이 지나면 환자는 스스로 퇴원하거나 보호자를 통해 법정에서 계속해서 치료를 받을지 판단 받을 기회가 주어진다. 다른 정신과 의사들과 마찬가지로 나도 환자들의 의사에 반해 치료하는 것을 좋아하지 않는다.

우리는 그렇게 하지 않을 방법을 강구하기 위해 노력하지만 종종 환자들이 자기 자신 또는 타인에게 긴박한 위험이 될 수 있다는 점은 부정하기 어렵다. 그런 경우에는 참담한 기분이 들지라도 비자발적 치료를 진행시켜 우리에게 주어진 일을 해내야만 한다.

다른 의도를 숨기고 자신을 강제 수용한다는 이유로 병동에 있는 환자가 정신과 의사를 고발하는 일도 흔하다. 다른 사람의 자유를 빼앗는 일이야말로 내가 가장 피하고 싶은 것이므로 그런 책망을 들을 때마다 늘 마음에 큰 상처를 입는다.

주간팀으로 근무한 첫날, 함께 순환 근무를 하게 된 에린과 나는 주치의들의 수장인 송 교수님의 안내로 이곳저곳을 둘러보았다. 그가 말했다.

"어서들 오세요, 친구들. 별로 그렇게 보이진 않겠지만 앞으로 남관 4층은 여러분에게 집처럼 편안한 공간이 될 겁니다. 이곳에서 정신의학과와 인간의 속성에 대해 많은 것을 배우게 될 것입니다."

송 교수님은 약간 별나면서도 너그러운 성품을 가진 사람으로 알려져 있었다. 그는 아침 회진을 위해 출근할 때 짧은 자전거용 바지를 입고 가까스로 정시에 맞춰 도착했다. 그가 사람들을 만날 때는 누가 얘길 하든지 즉각적으로 상대에 집중하면서 그의 마음속을 들여다보는 것 같았다. 그는 사람들을 이해하는 비범한 능력이 있었고, 특히 주위 세상과 소통하기 어려워하는 환자들을 잘 파악했다.

"환자는 사람입니다. 우리도 사람이고요. 환자를 사람으로 대하면 이미 절반은 성공한 겁니다. 환각 때문에 항정신병 약물인 올란자핀olanzapine 과 리스페리돈risperidone을 처방하는 것은 우리가 공감적 듣기를 활용하는 것보다 중요하지 않습니다. 아, 그리고 공감적 듣기를 말하기 전에 여기 이분은 크리스탈입니다. 우리 팀의 사회복지사죠. 크리스탈은 우주를 통틀어 최고로 잘 듣는 사람입니다. 우리 병동은 이분이 없으면 돌아갈 수가 없어요."

크리스탈이 활짝 웃으며 대답했다.

"맞는 말씀입니다. 교수님 칭찬은 아무리 들어도 질리지 않아요."

크리스탈과 송 교수님은 오랫동안 같이 근무한 사이로 서로의 특징을 잘 알고 있었고, 말하지 않아도 상대를 다 이해하는 정도였다. 크리스탈은 우리를 큰 보드 앞으로 데려가 업무 리스트를 보여주었다. 이제 우리는 야간 당직을 통해 이런 것들을 능숙하게 볼 줄 알았다.

"각자 최대한 다양한 환자를 만나 보도록 합시다."

그러면서 크리스탈은 마커펜으로 보드에 알 수 없는 메모를 쓰기 시작했다.

"에린과 애덤은 여기 다섯 명과 여기 다섯 명을 맡도록 해요. 누가 어느 쪽을 맡을지는 둘이 알아서 정하세요."

그렇게 말하고는 우리의 얼굴을 번갈아 바라보더니 다시 말을 이었다.

"첫 번째 그룹의 회진은 오전 10시에 만나서 시작하고, 두 번째 그룹은 오전 11시 반에 만납시다."

나는 에린이 정하게 양보했고, 결국 내가 이미 알고 있는 환자들이 속한 그룹을 담당하는 것으로 정해졌다. 거기에는 거울 정신병으로 고통받는 진저, 긴장증을 앓는 로저, 거식증을 앓는 제인, 커플 중에 로미오 역할을 맡는 폴, 그리고 급성 조증으로 야간에 새로 입원한 데보라도 있었다.

우리가 회진을 진행하기 위해 정신의학과 회의실 중의 한 방에 모두 모였을 때, 첫 번째로 들어온 환자는 폴이었다. 그는 상태가 매우 좋지 않았다. 바로 며칠 전 봤을 때보다 눈에 띄게 안 좋아 보였다. 머리는 기름이 져서 몹시 지저분했고 어깨는 축 처져 있었다. 그가 자리에 앉을 때 보니 셔츠에도 얼룩이 많이 묻어 있었다. 그것은 아주 극적인 퇴보였다. 송 교수님이 나를 돌아보며 말했다.

"닥터 스턴, 이제 당신 차례입니다."

나는 고개를 끄덕이며 진료를 시작했다.

"폴, 오늘 어떠세요?"

그는 조용히 앉아 타일이 깔린 바닥을 응시했다. 나는 3초 정도 기다린 후 도움을 청하듯 송 교수님을 바라봤다. 그는 손가락으로 7을 표시했는데 다음 질문까지 7초간 기다리라는 의미였다. 그 시간이 아주 길게 느껴졌다.

"폴, 제가 염려하는 부분은……."

그때 그가 무표정하게 말했다.

"그녀가 떠났어요. 평생 동안 시체처럼 살다가 갑자기 깨어나는 게 어떤 느낌인지 아세요?"

"여자친구가 떠났다고요?"

그가 끄덕였다.

"정신과에서요?"

"이 나라에서요. 그녀는 의붓아버지를 따라 스웨덴으로 가버렸어요. 그녀가 없는 저의 삶은 아무런 목적이 없습니다."

나는 송 교수님에게 고개를 돌렸다. 나는 의과대학에서 단 한 번도 실연에 대한 강의를 들어 본 적이 없었다. 7초간 침묵하면서 무슨 말을 해야 할지 머릿속이 하얘졌지만 다행히 송 교수님이 나를 고통에서 구원해 주었다.

"사랑은 강력한 힘이에요, 폴. 그래서 거대한 상실감을 느끼는 겁니다. 충분히 이해할 수 있어요."

폴은 고개를 끄덕이더니 아예 고개를 돌려 송 교수님 쪽을 바라보았다. 송 교수님이 물었다.

"아직도 자살하고 싶은 마음이 드나요?"

그가 고개를 끄덕였다.

"그렇다면 여기서 우리와 함께 머물도록 해요. 제가 당신에게 바라는 것입니다. 매일 아침 7시에 일어나 휴게실에서 한 시간을 보내세요. 내키지 않더라도 거기에 들어오는 모든 사람에게 말을 걸어 보세요. 하기 싫으면 더욱 해보도록 노력하세요. 그들과 대화하고 아침식사를 든든하게 하세요. 점심시간 전에 작업치료사들과 적어도 한 가지 활동 수업에 참여하도록 하세요. 우리가 당신의 경과를 확인해 볼 것입니다. 이해되시죠?"

그는 고개를 끄덕이며 송 교수님에게 감사 인사를 하고 방에서 나갔다. 나는 그가 복도로 나가 안 보일 때까지 못 미더운 표정으로 그를 바라봤다.

"아침을 먹고 매일 작업 활동을 하라고요?"

내 물음에 송 교수님이 이런 답을 내놓았다.

"그럼 폴에게 항우울제가 더 효과적일 것이라고 생각하나요, 닥터 스턴?"

"그건 아닙니다."

"나도 아니라고 봅니다. 이 젊은이는 자아가 분열되어 있어요. 자신이 너무 불완전하니까 완전해지기 위해 다른 사람을 필요로 하는 상태입니다. 그런데 그 대상이 사라지니 여기 입원 전에 그랬던 것처럼 자살을 시도하게 된 것입니다. 자아가 완전해진 것을 느끼기 위해 다른 사람들에게 애착을 형성하게 되는 것인데 언젠가는 헤어져야 하기 때문에 유대감은 파괴될 수밖에 없고, 그는 더 크게 무너지는 거죠."

"그럼 어떻게 그를 도와야 합니까?"

"시간입니다. 우리가 저 젊은이를 이곳에서 머물도록 시간을 선물하고, 그의 절망도 이곳에 붙들어 두면 그는 스스로 새롭게 태어나고 타인에 대해 잠재적으로 더 튼튼한 유대감을 형성할 것입니다. 우리는 그의 정체성 위기를 해결해 주는 것이 아니라 그가 바로 설 때까지 지지해 주는 것입니다."

나는 그의 말에 감동받을 시간이 없었다. 로저가 이미 문을 열고 들어오고 있었다. 야간 당직 첫날 납굴증을 보였던 그가 완전히 정상적으로 기능하고 감정이 살아나 심지어 매력적인 남자가 되어 있는 것을 보니 정말 놀라웠다.

어떻게 이토록 빨리 약물 선택의 적중으로 뻣뻣한 동상 같던 사람이 완벽하게 정상인으로 변모할 수 있는지 믿기지 않았다. 간략하게 검사를 해보니 그는 외래 환자로 보낼 수 있을 만큼 충분히 경과가 좋았다.

진저에 대해서도 같은 평가를 내릴 수 있었다. 그녀는 지난 야간 당직 이후 혼잣말이 줄어들고 심각한 불안 증세가 사라지는 등 병세가 빠르게 완화되었다. 면담이 끝날 즈음 그녀는 내 쪽으로 다가와 늘 가지고 다니는 손거울을 내게 보여 주며 말을 했다.

"고맙습니다."

그다음 제인이 들어왔다. 스물두 살인 그녀는 타고난 능력과 성실함으로 하버드대학에 입학했지만 거식증으로 피폐한 상태가 되어 있었다. 학내 상담사들이 그녀의 몸무게에 걱정을 표하면서 입학한 지 한 학기 만에 학업을 중단하고 말았다.

그녀는 1년 동안 외래 환자로 치료를 받으면서 부모님의 근심에서 벗어날 수 있었지만, 여전히 건강한 몸무게를 유지할 정도의 충분한 음식을 섭취하지 못했고 서서히 쇠약해져 갔다.

6주 전 이곳에 입원했을 때, 그녀는 월경이 멈춘 상태였고 광대뼈 근처에 금발의 솜털이 자라기 시작했다. 이것은 거식증 증상의 하나로, 피부를 보호하기 위해 솜털이 과도하게 자라는 현상을 말한다.

그녀가 받고 있는 섭식장애 치료는 섭취하는 칼로리의 양을 철저하게 계산하고 매일 증량해 나가도록 관리하는 것이었다. 물론 그녀가 자신의 몸무게를 확인하는 것은 금지되었다. 법원에서 그녀에게 강제 치료를 명령했지만 그녀는 계속해서 섭식을 거부했다.

이제 체중이 35킬로그램밖에 나가지 않는 그녀는 억지로라도 음식물을 섭취하기 위해 섭식관을 사용해야 할 위기였다. 그것은 다들 끔찍하다고 말하는 처치로, 스스로 먹지 못하는 사람에게는 더욱 잔인한 고역일 수밖에 없었다.

나는 환자가 원하지 않는 치료는 하고 싶지 않았다. 장기적으로 제인에게 도움이 되는 일일지라도 그녀가 원하지 않는다면 섭식관을 강제로 지시하고 싶지 않았다. 환자들의 의견에 반하는 방향으로 치료하는 것은 아버지가 심장내과에서 매일 일하는 모습을 떠올리며 꿈꿔 온 의사의 이미지와는 정반대의 모습이었다.

환자는 자신의 문제를 위해 도움을 요청하고자 병원에 오고, 의사는 그들을 돕는다. 매우 단순하고 명확한 전제지만 의학의 현실은 이와 다르다는 것을 점점 깨닫게 되었다. 특히 정신과에서의 경험은 완전히 다른 것이었다.

"새로 온 사람이죠?"

그녀가 나를 보며 물었다.

"네, 새로 온 사람입니다."

"그냥 결론부터 말하면 안 될까요? 서로 시간 절약할 수 있는 방법을 알려 드릴게요."

"어떻게 하면 되는 거죠?"

"우선, 저한테 공감하는 모습을 보여 주려고 하시겠죠. 저와 소통할 방법을 찾으셔야 하잖아요, 안 그래요? 그리고 제가 처방식을 먹게 하려고 이런저런 방법을 강구할 테고요, 맞죠? 제가 처방식을 안 먹고 있다는 걸 발견하면 당신은 좌절할 거예요. 그런데 처음으로 겨우 진솔한 대화가 오고 갈 즈음이 되면 순환 근무가 바뀌면서 새로운 의사가 나타나겠죠. 그리고 이 거지 같은 과정을 전부 다시 시작할 거예요."

"제가 그 공식을 깰 방법이 없을까요?"

그녀가 짧은 답을 내놓았다.

"자살?"

나는 정해진 7초 동안 그녀와 함께 침묵을 지켰다.

"그건 전혀 답이 될 수 없어요. 하지만 우리 같이 방법을 찾아보도록 하죠."

"땡! 그건 잘못된 공감이에요! 난 갈래요. 내일 가족 면회 시간에 다시 만나요."

그녀가 나갈 때, 그녀의 허벅지 뒤쪽에 수십 개의 찰과상 흔적이 보였다. 송 교수님이 안타깝다는 듯 말했다.

"섭식장애는 유능한 정신과 의사들도 두 손을 들게 만들어요. 내일 가족 면회에 가서 부모님 앞에서 그녀의 편에 서는 모습을 보여주세요."

나는 고개를 끄덕였다. 송 교수님의 말이 이어졌다.

"다음 환자는 데보라로, 양극성 장애로 열네 번의 입원 경력이 있는 쉰다섯 살 여자 환자인데, 어젯밤 급성 조증으로 입원했어요. 자, 준비하세요, 닥터 스턴."

6

조증

　방 안을 서성거리는 그 환자는 불꽃처럼 요동치고 번쩍거리며 타오르는 듯 격렬했다. 나는 그때까지 그런 광경을 본 적이 없었다. 그녀는 잠시도 가만히 있지 못했다. 조증이 지배한 그녀의 생각이 입으로 마구 분출되는 동안 몸도 같이 흔들렸다.

　"이 병원은 나를 따라 지어졌어. 여기는 데보라들을 위한 데보라 데빙슨 데보라빌 병원이야. 내가 병원을 발명한 사람이야. 너희들은 의사가 아니야. 너희들은 데보라의 의사들이야. 섹시, 섹스, 당신."

　그녀는 나를 똑바로 쳐다보았다.

　"제발 자리에 앉으시겠어요, 데보라?"

　"의자는 영혼을 위한 방석이야. 영혼은 우리를 구원에 이르게 하지. 나도 구원받고 싶어. 쇠멸, 멸망, 그래 줄래요?"

　크리스탈이 응급실 소견서를 읽으며 보고했다.

"이분은 롱우드의 커피숍 근처에서 이 상태로 발견되었어요. 지나가는 사람한테 잠자리를 제안하고 있었죠. 전남편의 증언에 따르면 며칠 동안 잠을 안 잔 상태라고 하네요. 증상이 없을 때는 시내에서 변호사로 일해요. 세법 변호사."

송 교수님이 말했다.

"좋은 세법 변호사를 한 사람 알아 두겠군요. 자, 닥터 스턴은 이제 어떻게 하고 싶나요?"

그 말에 응답을 하듯 나는 데보라에게 다가갔다. 격렬하게 방 안을 왔다 갔다 하는 그녀에게 내가 말을 건넸다.

"데보라, 앉아서 잠시만 우리와 얘기를 나누시겠습니까? 당신을 쉽게 해줄 약물을 투여하려고 해요."

하지만 방 안에서 당구공처럼 몸을 이리저리 튕기며 돌아다니고 있던 그녀는 출입문을 찾아내자 탄력이 붙은 것처럼 힘차게 복도로 나가 버렸다. 송 교수님이 말했다.

"잠이 답이에요, 닥터 스턴. 조증의 해결책은 그냥 잠입니다. 하지만 그녀는 지금 잠을 잘 수 없죠. 그럼 무엇을 해야 될까요?"

"쿠에티아핀을 주려고요."

"그러고요?"

"로라제팜을……."

내가 자신 없이 대답하자, 송 교수님이 얼른 말했다.

"맞아요. 그리고 장기간 무엇을 투약해야 되죠?"

"리튬lithium인가요?"

나는 리튬이 양극성 장애 환자들을 위한 기분안정제의 주성분이라는 사실을 알고 있었지만, 이 환자의 상태는 내 지식으로 판단하기에는 한계가 있었다. 나는 이미 완전히 자신감을 상실한 상태였다. 송 교수님이 내 등을 두드리며 말을 했다.

"맞아요, 빨리 움직이세요, 닥터 스턴."

우리가 그 방에서 나오려고 할 때 갑자기 끽 소리를 내며 문이 20센티미터 정도 열렸다. 데보라가 머리를 쑥 들이밀었다.

"당신은 정말 잘생겼어요."

그녀는 내게 이렇게 말하곤 다시 복도 쪽으로 도망가 버렸다. 송 교수는 고개를 돌려 나를 살폈다.

"닥터 스턴이 잘생긴 편인가요?"

"저도 처음 듣는 얘기라 놀랐습니다."

"그 말에 너무 우쭐대면 안 됩니다. 그런 반응은 양극성 장애에서 아주 흔한 증상이에요. 데보라의 언행을 하나씩 기록해 두면 경과를 확인할 때 도움이 될지도 몰라요."

"그럼 매일 그녀에게 제가 얼마나 매력적인지 점수를 매기라고 해야 할까요?"

"고소당할 수 있는 상황은 피해야겠죠, 닥터 스턴. 어차피 그녀가 자연스럽게 행동으로 보여 줄 겁니다."

나는 간호사들의 도움을 받아 주사를 실행했고, 얼마 후 데보라는 잠을 잘 수 있었다.

점심시간에 에린을 만났다. 그녀가 말했다.

"내가 어느 정도 파악하기 시작했다고 자신하면 갑자기 상황이 뒤집히는 기분이야."

"무슨 일 있어?"

"특별한 건 없어. 며칠 전 마지막으로 진찰한 환자가 나보고 왜 자신이 계속 살아야 하느냐고 물었는데, 난 아무 말도 못 했어. 약물에 관한 질문은 얼마든지 편하게 답할 수 있지만 삶의 의미에 관해 질문하면 난 너무 놀라서 아무 말도 떠오르지 않아."

"너무 비관적으로 해석하지 마."

"아니, 환자가 직접 그렇게 말했어. 그녀가 말하기를 '선생님도 모르잖아요, 나는 그만큼 비관적인 상황이에요'라고."

낙담하는 그녀를 보며, 내가 위로하듯 화제를 바꿨다.

"내가 이 일을 하면서 정말 놀란 부분이 뭐냐 하면, 우리가 사용하는 단어들이 아주 중요하다는 거야. 그리고 더 중요한 것은 우리가 어떻게 사용하느냐 하는 거야. 조증에 걸린 여자 환자가 나보고 정말 잘생겼다고 했는데, 내가 고맙다고 말해야 되는 걸까? 아니면 고맙다고 말하면 안 되는 걸까?"

"그녀가 왜 환자와 의사 사이에 지켜야 될 선을 넘나드는지 그녀와 머리를 맞대고 파악해 봤어야지."

"너무 쉽게 말하지 마. 그녀는 계속 벽에다 몸을 튕기고 있었고, 방 안에 2분 이상 잡아 둘 수가 없었어."

"나는 정반대의 경험을 했어. 한 환자가 침대에서 일어나질 않는 거야, 그럴 기분이 아니라면서. 그녀가 감정적 고통 때문에 몸도 못 일으키고 나와 인터뷰도 하러 가지 못하겠다는데 어떻게 해야 할지 전혀 모르겠더라고. 그런데 몸이 안 좋은 어린아이를 살피는 것처럼 본능적으로 내가 침대 끝에 앉아 버렸어. 그게 잘못된 방법이라는 건 알고 있지만."

"그래서 어떻게 했어?"

"그 방에서 나와 송 교수님한테 물어봤지."

"뭐라고 하셨어?"

"환자와 눈높이를 맞추는 게 제일 좋은 방법이라고 하셨어."

"그게 무슨 말이지? 보조 침대를 빼서 환자 옆에 누우라는 걸까?"

"의자가 해결해 줬어. 나는 그녀로부터 몇 걸음 떨어진 곳에 의자를 놓고 앉아서 대화를 나눴어. 그녀는 계속 베개를 베고 누워 있는 상태였고."

"우리가 의과대학에서 배우지 못한 내용들이 정말 너무 많아."

그때 호출기가 울렸다.

"데보라, 환자 번호 062584, 선생님과의 대화 요청 중."

나는 에린에게 사과하고 자리를 떴다. 나는 홀을 가로질러 계단을 오른 후 병동으로 들어갔다. 데보라는 환자 출입이 금지된 구역의 문 옆 검은색 경계선 앞에서 나를 기다리고 있었다. 그것은 환자의 탈출을 방지하려고 만들어 놓은 것이었다.

"무슨 일이죠, 데보라? 괜찮으세요?"

그녀는 여전히 에너지를 발산하는 중이었다.

"당신은 정말 잘생겼어요. 당신은 나의 의사이고, 정말 잘생겼다는 사실을 알아주세요."

"그 얘기를 잘 꺼내셨습니다. 우리는 전문적인 치료를 위해 만난 사이이기 때문에 이런 식으로 말씀하시는 것은 적절하지 않다는 점을 말씀드리고 싶습니다. 환자 분의 친절한 관심은 감사하지만 우리 서로 선을 지키도록 노력합시다."

그녀는 마치 고등학교 댄스파티에서 남학생에게 거절당한 듯한 표정을 지었다. 그녀가 복도 쪽으로 뛰어가 버리자 나는 마음이 무거워졌다. 한 시간 후 간호사실을 지나칠 때 한 편지가 나에게 전달되었다.

"선생님, 곤란하시겠어요."

간호사가 노래를 부르듯 놀려 대며 나에게 쪽지를 건네주었다.

스턴 선생님께. 우리는 하나가 될 운명이에요. 왜 사람들 앞에서 선생님의 감정대로 행동하지 못하는지 이해가 돼요. 하지만 전 당신이 진짜 느끼는 감정이 무엇인지 알고 있어요. 언젠가 우리가 결국 하나라는 걸 세상이 보게 될 거예요. 당신은 의사가 아니고, 저는 환자가 아니에요. 우리는 그저 사랑에 빠진 인간이에요. 우리에게 필요한 건 사랑이 전부예요. 진심을 담아, 데보라가.

나는 병동을 나와 곧장 송 교수님의 사무실로 찾아갔다.

"제가 어떻게 해야 합니까?"

"닥터 스턴은 지금 과거에 경험한 감정을 의사나 상담자에게 치환하려는 그녀의 색정광 전이transference의 중심에 있게 된 상황입니다. 하지만 약효가 나타나기 시작하면 곧 사라질 겁니다."

'색정광'이란 심리학 사전에 등재된 용어로, 유명인이나 타인으로부터 사랑을 받고 있거나 성적 관계를 맺고 있다는 잘못된 인식 또는 믿음을 말한다. 스토커들 중에 이런 성향의 인물들이 많은 편이다. 내가 다시 한 번 물었다.

"그럼 약효가 나타날 때까지 어떻게 해야 하죠?"

"6시에 퇴근하지 않나요? 그때까지는 가볍게 조언하듯이 상담만 하세요. 환자가 투약으로 잠을 자고 일어나면 장담하건대, 내일 아침에는 닥터 스턴의 후광이 사라져 있을 겁니다."

그는 잠시 머뭇거리다 이렇게 말했다.

"솔직히 말해서, 닥터 스턴이 그렇게 잘생긴 건 아니잖아요?"

병동으로 돌아간 나는 최대한 그녀와 마주치지 않으려고 했지만, 데보라는 오후 5시 30분에 복도에서 나를 찾아내고야 말았다.

"제 편지 받으셨어요?"

"네, 받았습니다. 지금 데보라는 상당히 강한 감정을 느끼시는 것 같습니다만, 제가 제안 드리고 싶은 것은 우리가……."

"제가 편지에 쓴 내용이 맞죠? 제가 느끼는 대로 선생님도 느끼는 거죠? 비밀로 해드릴게요."

나는 최대한 부드럽게 타일렀다.

"데보라, 이러시면 안 됩니다. 당신은 환자입니다. 우리 함께 치료에 집중해서 최대한 빨리 당신의 기분이 나아지도록…….”

“아, 알겠어요. 알았다고요.”

이번에는 마치 내가 그녀의 애완견을 죽였다고 고백이라도 한 듯한 표정으로 나를 보았다. 그녀는 복도를 가로질러 자신의 방으로 걸어갔고, 나는 소견서를 정리하러 레지던트실로 향했다.

시곗바늘이 힘겹게 오후 6시를 가리키려고 했다. 나는 가끔 분침이 뒤로 움직이는 게 아닌지 의심이 들 때가 있다. 5시 58분이 되자 머리 위 스피커에서 긴급 호출이 방송되었다.

“코드 블루code blue, 심정지 상태의 응급상황, 남관 4층 23호실. 반복합니다, 남관 4층 23호실. 모든 의료진은 응답 바랍니다.”

에린과 나는 사무실에서 나와 전속력으로 구불구불한 복도를 지나 환자실 쪽으로 달려갔다. 23호실 밖은 이미 난리가 난 상황이었다. 방으로 들어갈 때 나는 데보라의 이름을 방 입구에서 확인할 수 있었다. 방 안으로 고개를 돌리자 그녀가 침대 시트를 목에 감고 바닥에 누워 있는 모습이 눈에 들어왔다. 그녀의 입술이 파래지고 있었다.

“오, 맙소사…….”

그 순간 응급팀이 들이닥쳤고, 그녀를 진단하기 시작했다. 문에 기대에 그들이 일하는 모습을 지켜보는 동안 내 얼굴도 창백해져 갔다.

“맥박은 있어요! 호흡도 있어요.”

그녀의 목에 감긴 시트가 풀어지는 동안 응급팀장이 외쳤다. 데보라는 침대 옆에 몸을 기대고 앉아 힘겹게 뭔가를 말하려고 했다.

"그 의사 선생님, 그 선생님을 만나고 싶어요."

그녀는 쉿소리를 내며 호흡했다. 응급팀장이 그녀에게 다가갔다.

"저는 닥터 홀징거입니다."

"당신 말고!"

그녀는 그를 매몰차게 무시하며 방 안을 훑어보더니 마침내 문 옆에 서 있는 나를 발견했다.

"스턴 선생님!"

나는 주저하면서 그녀에게 다가갔다.

"안녕하세요, 데보라. 괜찮으신가요?"

"지금은 괜찮아요."

"데보라, 우리는 당신의 안전을 위해 당신을 잠깐 격리실에 머물게 할 것입니다. 너무 위험한 상황이었습니다. 앞으로 다시는 그렇게 하지 말길 바랍니다."

내 말이 떨어지기 무섭게 그녀가 눈물을 흘리며 애원했다.

"저와 함께 있어 줄래요?"

"당신이 잠들 때까지 문 밖에 있겠습니다."

"나를 보살펴 주기까지 하다니, 와우!"

그렇게 말했지만, 그녀의 눈을 보니 이미 약효가 시작되었음을 확인할 수 있었다. 우리가 격리실에 도착했을 때 그녀의 조증에 변화가 일어났다. 그녀는 내리 열다섯 시간 동안 수면을 취했고, 다시 일어났을 때는 나를 평범한 의사처럼 대했다.

남관 4층의 병상이 만석일 때 일하는 것은 마치 불구덩이에서 일하는 것과 다르지 않았다. 한쪽 불길을 진압하고 나면 다른 한쪽이 불길에 휩싸이기 시작했다. 신입인 우리들은 이곳에 적응하고 소화시킬 공간과 시간적 여유가 필요했다. 그래서 우리는 레지던트 과정 중 수요일은 반나절만 임상에 투입되고, 나머지는 강의를 듣거나 '감정 수업'에 참여했다.

우리 모두 지치고 긴장이 풀린 상태로 저층 회의실로 모여들었다. 그때가 그 주에 처음으로 다들 무장 해제되는 기분을 만끽할 수 있는 시간이었다. 환자를 관리하는 일은 끝이 없는 대혼란과 불확실성의 소용돌이 같았지만, 수업을 듣는 것은 지난 이십 년 동안 꾸준히 해오던 일이어서 그런지 모두가 제2의 천성을 발휘하는 것과 같았다.

우리의 첫 수업은 정신과 의사가 되는 길이 무엇인지에 대한 가장 기초를 배우는 시간으로 레딩 교수님이 진행했다. 정신 건강을 파괴하는 여러 가지 원인을 밝히는 정신병리학과 정신의학의 법적 역할을 다룬 법의학 등에 대해 배웠다.

이 시간에는 내가 제일 힘들어하는 동의 없이 환자를 다뤄야 하는 내용도 다루었다. 환자의 의사와 반대로 강제 입원을 통해 권리를 빼앗는 것이 나에게는 고통스럽게 느껴졌다. 하지만 환자가 적극적으로 자살할 의지를 보이거나 정신병으로 인해 먹고, 입고, 주거하는 생활을 영위하지 못하면 우리가 내려야 할 결정은 아주 명확해진다.

"여러분은 환자의 안위를 위해 때로는 악당이 되어야 합니다."

레딩 교수님이 수업을 마치며 말했다. 나는 중얼거렸다.

"난 악당이 되기 싫어."

그러자 레이첼이 냉담하게 말했다.

"난 좋은데."

다음 수업은 최근 레지던트 교육에 합류하게 된 토니 스트랜드 교수님이 진행했다. 그는 의사이자 박사로, 지역 내에서 하버드 의 대병원의 라이벌 중 하나인 매사추세츠 제너럴 병원에서 왔다. 그 는 뛰어난 경력의 소유자였지만 우리에게는 금세 아주 소탈한 교 수이자 우리의 롤모델이 되었다.

그는 우리가 병원을 위해 안 보이는 곳에서 영웅처럼 일을 해나 가는 동안 최대한 방해가 되지 않는 선에서 정신이나 행동에 영향 을 미치는 약물에 대해 연구하는 정신약리학을 이해하도록 가르치 겠다는 얘기로 강의를 시작했다.

누군가 우리가 느끼고 있는 감정을 이해한다고 하니 큰 위로가 되었다. 우리는 정말 밤낮으로 병원의 많은 일들을 처리하고 있었 다. 그는 계속해서 말했다.

"현대의 정신약리학은 암울한 상황입니다. 환자를 치료하기 위 해 약물을 사용하는 필연적이고 필수적인 이 작업을 위해 의학계 가 해온 대부분의 일은 기껏해야 약효가 있거나 없거나 입증되지 않은 과거의 정보들을 마구 차용하는 것이었습니다. 약물을 사용하 는 데 있어 지금 일어나고 있는 최악의 상황은 그 증거를 전혀 알 수 없는 처방 조작입니다. 심지어 여러분들이 존경하는 남관 4층의 뛰어난 멘토들도 때로는 당장 결정을 내려야 하는데 참고할 문헌이 없어서 어떻게 해야 할지 도움 받을 대상이 전혀 없을 때 이런 함정에 빠질 수 있습니다."

에린이 물었다.

"우리의 멘토들조차도 검증된 치료법을 따르지 않는다면 우리는 어떻게 제대로 된 정신과 의사로 성장할 수 있을까요?"

"흥미로운 질문이군요. 그 대답은 시간과 경험이 말해 줄 것입니다. 거기에 지름길은 없습니다. 여기서 제가 하는 일은 여러분이 스스로 잘 걸어가고 있는지, 잘못된 결정을 하지는 않는지 판단하기 위해 회의적 관점을 가지도록 가르치는 것입니다. 이것은 어떤 질환을 치료하기 위해 구체적인 투여량과 적정 투약 계획을 배우는 것보다 훨씬 중요한 능력입니다."

우리는 첫 수업이 본격적으로 시작되길 기다리며 열심히 집중해서 그에게 주목했다. 우리 스스로는 인식하지 못했지만, 다들 간절하게 장애물 탐지기 같은 존재를 원하고 있었다.

7

전구 스스로 교체되길 원해야 한다

주말까지 세 차례의 기분안정제를 투약 받은 데보라는 평상시 모습으로 돌아왔다. 그녀는 짐을 정리하며 나에게 말했다.

"너무 부끄럽습니다."

"증상이 나아졌을 때 환자 분들이 그렇게 느끼는 경우가 많습니다."

"제가 완전히 통제 불능이었죠. 지난번에 그런 일이 생겼을 때, 앞으로 다시는 그러지 않겠다고 했었는데……."

"질병이라 그렇습니다. 가끔 환자의 기분 상태나 활동 유무에 상관없이 증상이 발현될 수 있어요."

"하지만 제가 스스로 손을 놔버렸어요. 경조증이 시작되면 기분이 좋아져요. 제가 원하는 대로 움직일 수 있을 것 같은 기분이 들거든요. 정신도 자유로워지고, 여러 가지 일을 벌이고 싶은 에너지와 동기가 생기죠. 설명하기는 어렵지만 기분이 무척 좋아져요. 그러다가 걷잡을 수 없이 그 느낌이 증폭된답니다."

나는 다시 한 번 가짜 의사가 된 기분이 들었다. 그녀의 잘못이 아니라고 말하거나 그녀가 죄책감이나 수치심을 스스로 느끼게끔 만든 정신의학적 개입이 그녀를 위로해 주는 효과가 있을지 생각하지 못했기 때문이다. 시계를 얼핏 보니 오후 12시 30분을 가리키고 있었다. '법정'에 지각할 것 같았다.

"데보라, 미안합니다만 제가 지금 가봐야 합니다. 당신은 그동안 잘 이겨 내셨고, 앞으로도 오랫동안 잘 지내시리라 믿습니다."

"저를 도와주셔서 정말 감사합니다, 스턴 선생님."

나는 미소를 지으며 방에서 나와 복도 쪽으로 걸어갔다. 사실 법정은 복도 끝에 있는 한 회의실에서 열리는 것이었다. 송 교수님이 나에게 제인의 청문회에 참석해 보라고 제안했다. 그 방에는 서류 묶음들이 놓인 긴 테이블이 있었고, 주변에 의자도 여러 개 놓여 있었다.

테이블 한쪽에 판사가 앉았고, 반대쪽에는 제인과 평생 동안 책만 읽을 것 같은 40대 중반의 여자 변호사가 앉았다. 그 옆으로 송 교수님과 내가 앉았다.

"자, 시작하도록 하겠습니다. 우리는 제인 웨스트 씨의 입원을 전제로 한 법정 명령 치료의 연장을 의논하고자 모였습니다. 현재 적용 중인 치료 명령은 내일 오후 5시에 종료됩니다. 닥터 송은 제인 웨스트 씨의 임상 기록을 담당하는 주치의이자 전문가 증인으로서 이 자리에 참석하였습니다. 닥터 송, 의료 상황을 보고해 주십시오."

"네 알겠습니다, 판사님. 보시다시피 웨스트 씨는 계속해서 정기적인 식사를 거부하고 있기 때문에 경과가 느리고 치료 효과가 제한적인 상황입니다. 그녀의 신체질량지수는 심각하게 낮은 수준으로 계속해서 집중 치료를 하지 않으면 영양실조로 인해 회복 불가능한 신체 손상을 입게 될 것으로 예상됩니다."

"웨스트 씨의 변호사, 발언하시겠습니까?"

"네, 판사님. 웨스트 씨는 이 병동에서 7주 동안 입원해 왔습니다. 진료 차트에서 확인할 수 있듯이 그녀는 정기적인 그룹 및 개인 치료를 받고 있으며 약물 투여에도 빠지지 않고 적극 협조하고 있습니다. 간호사가 평가하기를, 웨스트 씨는 모범적인 환자였으며 이곳 치료기관에서 할 수 있는 건 다 해본 상황이라는 점에 모두 동의할 것이라고 생각합니다. 그녀가 예상보다 증량되지 못한 것은 사실입니다만, 여기에는 여러 가지 원인이 있습니다. 첫째, 닥터 송이 준비한 자료에도 잘 나와 있듯이 그녀의 상태는 섭식을 하려면 마치 의식을 치르듯 임해야 겨우 가능한 수준이지만 이곳의 환경은 그것을 불가능하게 합니다. 둘째, 웨스트 씨는 이곳의 음식이 잘 맞지 않으며 차라리 집에 있거나 대학교에 다녔다면 더 증량할 수 있었다고 주장하고 있습니다. 또한 다음과 같은 문제도 생각해 볼 수 있습니다. 입원을 할 때마다 웨스트 씨는 그녀의 학교, 친구들, 가족들로부터 멀어져야 합니다. 그들은 그녀가 학교생활을 다시 영위하고 질병 전에 누렸던 삶을 다시 찾는 데 가장 큰 도움을 줄 수 있는 사람들입니다. 이와 같은 이유로 웨스트 씨는 입원 연장을 거부하고 내일 이후로 퇴원을 요청합니다."

"닥터 송, 자해나 타인을 해치는 긴급한 위험과 관련된 법정 명령 입원 기준에 따라 환자의 현재 상태에 대해 설명해 주시겠습니까?"

"웨스트 씨는 자살이나 살인에 대한 생각 및 의도에 대해 언급한 적은 없지만, 현재의 체중으로는 신체적인 활동을 계속할 수 없을 것으로 생각됩니다."

"그 위험이 긴급하다고 보십니까?"

"단정하기 어렵습니다."

우리 자신의 운명이 달려 있는 것은 아니지만, 판결에서 질 것 같은 느낌이 들었다. 판사는 긴 숨을 들이마시며 테이블 위에 그의 안경을 내려놓았다.

"제인 웨스트 씨, 저는 아직 당신의 상태에 대해 크게 우려하고 있습니다만 이곳 관할법의 엄격한 적용에도 불구하고 당신은 현재 법정 명령 치료 기준에 부합하지 않습니다. 신중히 내린 결정이라는 점을 명심하시고, 앞으로 섭식장애를 위해 철저하게 전문 통원 치료를 계속하시길 바랍니다. 동의하시겠습니까?"

"네, 판사님. 감사합니다."

판사가 판결을 마치자 제인은 그녀의 승리를 내가 인정하고 있는지 확인하듯 내 눈을 쳐다보았다. 뭘 이겼다는 것일까? 나는 궁금했다. 그녀는 스스로 고집을 꺾고 자신에게 필요한 도움을 받지 않으면 곧 사망할 것이다. 정말 그런 일이 발생한다면 나는 마음이 무너질 것 같았다. 그녀는 우리가 같은 편이라는 것을 알지 못했다.

"나를 따라오세요."

송 교수님이 회의실을 나서며 내게 말했다. 우리는 병동을 나와 그의 사무실로 향했다. 그곳은 평범한 사무실로 단출하게 꾸며져 있었고, 책상 가운데에는 민트 사탕이 든 그릇이 놓여 있었다.

"사탕 줄까요?"

그가 그릇을 내밀며 물었다.

"아닙니다, 괜찮습니다."

"실망했죠?"

그가 물었다. 나는 고개를 끄덕이며 말했다.

"그녀가 죽을 것 같습니다."

"아마도. 하지만 오늘은 아니겠죠."

"우리가 할 수 있는 게 아무것도 없는데 괴롭지 않으십니까?"

"우리가 할 수 있는 게 없다고요? 7주 동안 우리는 그녀에게 치료 프로그램, 약물, 치유 가능한 환경을 제공했어요. 그리고 7주간 그녀가 거절하는 동안 음식도 제공했고요. 전구 스스로 교체되길 원해야 합니다, 애덤."

"네?"

"그 말 못 들어봤어요? 아주 좋은 말이에요. 이렇게 해석하는 겁니다. 전구 한 개를 갈아 끼우려면 정신과 의사 몇 명이 필요할까요?"

"몇 명인데요?"

"한 명만 있으면 됩니다. 하지만 전구 스스로 교체를 원해야 갈아 끼울 수 있겠죠. 아주 오랜 시간이 걸릴 겁니다."

8

다 별로야, 그런데 앞으로 더 최악일걸

몇 주 뒤 남관 4층에서의 첫 입원 순환 근무가 끝나갈 즈음, 나는 내가 만났던 환자들과 점점 비슷해져 갔다. 우울증과 불안증의 초기 위험 증상을 보이기 시작했던 것이다.

종종 식사를 제대로 하지 못했고, 때때로 나 혼자만 희망이 없고 소외된 기분이 들었다. 매일 좁은 공간에서 사람들에게 둘러싸여 있지만 내 인생 중 그 어느 때보다도 더욱 외로움을 느꼈다.

나는 하루의 절반을 가장 캄캄한 시간을 보내고 있는 환자들을 위해 반사 유리가 달린 창문 역할을 하며 보냈다. 그들의 고통 중 일부는 다시 반사되어 그들에게 돌아가겠지만, 나머지는 유리를 뚫고 나에게로 넘어오는 것 같았다.

해가 점점 줄어들고 있던 그 당시, 밤에 전철을 타고 텅 빈 아파트로 돌아가면 예전 여자친구인 엘리아나와 사귀고 있던 의대 시절에 입양한 갈색과 흰색 털을 가진 기니피그guinea pig에게 블루베리를 먹였다. 처음에는 설치동물을 집 안에 들이는 것에 회의적이었지만, 녀석은 내 얘기를 잘 들어주는 친구가 되었다. 특히 녀석에게 블루베리를 먹이는 동안은 더욱 잘 들어주었다.

나는 엘리아나와 헤어진 후 이 작은 털북숭이의 양육권을 갖게 되어 그나마 마음이 놓였다. 타인과의 소통을 갈망하던 나는 기니피그에게 기대었다. 심지어 환자에 대해서도 녀석과 의논하기 시작했다.

어차피 미국 의료법상 개인정보보호법은 오직 인간에게만 적용된다. 내가 자신감 없는 태도로 내 생각과 치료법에 대해 얘기해도 녀석은 전혀 개의치 않았고, 내가 낮 시간 동안 씨름했던 문제들에 대해 맘껏 토로하도록 내 감정을 조절해 주기까지 했다.

그러나 나는 가끔 양방향으로 이루어지는 상호작용이 필요했다. 나는 종종 엘리아나에게 이메일이나 문자 메시지를 작성하다가 보내지 않고 삭제하는 행동을 반복하기도 했다.

그녀의 따뜻함과 우리가 함께 쌓아 온 친밀함이 강렬하게 그리웠고, 그것은 흡사 마약과 같이 내 몸에 깊이 배어 있었다. 나는 왜 우리가 헤어지게 되었는지 스스로 묻기도 했다. 우리가 서로 맞지 않은 상대이기 때문이었을까? 아니면 타이밍이 맞지 않았던 것일까?

그녀에게 연락하고 싶은 마음이 들 때는 주로 내가 외로울 때였다. 그래서 그녀에게 메시지를 보내는 것이 이기적으로 느껴지곤 했다. 다행히 그녀는 가끔 먼저 나에게 연락을 했고, 그때마다 나는 몹시 기뻤다.

'뭐해?'

그녀가 문자를 보냈다.

> 나 안녕.
>
> **엘리아나** 잠깐 얘기할 게 있는데 괜찮아?
>
> 나 물론이지.
>
> **엘리아나** 내가 크리스마스트리를 꾸미려는데 맨 위에 별 대신 기니피그 장식을 올려놨어.
>
> 나 ☺
>
> **엘리아나** 그 말 하려고. 나 대신 그 녀석 좀 쓰다듬어 줘.
>
> 나 그럴게.

우리가 전화 통화를 할 때에는 안부를 묻기 위한 자연스러운 핑 곗거리로 그 녀석에 대한 애정을 이용하기도 했다.

"그 녀석은 요즘 어때?"

"멍텅구리같이 귀엽고 순해. 그런데 어제 이 불쌍한 순둥이가 삐 삐거리는 내 호출기하고 다섯 시간을 같이 있었어. 내가 집에 놓고 나왔거든. 하루 종일 쉬지 않고 울렸을 거야. 제일 걱정되는 건 녀 석의 불쌍한 작은 두 귀였어."

"아니야, 그 녀석은 재미있어했을걸! 보드라운 두 귀가 흥미로울 일이 별로 없잖아."

"그건 사실이야."

"아무튼, 난 이제 자러 가야겠어. 그냥 안부 좀 물어보고, 털북숭이 기니피그의 귀에 대해 수다를 떨고 싶었어."

"잘 자, 엘리아나."

그녀와의 대화가 끝나면 늘 살짝 들뜬 기분이었다. 하지만 곧 레지던트를 뉴욕에서 지원했어야 하지 않나 하는 생각의 늪으로 빨려 들어갔다. 내가 뉴욕에 있었다면 가족은 물론이고 엘리아나와 가까이 지내는 것은 물론 많은 사람들과 친분을 쌓으며 완전히 다른 삶을 살고 있었을 것이다.

이런 생각들이 나를 더 침울하게 만들었다. 그래서 엘리아나와 나는 최선을 다한 후에도 헤어지기로 결정한 상태였고, 하버드는 나 자신을 위해 내가 1순위로 원했던 곳이었다는 점들을 일부러 상기시켜야 했다. 롱우드에서부터 나에게는 다양한 기회가 찾아올 것이고, 나는 정신과 의사가 될 것이며 내가 되고자 했던 남자로 성장할 테니까.

감정 수업에서도 역시 감정 표출의 기회가 주어졌다. 우리가 처음 몇 달간 정신의학과 수련의 세계에서 허덕일수록 수업 시간은 더욱 열기를 더해 갔다.

니나는 아주 중요한 전제를 기본으로 수업을 이끌었다. 우리는 앞으로도 끊임없이 일을 망칠 것이고, 힘을 합쳐 우리 자신을 재정비해 나갈 것이라고 그녀는 말했다.

니나의 솔직한 태도는 우리로 하여금 정직함을 넘어 더 깊은 이야기들을 꺼내도록 만들었다. 수업은 매번 지난 한 주 동안 누가 제일 힘든 일을 겪었는지 경쟁하는 것처럼 시작되었다가 서로에게 배우는 것으로 마무리되었다. 미란다가 첫 시작을 열었다.

"이 일은 정말 당황스러워."

니나가 '괜찮으니까 어서 시작해'라고 말하듯 고개를 끄덕였다.

"나는 그 전날 입원한 망상 장애 환자를 면담하고 있었어. 그는 자신의 어머니가 집 전체에 감시 카메라를 설치해서 자신을 감시한다고 굳게 믿고 있어. 그 점만 빼면 그는 완전히 정상으로 보이는 사람이야."

"그 환자의 어머니가 그를 정말 감시할 가능성이 있어?"

에린이 물었다.

"나도 그게 궁금했어. 그런데 그 사람 부인한테 물어봤더니 그의 어머니는 여든 중반의 노인이고, 뇌졸중에 걸린 후로 요양원에서 지내고 있다는 거야. 그의 말은 아주 정교한 거짓말이거나 순전히 망상인 거지. 물론 그는 전혀 인정하지 않고 있어. 그의 어머니가 정말 그렇게 하고 있다고 믿고 있어."

그녀의 말에 연신 고개를 끄덕이고 있던 니나가 말했다.

"그 망상이 언제 시작되었는지 알면 흥미로울 겁니다. 그의 어머니가 쇠약해진 시점과 동시에 일어났다 해도 별로 놀랍지 않을 거예요."

그녀의 발언은 원숙한 정신의학적 해석이어서 우리들은 약속이

나 한 듯이 머리를 끄덕였다. 미란다가 대답했다.

"알아보도록 하겠습니다. 아무튼 그가 입원한 후 우리와 처음 만났을 때 나한테 그의 어머니가 분명히 미리 접근했을 게 뻔하기 때문에 나도 신뢰할 수 없다고 말했어. 그가 왜 그런 생각을 했는지 알아? 병동에 카메라를 설치하고 있는 일꾼들을 봤기 때문이야. 주치의 교수님이 그에게 직접 말했어. '제가 보증하건대 우리는 여기에 카메라를 설치하지 않습니다.' 그런데 우리가 인터뷰를 끝내고 진료실 밖으로 나오니까 세 명의 남자가 사다리 위에서 보안 카메라를 문 위에 설치하고 있는 중이었어! 그 환자는 나를 경멸하듯 보더니 그의 방으로 돌아갔어. 너무 굴욕적이어서 죽을 것 같았어."

이번엔 레이첼이 말했다.

"너는 그냥 죽을 뻔했다는 게 다잖아. 난, 어떤 환자가 복도에서 나한테 오더니 자신들이 이미 죽었다면서 시체 찾는 일을 나보고 도와줄 수 있느냐고 물었어."

"맙소사."

미란다가 말하자, 니나가 레이첼의 말을 설명해 주었다.

"그걸 코타르 망상cotard's delusion, 자신이 죽었거나 신체가 손상되었다고 믿는 망상이라고 하죠. 흔하진 않지만 가끔 볼 수 있어요."

"그래서 어떻게 했어?"

"어떻게 해야 할지 몰라서 그냥 이렇게 말했어, '알겠습니다. 상당히 어려운 상황에 처하신 것 같네요.' 그리고 잠시 그 환자의 얼굴을 빤히 쳐다봤는데 다행히 환자 그룹 치료가 시작되어서 내가 뭘 해야 할지 고민할 필요가 없어졌어."

니나가 말문을 열었다.

"레이첼, 환자에게 보여 준 반응 중에 좋았던 부분은 그녀의 걱정을 진지하게 받아들이고 그 고통을 인정해 주었다는 점이에요. 다음에 그 환자를 다시 만나면 죽었을 때 기분이 어땠는지 물어보고, 잠시 그녀의 얘기를 그냥 들어주세요."

잠깐 쉬는 시간이 되었을 때, 나는 신경증적 자기 회의에 빠진 나의 고통을 털어놓을 대상이 기니피그밖에 없는 집으로 돌아가야 한다고 생각하니 두려워지기 시작했다.

"레이첼, 이번 주말에 할 일 있어? 혹시 뭐 하고 싶은 것 없어?"

"난 월요일부터 내과에서 순환 근무를 시작해서 사람들하고 인사하는 자리가 계속 잡혀 있어. 사람들하고 인사하는 거 정말 싫어."

"알겠어. 미란다, 너는 어때?"

"난 가족들하고 보내려고. 우리가 가족 모임을 위해서 매년 가는 곳인데 정말 멋져. 펜실베이니아……"

"에린, 너는?"

"난 남편과 함께 로맨틱한 주말을 보내려고 계획 중이야. 우리가 여기에 온 뒤로 남편이 무척 힘들어했지만 나도 일 때문에 너무 바빴잖아. 이번 주말에는 바비를 1순위로 두고 같이 시간을 보낼 필요가 있다고 느꼈어."

내가 보기에 에린은 남편이란 존재를 항상 제일 중요하게 생각했다. 나는 그녀에게 그저 매일 몇 시간씩 만나는 사람에 불과할 것이다. 또다시 기니피그와 대화하면서 주말을 보낼지도 모른다는 생각에 나는 핸드폰으로 데이트 앱에 접속해서 사람들을 검색하기 시작했다. 그때 레이첼이 물었다.

"그거 뭐야? 너 데이트 사이트에 들어간 거야?"

"아니."

"맞잖아. 너 프로필 좀 보자."

"절대 안 돼."

"빨리 줘봐."

"꿈도 꾸지 마."

"좋아, 내가 그 사이트에 들어가서 널 찾으면 되지."

그녀는 핀잔을 주듯 말했다.

"데이트 망칠 때마다 나한테 경험담을 얘기해 주면 좋겠어."

"네가 원한다면 얼마든지, 레이첼."

그 후 몇 주 동안 나는 세 번의 끔찍한 데이트를 했다. 첫 번째 상대는 마사지 치료사 과정을 배우는 제법 아름다운 여성이었는데 자신은 서양의학을 믿지 않는다는 얘기부터 꺼냈다. 분명 우리에게는 넘을 수 없는 간극이 있었다. 나는 데이트가 끝나자마자 레이첼에게 문자를 보냈고, 그녀가 즉시 대답했다.

"다른 사람 만나!"

그 뒤로 습관적으로 침을 뱉는 여자와 단답형으로만 말하는 여자에 대해서도 레이첼에게 문자를 보냈다. 이번에도 레이첼이 기다렸다는 듯이 답을 보내왔다.

"다 별로야. 그런데 앞으로는 더 최악일걸."

레이첼과 소통하는 원리는 기이하지만 재미있었다. 최소한 그녀는 나에게 관심을 가지고 있었고, 데이트가 성공하지 못해도 단순히 농담처럼 가볍게 지나칠 수 있었다. 오직 레이첼과 나만이 이 상황을 공유하고 있었다.

그때 예상치 못한 일이 벌어졌다. 내가 커먼 공원 근처에 있는 포시즌스호텔 로비 바에서 애슐리라는 여자를 만난 것이다. 그녀는 대학교 4학년 학생이고, 빨리 학교를 졸업한 후 진짜 세상을 경험하고 싶어 했다.

그녀를 고급스럽고 화려한 곳으로 데려가는 계획이 좋은 전략이라는 생각이 들었다. 우리는 상대방이 웹사이트에 올린 프로필과 실제 모습이 거의 비슷해서 서로 다행이라고 생각했다. 우리는 그곳에서 14달러짜리 음료를 시키고 멀찍이 떨어져 있는 의자에 각각 앉았다.

나는 그녀에게 외치듯이 말을 걸어야 했고, 그녀의 대답을 기다리기가 불편했다. 잘될 거라는 희망이 점점 사라졌고 나는 벌써 마음속으로 레이첼에게 문자 보낼 준비를 하고 있었다. 그런데 애슐리가 뜻밖의 제안을 했다.

"여기 들어온 지 얼마 안 됐지만 대화하기가 너무 힘드네요. 밖으로 나가서 같이 걸을까요?"

나는 동의했다. 우리는 보스턴 커먼 공원을 향해 걷다가 퍼블릭

가든 공원 안으로 들어갔다. 상당히 추운 날씨였기 때문에 우리 말고는 주위에 아무도 없었다. 그래서인지 동상에 걸리지 않기 위해 손을 오므리고 입김을 불어 넣고 있다가도 문득 로맨틱한 느낌이 들었다.

나는 손에 입김을 불며 나 스스로 믿기지 않는 듯 그녀를 바라보았다. 웹에서와 마찬가지로 실제로 본 그녀는 완벽해 보였다. 그녀는 나보다 더 지적이면서도 재미있고 친절했다. 사전 채팅을 통해 그녀가 우리 집과 비슷한 가정환경에서 자라났다는 것도 알게 되었다.

그녀가 공원을 걸어가는 모습을 보면서, 그녀처럼 완벽한 여성에게는 어떻게 다가가야 할지 막막한 생각이 들었다. 다행히 그녀가 첫 데이트임에도 불구하고 나보다 더 여유 있게 이런저런 질문을 하기 시작했다.

"정신과 의사가 되는 건 어떤 느낌이에요?"

"정신과 레지던트입니다. 이 일은 상당히 비현실적이에요."

"무슨 뜻이죠?"

"말하자면 이런 겁니다. 우리는 인생의 절반을 이상적인 모습을 꿈꾸며 보내요. 거기에 자신을 바치는 거죠. 그것을 위해 희생하는 거예요. 그런데 막상 이상에 다다르면 자신이 지금껏 상상해 온 느낌이 아닌 거예요. 그리고 그 이상은 영원히 이룰 수 없다는 것을 깨닫는 거죠."

"왜 이룰 수 없죠?"

"현실 세계에 놓인 의사, 아니, 정신과 의사니까요. 지난 10년간 쌓아온 개념은 모두 허구였던 것이죠."

"그동안 다 실망할 일만 있었군요."

"꼭 그렇지는 않아요. 좋을 땐 정말 좋죠. 누군가를 실제로 돕는다는 기분이 들 때는요. 예상한 만큼 그런 기분이 자주 들지 않는 게 문제죠. 쓸데없는 잡일이 진짜 많거든요."

그녀는 놀란 눈으로 나를 보았다.

"난 인턴이라서 서류 작업하고 말도 안 되는 잡일을 떠맡고 있고, 나머지 시간에는 사람들을 강제로 다루거나 심지어 가둬야 해요. 내가 그런 직업을 갖게 될 줄 몰랐어요. 엄청난 책임감이 필요한 일이고, 누군가가 맡기에는 너무 무거운 짐이라는 생각이 들어요."

일에 대해 장황한 불만불평을 늘어놓는 내가 얼마나 안쓰러워 보였을까?

"미안해요. 우는 소리를 하려던 건 아니에요."

나는 그녀에게 고개를 돌려 눈을 마주쳤다. 그녀가 부담스러워한다든가 지루해 보이지는 않았다. 오히려 흥미로워 하는 듯했다. 우리는 몸이 점점 가까워졌고 그녀는 고개를 내 쪽으로 기울였다.

우리의 입술이 만났을 때, 나는 그 자리에 얼어붙을 것 같았다. 난 약 2초 동안 아무 생각도 할 수 없었다. 그녀가 뒤로 물러설 때 우리는 다시 눈을 마주쳤고 그녀가 숨을 내쉬자 하얀 입김이 보였다가 차가운 공기 속으로 사라졌다. 그녀가 말했다.

"그런 무게를 항상 혼자 짊어지려고 하지 마세요."

나는 미소를 지었다. 그 외에는 어떻게 반응해야 할지 생각나지 않았다. 장갑을 낀 그녀의 손이 내 손을 잡았고, 우리는 쌀쌀한 정원을 가로지르며 걸어갔다.

***

나 방금 데이트를 끝내고 돌아왔어. 정말 좋았어.

레이첼 MIT에 다니는 그 여학생? 아니면 간호사?

나 맞아, 애슐리. MIT에 다니는 여학생. 그 간호사는 지금 아주 바쁘다면서 다음 주말에 보는 게 어떻겠느냐고 했어.

레이첼 별로다.

나 나도 그렇게 느껴. 간호사는 너무 바른 생활이라 답답한 부류인 것 같아. 그녀하고는 잘 안될 것 같아.

레이첼 안됐다.

나 그녀는 아프리카에 왔다 갔다 하면서 에이즈 환자들을 위해 헌신하면서 사는 사람이야. 그녀는 여가시간에는 달리기가 취미래.

레이첼 예감이 안 좋은데. 너무 이상적이다, 우웩!

나 토할 것까지야. 너무 지나치다.

레이첼 난 원래 지나쳐. 그러니까 이런 반응을 보이지. 그래서 그 간호사한테 다시 만나자고 할 거야?

나 나도 몰라. 일단 그냥 가만히 있을래. 애슐리랑 더 잘 맞았으니까. 애슐리는 정말 괜찮은 여자야. 오늘 너한테 하고 싶었던 얘기는 바로 이거야.

레이첼 지겹다.

9

연속 야간 근무

나의 새 로맨스는 타이밍이 좋지 않았다. 나는 순환 근무의 하나로 2주 연속으로 밤에만 근무하는 야간 근무를 시작하게 되었다. 더구나 이 순환 근무가 끝나면 곧바로 애슐리의 긴 겨울방학이 시작될 예정이었다.

내가 대학생 때 맞았던 겨울방학은 한겨울에 한 달을 통째로 쉬면서 일상을 누리고 스스로를 충전할 수 있는 아주 소중한 시간이었다는 것이 생각났다. 시간이 얼마 지나지도 않았는데 그런 삶으로부터 내가 이토록 완전히 멀어질 수 있다니 놀라웠다.

의과대학에서는 1학년을 마친 후 처음이자 마지막으로 여름방학을 보내면 나머지 3년 동안은 더 이상 긴 방학이 없다. 레지던트가 되면 다른 직장인처럼 휴가를 가질 수는 있지만 누군가는 병원에서 환자를 항상 돌봐야 하기 때문에 제약이 많을 수밖에 없다. 레지던트 개인의 휴가는 항상 다른 동기들과 서로 최대한 협의하면서 전체 레지던트 프로그램의 상황을 보고 정해야 한다.

앞으로 2주간 나의 임무는 정신과 병동에 입원한 모든 환자들과 밤을 같이 보내는 것이었다. 레지던트 2년 차인 레베카와 단둘이서 말이다.

우리는 오후 6시에 근무를 시작해서 해가 뜰 때까지 쉬지 않고 일해야 했다. 해가 뜨면 주간팀을 위해 구두로 진행되는 인수인계 준비를 시작했다. 스케줄대로 아침 8시까지 일을 마무리하면 집으로 돌아가 다시 위의 과정을 반복하기 전까지 해가 중천에 떠있는 동안 수면을 취했다.

야간 근무에는 피로를 풀 수 있는 휴식 시간이 주어지지 않는다. 수많은 문제를 마무리하고 환자들에 대한 복잡한 내용을 다음 근무자에게 전달하려면 아침 8시까지 밖으로 나온다는 것은 현실적으로 불가능하다.

별일 없는 조용한 밤이어야 아침 10시까지 집에 올 수 있었고, 다시 병원으로 돌아갈 때까지 단 8시간만 집에 머물 수 있었다. 집에서 쉬다가 샤워를 하고 다시 주간팀이 남겨 놓은 업무를 처리하기 위해 준비하는 것이다. 최대한 빨리 잠에 들기 위해 촌각을 다투는 비현실적인 일과였고, 당연히 친목 활동 따위는 할 여유가 전혀 없었다.

야간 근무가 시작되기 전날 밤, 나는 애슐리와 두 번째 만남을 가졌는데 그 후로는 그녀에게 문자 보낼 틈도 없을 뿐 아니라 만나는 건 아예 불가능했다. 더 최악의 상황은 내가 낮 시간으로 일과가 돌아오더라도 애슐리는 곧 1월 말까지 애리조나에 있는 집에 가있을 예정이었다. 이제 막 시작된 감정의 불씨는 키워 줘야 살릴 수 있을 텐데 대체 언제 가능할 수 있을까?

첫 일요일 밤 근무를 위해 남관 4층으로 들어서자 레이첼이 인수인계를 위해 나를 기다리고 있었다. 내가 물었다.

"상황이 얼마나 안 좋니?"

"여기 위쪽은 괜찮지만 아래층은 난리야."

그녀는 응급실에서 환자에게 정신의학적 상담을 제공하는 그린존이란 공간을 언급하며 말했다.

"사실 내가 진짜 알고 싶은 건 지난밤 너의 데이트가 얼마나 엉망이었냐는 거야."

"괜찮았어. 아니, 좋았어."

"정말이야?"

"그래, 좋은 시간이었어."

"그만해. 이제 흥미 없어졌어."

순간 나는 가슴과 얼굴로 피가 몰려드는 것을 느꼈다. 가끔씩 레이첼은 갑자기 화를 내곤 했다. 그녀의 환자들은 그녀에게 상담을 받을 때마다 체계적이면서도 편안한 공감을 얻는 것처럼 보이는데, 나는 그녀가 가끔씩 나를 무시하는 태도 때문에 혈압이 올라가곤 했다.

그녀가 나에게 인수인계를 하는 동안 내 호출기가 세 번 울렸다.

그린 존에 있는 레베카 선배였다.

'보조 필요함. 인수인계 후에 밑으로 내려올 것. 레베카 17:55.'

'심각함. 상황이 급박하게 악화 중. 당장 내려와. R 18:03.'

'SOS 911. ~R 18:09.'

"난 이제 아래층으로 가봐야겠어."

"행운을 빌어. 운이 필요할 거야."

나는 응급실로 가던 중에 로비에 있는 커피숍에 들러 크루아상 두 개와 커피 두 잔을 샀다. 그리고 '벙커'라 불리는 창문 하나 없는 작은 방으로 들어가기 위해 다섯 자리의 비밀번호를 눌렀다.

그곳은 응급실 근처에서 정신의학과 직원이 일을 처리하기 위해 대기하고 있는 장소였다. 안으로 들어가자 레베카는 상담해야 하는 모든 환자의 목록이 적힌 화이트보드를 멍하니 보고 있었다.

"아침 드실래요?"

"너 오는 길에 커피 사러 갔었어? 커피 먹을 시간 없어. 이걸 봐, 어서 보라고."

거기에는 상담을 기다리는 8명의 환자 이름이 빼곡히 적혀 있었다.

"주간에는 레지던트하고 주치의 여러 명으로 팀을 배치하면서 어떻게 야간에는 레지던트 2년 차 한 명만 밤새 모든 걸 다 처리하라는 건지 이해가 안 가."

"인턴 한 명도 있잖아요."

내가 말을 하자, 그녀가 나를 힐끗 쳐다봤다.

"그래, 너도 있지. 우리 일을 분담하는 게 좋겠어. 네가 여기 네

명을 담당하되 나한테 먼저 상황 보고하기 전까지는 아무도 집에 보내서는 안 돼. 이해했지?"

"네, 그럴게요."

그녀는 벌써 서류철을 들고 문밖으로 나가 있었다. 나는 한숨을 쉬며 커피 한 모금을 들이키고는 레베카가 나에게 맡긴 네 명의 환자 목록을 쳐다봤다.

"젠장, 이게 뭐지?"

나는 혼잣말을 했다. 거기에는 정확히 한 달 전 내가 맡았던 환자들이 전부 모여 있었다. 제인, 폴, 진저, 데보라가 단 몇 주 만에 응급실로 다시 모여든 것이었다.

"말도 안 돼."

"뭐가 말이 안 돼요?"

벙커 한쪽에 있던 한 여성이 컴퓨터에 눈을 고정시킨 채 물어봤다.

"아, 아닙니다. 환자 이름을 보고 좀 놀라서요."

나는 화이트보드에서 반대쪽에 자리 잡은 그녀에게로 시선을 옮겼다.

"여기 계속 앉아 계셨던 거죠?"

그녀가 고개를 끄덕였다.

"그런데 누구시죠?"

"낸시라고 해요. 저는 환자들이 입원 절차를 밟을 때, 여기 또는 시내 다른 병원의 병실을 배정해 주는 일을 하고 있어요. 제가 있어야 환자들이 여기 응급실에서 나갈 수 있으니까 저한테 잘 보이셔야 할 겁니다."

"알려줘서 고마워요, 낸시. 크루아상하고 커피 드실래요?"

"오, 정말 고마워요."

그녀는 여전히 모니터에 눈을 고정한 채 손만 내 쪽으로 뻗으며 대답했다.

"그래서 뭐가 말이 안 된다는 거였어요?"

"그냥 제가 맡은 환자들 목록 때문에요. 다들 제가 남관 4층에서 담당했던 환자들이거든요."

"그래서요?"

"그들이 퇴원할 때에는 상태가 좋았어요. 그런데 다시 돌아온다니까 좀 놀라서 그랬어요."

"환자들은 늘 다시 돌아와요."

나는 크루아상을 한 입 물고는 프린터 옆에 있는 서류철을 들고 그 방을 나왔다.

최근 법정에서 승리했던 제인이 내가 맡은 목록의 제일 첫 환자였다. 나는 그린 존을 가로질러 그녀가 있는 첫 번째 방으로 갔다. 응급실 구역으로 들어온 다른 환자들처럼 그녀는 유리 미닫이문이 달려 있고 이동식 침대만 있는 황량한 방에 갇혀 있었다. 그녀의 어머니는 그녀 옆에 앉아 부은 눈으로 문만 쳐다보고 있었다.

"제인."

나는 방 안에 들어서며 그녀의 이름을 불렀다. 그녀는 이곳을 떠났을 때보다 믿기지 않을 정도로 더 마르고 쇠약해져 있었다.

"오, 선생님이군요."

"네, 제가 왔습니다."

우리는 서로를 관찰하며 눈을 마주쳤다.

"오늘 어떻게 응급실로 오게 되신 거죠?"

나는 그 대답이 뭐일지 잘 알면서도 질문했다.

"당신 바보예요? 내가 그 모든 걸 다시 설명해야 하나요?"

"무슨 상황인지 환자가 스스로 다 얘기하도록 하는 것이 좋다고 생각합니다."

"나는 당신의 환자가 아니에요. 내가 당신을 만나는 이유는 당신이 여기에서 유일한 바보이기 때문이에요."

"좋아요, 제인. 그럼 바보를 도와주세요, 알겠죠? 남관 4층에서 당신은 앞으로 어떻게 될지 설명해 줬고, 당신 말이 맞았어요. 지금은 어떤가요?"

"그때와는 달라요. 이번엔 내가 정신과에 입원해도 될 만큼 컨디션이 안정적인지 아닌지 일반의학과와 정신의학과가 싸움을 벌일 거예요. 일반의학과에서는 내가 남관 4층에 입원해도 괜찮다고 하겠지만, 정신과에서는 내 신체질량지수와 심장박동률, 포도당 수치가 너무 낮다고 말할 겁니다."

"어느 쪽이 이길까요?"

"당연히 정신과겠죠. 당신들은 의학적인 문제가 발생할 환자를 절대 받지 않잖아요. 난 문제가 생길 수 있는 환자고요."

"알겠어요, 제인. 생각을 알려줘서 고마워요. 또 제가 알아야 할 것들이 있나요?"

이번에는 그녀의 어머니와 눈을 마주치며 내가 물었다. 그녀의 어머니는 고개를 가로젓기만 했다.

"신발 끈이 풀려 있네요."

나는 밑을 내려다보았다. 제인다운 지적이었다. 나는 허리를 숙여 끈을 묶고 다시 그녀를 바라보았다.

"잠깐 쉬고 계세요. 제가 도울 일이 생기면 불러 주시고요."

"나보고 쉬고 있으라고요?"

그녀는 난센스를 잡아내는 데 능숙했다.

"무슨 뜻인지 아실 겁니다."

나는 말을 마치고 그 방을 나와 유리 미닫이문을 닫았다. 다음 환자는 폴이었다. 우리 병동의 로미오로, 여자친구가 남관 4층에 있다가 스웨덴으로 떠나 버린 환자 말이다. 내가 폴의 방으로 들어가자 그는 다시 자살하고 싶은 생각이 든다고 말했다. 아직도 마음이 아프냐고 묻자 그가 조금도 망설임 없이 그렇다고 답했다.

"사랑하던 사람이 떠나는 것은 엄청나게 힘든 일이죠."

내 말에, 그가 뜻밖의 말을 했다.

"이번 여자친구는 떠난 게 아니에요."

"이번 여자친구라고요?"

"새로 사귄 사람이 있어요. 아니, 있었어요. 그녀가 저를 차버렸으니까요."

폴은 남관 4층을 떠난 후 명백히 더 악화된 상태로 되돌아왔다.

나는 마음속으로 정신장애 진단 중에서 성격장애 목록을 떠올려 보기 시작했다. 그는 경계성 성격이나 자기애성 성격에 들어맞지는 않지만, 보는 사람에 따라 자신의 뜻대로 되지 않을 때마다 매우 강렬하고 급박하게 정신이 불안해지고 자살 생각을 하는 의존성 성격으로 진단될 수 있을 것이다.

나는 그의 자살 계획에 대해 물어보았다. 그는 자신의 목숨을 끝낼 몇 가지 방법을 나열했다. 이것으로써 폴은 이미 추가 입원을 위한 조건을 충족했거나 최소한 내가 그의 퇴원을 막을 수 있는 상태였다.

앞서 레베카는 응급실 정신의학과가 우리가 순환 근무를 하며 거치는 모든 부서들의 환경과는 완전히 다른 성격의 영역이라고 가르쳐 줬다. 그녀는 내게 이렇게 말했었다.

"모든 상담은 궁극적으로 네가 환자를 입원시킬지 퇴원시킬지 결정하는 것으로 귀결된다는 게 가장 중요한 핵심이야. 응급실에서는 치료를 할 수 없어. 그리고 환자들에게 큰 변화를 줄 약을 줄 수도 없고. 네가 할 수 있는 일은 그 환자의 다음 치료가 어디서 진행되어야 하는지 결정하는 거야."

"치료적인 상담을 할 순 없나요? 공감적 듣기는요? 그런 식으로 변화를 줄 수 있지 않을까요?"

"그래, 맞아. 물론 그렇지. 네가 시간이 있다면."

대답하는 그녀의 얼굴에서 비꼰다거나 빈정대는 표정은 전혀 보이지 않았다.

다음 환자는 데보라였다. 그녀는 남관 4층에서 일어난 대소동 이후 퇴원할 무렵에는 상당히 좋은 상태였다. 유리창 앞으로 커튼이 드리워진 그녀의 방은 어두웠다.

"데보라? 닥터 스턴입니다. 들어가도 될까요?"

희미하게 그녀의 대답이 들려왔고, 나는 문틈으로 머리를 내밀었다. 그녀는 베개에 얼굴을 파묻고 있었다. 나는 침대 옆에 앉아 그녀가 관심을 보이길 기다렸지만 그녀는 움직이지 않았다.

"데보라, 얘기 좀 할 수 있을까요?"

천천히 그녀가 얼굴을 돌려 나를 쳐다봤다.

"난 이렇게 살 수 없어요. 약을 먹고 있지만 매일 더 우울해지기만 해요. 왜 이렇게 된 거죠?"

그녀는 대답을 얻고자 나를 봤지만 내가 해줄 수 있는 건 공감하는 모습을 보여 주는 게 전부였다.

"많이 힘드신 것 이해합니다. 질병이라서 그래요."

"내가 뭘 해야 하는 거죠?"

"저희가 보살펴 드릴게요."

상담을 끝낸 환자 세 명의 서류가 점점 쌓여 산더미 같은 정리 작업이 나를 기다리고 있었지만, 벙커로 돌아가 소견서를 정리하기 전에 내가 맡은 네 명 중 마지막 환자를 마저 만나기로 결심했다.

네 번째 환자는 내가 작은 거울로 도움을 주었던 진저였다. 방으로 들어가 보니 거울을 포함한 그녀의 모든 소지품들이 안전요원에 의해 압수당한 상태였다. 그녀는 방 안을 서성거리며 내가 이해

못 할 말들을 혼자 중얼거렸다. 인사는 물론이고 그녀가 나를 쳐다보게 만드는 것도 힘들었다.

나는 밖으로 나와 주위 사람들에게 물어 작은 손거울 하나를 찾았다. 내가 손을 뻗어 거울을 보여 주자 진저가 움직임을 멈추고 처음으로 나를 쳐다보았다. 그녀는 나에게 다가와 조심스럽게 거울을 가져갔다.

그런데 거울을 통해 자신의 모습을 확인한 그녀는 화가 난 표정으로 얼굴이 일그러졌다. 그녀가 거울을 타일로 된 바닥에 던져버리자 거울이 산산조각 났다. 그녀는 여전히 찡그린 얼굴로 나를 보았고 다시 방 안을 왔다 갔다 했다.

"상황이 이렇게 되어 유감입니다."

나는 깨진 거울 조각을 주우며 말했다. 그리고 방 안을 나와 근무 중인 간호사에게 진저를 위해 일시적으로 항정신병제를 처방하겠다고 말했다. 벙커로 돌아오자, 레베카가 근무를 시작했을 때보다 더 기진맥진한 상태로 앉아 있었다. 나는 그녀에게 보고하듯이 말했다.

"안타깝지만, 환자들 모두 상태가 좋지 않아요."

그녀가 짧게 대답했다.

"소견서를 쓰고, 다음 단계로 넘어가도록 해."

10

통제된 카오스

레베카와 야간 근무를 하는 동안, 나의 감정 상태는 한마디로 순식간에 통제된 카오스 속으로 빨려드는 것 같았다. 나의 업무는 강도가 무척 셌지만 섬세한 접근이 필요했다. 일이 몹시 고될지라도 모든 환자가 공감을 받아야 한다는 점을 신경 써야 했다.

시간은 늘 부족했다. 나는 잠을 자는 동안에도 꿈속에서 늘 시간에 쫓길 정도였다. 언제나 무의식 속 이야기들은 미완성으로 결말이 났고, 야간 근무 동안 무서운 현실 세계로 이어졌다.

애슐리와 계속 잘해 보려던 나의 노력이 완전히 물거품이 된 것은 별로 놀랄 일도 아니었다. 우리는 정반대의 스케줄대로 움직여야 했고, 나는 깨어 있는 동안 늘 뭔가 일을 하고 있었다.

출근길에 그녀에게 문자를 보내며 말을 걸어 봤지만 내가 제때에 그녀에게 응답을 하지 못하면 우리의 대화는 며칠에 걸쳐 짤막하게 왔다 갔다 하는 식으로 형편없이 늘어졌다. 결국 나는 그녀에게 일이 너무 힘들다고 말하면서 괜찮다면 야간 근무 기간이 끝난 후 연락하겠다고 알렸다.

야간 근무가 시작된 지 4일째에 나는 환자 베아트리체를 만났다. 레베카가 호출을 받았을 때, 그녀의 눈빛을 보니 호출에 대한 응답으로 전화통화를 하게 되면 활화산처럼 폭발할 것 같은 표정이 되었다. 내가 영웅처럼 나섰다.

"제가 처리할게요."

"아니야, 괜찮아. 베아트리체가 집에서 내 호출기를 울리게 만든 거였어."

"환자들이 그렇게도 할 수 있어요?"

"당연히 할 수 있지. 병원으로 전화해서 담당 정신과 레지던트에게 자신의 연락처로 응답하도록 호출해 달라고 부탁하면 돼. 내년부터 너도 그녀에 대해서 잘 알게 될 거야."

"무슨 뜻이에요?"

"베아트리체에 대해 아직 못 들어 봤어?"

레베카의 표정이 밝아졌다.

"네."

"그렇구나. 그럼 이 일 좀 맡아 줄래?"

나는 그 번호로 전화를 걸었고, 노년의 여성 목소리가 들렸다.

"여보세요. 누구세요?"

"아, 안녕하세요?……. 저는, 닥터 스턴입니다. 저는 오늘 밤 당직을 하는 정신과 레지던트로…….”

“내 호출에 답을 주셨군요.”

“이 밤에 무엇을 도와드리면 될까요?”

“잠을 잘 수가 없어요.”

“네, 알겠습니다. 평상시에는 잠이 안 오실 때 주로 어떻게 하셨습니까?”

“B선생님이 수면제를 처방해 줬어요. 하지만 그건 이미 먹었어요. 이제 뭘 해야 할까요?”

“제가 진료 기록을 봤는데, 병원에서 졸피뎀zolpidem, 불면증 치료에 쓰이는 약물 5밀리그램을 처방했더군요. 약을 언제 드신 거죠?”

“밤 11시예요.”

“이제 겨우 5분 전이군요.”

“맞아요.”

“약의 효과가 나타나려면 보통 5분보다 더 오래 걸립니다. 20분에서 30분 정도 더 잠을 자기 위해 노력해 보세요. 11시 30분에도 깨어 계시면 두 번째 알약을 드셔 보세요.”

“고마워요, 선생님. 정말 친절하시네요.”

“아닙니다. 이제 들어가세요. 잘 주무시고요.”

나는 전화를 끊고 레베카를 쳐다봤다.

“나쁘지 않았어요. 저한테는 상냥한 아주머니셨어요.”

레베카가 낄낄거리며 웃기 시작했다. 불길한 느낌이었다. 11시 35분이 되자, 다음 호출이 들어왔다.

"닥터 스턴, 널 찾는 거야!"

나는 다시 베아트리체에게 전화를 했다.

"안녕하세요."

"어머, 스턴 선생님, 여전히 잠이 안 와요."

"많이 힘드시겠습니다. 두 번째 약은 복용하신 건가요?"

"아니요. 뭐라고 말씀하셨는지는 기억나는데요, 다른 약이 아니라 졸피뎀을 두 번째로 먹으라는 거였는지 확인하지 않고 약을 먹기가 불안했어요."

"그러셨군요. 졸피뎀을 추가로 드세요. 제가 주치의 선생님한테 투약 계획 수정을 고려해 보라고 건의하겠습니다."

"알겠습니다, 고마워요, 스턴 선생님. 복 받으실 거예요."

나는 전화를 끊고 레베카에게 말했다.

"그녀는 두 번째 약을 복용하지 않았어요. 지금은 먹을 겁니다."

하지만 나는 그날 밤 베아트리체의 연락을 두 번이나 더 받았다. 추가로 받은 두 번째 통화는 새벽 1시가 넘은 시각이었고, 나는 달라진 태도로 응답했다.

"어떤 이유에서 응급상황이라고 생각하신 거죠?"

나는 화가 난 듯 물었다.

"정확히 말하면, 모든 건 몇 년 전부터 시작된 거예요……."

"미안합니다, 베아트리체. 이 호출기는 응급상황 시에만 사용할 수 있어요. 뭐가 응급상황인지 설명해 주시겠어요?"

"잠을 잘 수가 없다고요. 제 말을 제대로 안 들으신 거죠?"

"그건 응급상황이 아닙니다."

"저한테는 응급상황이에요."

"얼마나 자주 일어나는 일이죠?"

"매일 밤이요."

"그럼 그냥 환자 분의 일상인 겁니다."

"스턴 선생님, 말투가 좀 거슬리네요. 당신은 다를 줄 알았어요."

"제발 응급상황 시에만 호출기를 이용해 주세요, 환자 분. 안녕히 주무세요."

전화기 앞에서 거의 명령하는 사람처럼 서있는 나 자신을 발견하곤 의자에 털썩 주저앉았다. 레베카가 내 어깨 위에 손을 올렸다.

"우리 동기들은 베아트리체를 호출기 고문관으로 불러. 그녀가 가진 초능력 같은 거지."

"좀 잔인하네요. 그녀가 고의로 그러는 건 아니잖아요?"

"상관없어."

"기분이 좋지 않아요. 나는 그 환자에게 좀 다르게 대할 수 있을 거라고 생각했는데, 그녀의 말이 맞았네요. 나도 똑같아요."

"좋은 소식을 전하자면, 너는 내일 또 기회를 갖게 될 거야. 그리고 그다음 날 밤은 물론 이곳 근무가 끝날 때까지 당직할 때마다 기회가 올 거야."

그때 호출기가 다시 울렸다.

"또 베아트리체라고 말하지 마세요."

"아니야. 우리가 여기 처음 근무한 날 밤에 만났던 환자야. 거식증에 걸렸는데 일반 병동에 입원하게 된 환자. 1일 차 의료팀 중에 아무나 와서 그녀를 만나 보라고 요청했어."

"당장이라고요? 지금 한밤중이잖아요."

"항상 한밤중이잖아. 뭐가 문제라는 거야?"

"오늘 밤은 더 이상 원망하는 말을 듣고 싶지 않아요. 저는 그 환자하고는 전혀 안 맞는 거 같아요."

"그녀하고 너를 맞추려고 하지 말고 동맹을 맺도록 해봐. 어서 가."

나는 한숨을 쉬며 벙커를 나와 그린 존에서 벗어난 후 트라우마 관리실을 지나 응급실 출구로 향했다. 나는 병원의 다른 쪽 건물로 연결된 구름다리로 가기 위해 로비에서 엘리베이터를 탄 후 잠시 동안 도시를 내려다보는 엘리베이터 유리에 이마를 기댔다.

그곳은 아주 고요했다. 갈색 벽돌 건물들 사이로 내가 사는 아파트 건물이 보일 듯 말 듯했고, 이런 시간에 침대 속으로 파고들면 얼마나 좋을지 상상했다. 나의 환상은 저 밑에서 앰뷸런스 한 대가 불빛을 반짝이며 들어오는 모습이 보이자 달아나 버렸다. 아직 근무는 끝나지 않았다.

나는 엘리베이터를 타고 제인이 입원해 있는 11층으로 올라갔다. 노크를 하고 환자실에 들어갔을 때 전담 요양보호사가 깜짝 놀라는 듯했다.

제인은 음식이 들어가는 코 위관nasogastric tube을 빼내려는 경향이 있어서 병실을 지키도록 전담 요양보호사가 고용되었다. 남관 4층을 떠난 뒤 제인은 법원으로부터 영양실조로 인한 사망 위험이 긴급하다고 판단되어 즉시 튜브 영양식을 명령받았다는 사실을 알게 되었다. 하지만 여전히 제인은 반항적이었다. 나는 조용히 말을 건넸다.

"안녕하세요. 여기 잠깐 앉아도 될까요?"

"내가 원하는 대로 된 적이 있었나요?"

나는 옆에 서 있던 요양보호사에게 잠시 나가 있으라고 말했다. 돌아올 때까지 제인과 함께 있겠다고 일러 주었다. 나는 병원 침대와 거의 높이가 같은 의자를 끌어왔고, 우리 둘 다 벽에 걸린 꺼진 텔레비전을 바라보았다.

우리는 거의 1분에서 2분 동안 아무 말 없이 앉아 있었다. 처음에는 침묵이 불편했지만 결국 우리는 평온함을 느꼈다. 호흡도 느려지고 편안한 상태로 가만히 있었다. 마침내 제인이 침묵을 깨뜨렸다.

"선생님한테 전화하라고 제가 요청한 거 아세요?"

나는 고개를 저었다.

"누군가한테 얘기하고 싶었어요. 선생님은 여기에 있는 다른 사람들처럼 거부감이 들진 않으니까요."

"지금 어떤 생각이 드나요?"

그녀는 내가 몇 분 전 바라봤을 때보다 더욱 고요한 도시의 풍경을 손으로 가리켰다.

"선생님은 저 바깥을 보면서, 다른 사람들이 사는 만큼 선생님도 살 수 있을지 걱정되지 않으세요? 저는 가끔 늦은 시간에 잠에서 깨면 내 친구들과 옛 동기들이 침대에서 각자 소소한 꿈을 꾸면서 자는 모습을 상상해요. 다음 날 그들이 잠에서 깨면 뭔가를 하거나, 뭔가가 되거나 성취하도록 영감을 받을 거예요. 신기하지 않나요? 꿈을 이루기 위해 삶을 산다는 것이요. 내가 어떤 사람이었고, 장차 어떤 사람이 될지 통제력을 가진다는 것이요."

"저도 그런 생각을 한 적이 있습니다."

"뭐를 통제하고 싶었던 거죠?"

난 사실 그런 건 생각해 본 적이 없었다.

"정말 좋은 질문이네요. 한 가지 꼽자면, 나는 환자를 도울 수 있는 방법을 항상 잘 알고 있었으면 좋겠어요. 잘 알 때도 있지만 모를 때도 많거든요."

"선생님은 인턴이잖아요. 앞으로 더 잘하실 거예요."

대화가 정신과 의사에게로 집중될 때는 그 주제를 환자에게 다시 돌리기 위해 노력하고, 환자가 느끼는 감정의 중요한 부분을 자세히 파악해야 한다는 방침을 나는 교육 시간에 미리 배웠다.

"아무도 당신을 도울 수 없다는 생각에 가끔 낙담하는 기분을 느끼나요?"

그녀는 고개를 저었지만 두 눈에 눈물이 가득 차올랐다.

"저는 스스로 이겨 낼 수 있을 것 같아요. 다른 사람들이 어떻게 생각하는지 다 알아요. 그냥 먹으라고 하지만 그럴 수가 없어요. 지속적으로 못 하겠어요."

그녀는 잠시 말을 멈추었다. 나도 할 말이 없었다. 나의 경험 부족이 다시 드러나는 중이었다. 그녀가 조용히 말했다.

"저는 죽고 싶지 않아요."

내 마음속에 떠오르는 대답은 전부 이 상황에 어울리지 않았다.

"당신은 괜찮아질 것입니다. 우리는 극복할 방법을 같이 찾을 것입니다. 괜찮습니다."

현실에서 내가 제인의 친구였다면 그녀를 그냥 안아 주었을 것이다. 그러나 이것은 정신과 의사가 취할 수 있는 방법이 아니었다. 나는 몸을 앞으로 숙여 그녀의 눈을 바라보았다.

"이해해요."

그 말밖에는 할 수가 없었다. 하지만 그 순간에는 그 말만으로도 충분했다. 우리는 한동안 조용히 앉아 있었고, 잠시 후 내 호출기가 울렸다.

"가세요. 이제 괜찮아요."

그녀를 혼자 두고 방을 나오는 일이 전혀 내키지 않았지만 어쩔 수 없는 일이었다.

11

불면증과 전기 충격

레지던트 1년 차에 경험한 2주간의 야간 근무가 다행히 잘 끝났지만, 나는 다시 현실 세계로 돌아오기가 쉽지 않았다. 매일 밤 끝도 없이 무슨 일이 생기는지 알고 있는 이상 내가 아무렇지도 않게 일상으로 돌아올 수 있는 방법은 없었다.

환자들은 병원에 들어와 진료를 받고 병실을 배정받은 후 치료를 받는다. 그리고 퇴원을 한다. 사라졌다가 다시 돌아오기를 반복한다. 나아지는 사람이 있기는 한 것일까? 무대 안쪽을 엿본 기분이 들었다. 내가 감당할 수 있는 범위보다 더 벅찬 것을 목격한 느낌이 들었다.

엉망이 된 나의 수면 주기는 더욱 상황을 악화시켰다. 나는 낮에는 깨어 있으려고 안간힘을 썼고, 밤에는 한숨도 자지 못했다. 어느 날 밤, 천장만 4시간 연속 쳐다보다가 나는 이러한 사이클을 깨기로 결심했다. 우선 감옥처럼 느껴지기 시작한 내 침실에서 탈출하고 싶었다. 일어나서 손에 잡히는 대로 옷을 껴입고 아파트 현관 밖으로 걸어 나왔다.

거리는 음산하게 조용했다. 입원 병동의 폐쇄된 문 안쪽에서 일어나는 혼란 속에 빠져 있노라면 가끔 잠자고 있는 보스턴이 얼마나 평온한 모습인지 잊을 때가 있다.

텅 빈 거리는 편안해 보였고 내 심장 박동수까지도 느려지는 것을 느꼈다. 커먼 웰스 애비뉴 거리를 따라 늘어선 갈색 벽돌 건물들을 지나가면서 지금 자고 있는 사람들은 어떤 꿈을 꾸고 있을지 궁금해졌다.

그러다 병원에 있는 환자들에 대해서도 생각하기 시작했다. 그들은 지금 자고 있을까, 아니면 내가 있을 때처럼 밤이 되면서 고통받고 있을까? 도착하면 뭘 할지 정하지도 않은 상태에서 나는 2킬로미터가 넘는 거리를 걸어 병원으로 돌아왔다.

건물 안으로 들어간 다음 코너를 돌아 엘리베이터를 타고 위층으로 올라갔다. 이 병동에서 일어나는 많은 일들처럼 그곳으로 이끌린 일련의 상황에 대해서도 나 스스로 이해할 수 없었다. 나는 남관 4층으로 들어갔고 왠지 안도감이 느껴졌다. 스웨터와 모자가 달린 점퍼를 입은 내 옷차림에도 요양보호사는 개의치 않았다.

"애덤 선생님."

"안녕하세요, 레그."

나는 아무렇지도 않게 그를 지나쳐 간호사실로 들어갔다. 내가 등장한 것에 아무도 신경 쓰지 않는 분위기였다. 환자 상황이 적혀 있는 화이트보드를 읽어 보니 진저의 이름이 눈에 띄었다.

간호사실 밖으로 머리를 내밀고 보니 진저가 복도를 느릿느릿 걸어 다니고 있었다. 그녀는 혼잣말을 하고 있었지만 어찌 된 일인지 응급실에서 봤을 때보다 훨씬 진정되어 보였다. 그녀가 다른 곳보다도 남관 4층에 있을 때 더 편안함을 느끼는지 궁금했다.

나는 긴 복도를 걸어 그녀가 걷고 있는 곳으로 갔다. 그녀가 지나칠 때 눈을 마주치려 노력했지만 그녀는 앞바닥에만 시선을 고정시켰다. 인사를 건네려고 했지만 그녀에게 도움이 되기보다는 방해가 되는 것 같아서 그만두었다. 나는 들어갔을 때와 마찬가지로 최대한 조용히 눈에 띄지 않게 병동을 빠져나왔다. 택시를 잡고 집으로 돌아와 베개에 머리를 대자마자 바로 잠이 들었다.

다음 날 내가 남관 4층으로 주간 근무를 위해 돌아왔을 때 송 교수님이 나를 불러 세웠다. 그가 굳은 얼굴로 말했다.

"잠깐 내 방에서 봅시다."

나는 그를 따라 코너를 돌아 병동을 빠져나온 후 그의 사무실로 들어갔다.

"민트 사탕 줄까요?"

"아닙니다. 감사합니다."

"어젯밤 병동에 왔었다는 얘기를 들었어요."

그는 대답을 기다렸지만, 나는 의자에 얼어붙고 말았다. 나는 결국 사람들 눈에 띄었던 것이다.

"어제 근무하는 날이 아니었는데 병동으로 왔었군요. 그런 상황은 절대 바람직하지 않아요."

나는 소심하게 고개를 끄덕였다.

"누군가를 확인하려고 했었나요?"

"제가 응급실에서 만난 환자 몇 명이 있는데, 남관 4층으로 입원이 되었을 거라고 생각했습니다."

"여기에 오면 뭘 얻을 수 있다고 생각한 거죠?"

"충분히 생각해서 결정한 계획이 아니었습니다."

"분명히 본능적인 것이었겠죠. 지금부터 아주 중요한 충고 하나와 임상에 대한 주의사항 하나를 알려 줄게요. 앞으로 잘 지키도록 노력하세요."

"네."

"여기에 있을 때는 일을 열심히 하고 환자를 위해 필요한 조치를 하도록 하세요. 이미 닥터 스턴이 그렇게 하고 있다는 걸 잘 알고 있으니 어렵지 않을 거라고 봅니다. 하지만 퇴근을 해도 마음은 일을 떠나지 못하는 상태로 보입니다. 늘 함께하는 것이겠죠. 마음속으로 안쪽에서의 삶과 바깥쪽의 삶 사이에 경계선을 만들어 보세요. 이해했나요?"

"네, 노력하겠습니다."

"이런 것들을 제대로 구분하지 않으면 지쳐 쓰러집니다. 그리고 쓰러진 자신을 스스로 감당하지 못할 거고요. 당신은 현재도 그렇지만, 미래에도 꼭 필요한 사람입니다."

나는 고개를 끄덕였다.

"다시는 새벽 세 시에 병원에 오지 마세요, 닥터 스턴."

"알겠습니다."

"회진하러 갑시다. 원한다면 진저와 데보라를 담당하도록 하세요."

"그렇게 하면 좋겠습니다."

"그럼 회진 스케줄을 수정하고, 오늘 아침 진행되는 데보라의 첫 번째 ECT를 참관하도록 하세요."

"데보라가 ECT를 받나요? 오늘이요?"

실제로 본 적은 없었지만 전기경련요법을 한다고 하니 두려운 기분이 들었다.

"예전에 몇 번 그녀에게 적용해 보려고 했지만 사람들은 그 치료에 대해 강하게 부정적인 생각을 하는 편이죠. 이번에는 그녀가 치료 받기로 동의했습니다."

"왜 이번에는 동의했을까요?"

"그녀가 특별히 가족을 위해 치료받고 싶다고 말했지만 확실하진 않아요. 아무튼 그녀를 위해서도 치료 효과가 아주 높겠지만, 닥터 스턴한테도 참관하면 큰 도움이 될 것 같습니다. 이제 갑시다."

데보라가 ECT실로 이동할 시간이 되었을 때, 그녀와 나는 이미 병동 출입문 앞에서 대기하고 있었다. 데보라는 무덤덤하게 타일 바닥을 내려다보고 있었다. 한때 그녀를 사로잡은 불타오르는 에너지는 그저 추억일 뿐 그 뒤로 거대한 공허만이 남은 듯했다.

사람들은 우울증을 강한 슬픔 정도로 이해하지만 환자들의 표현에 따르면 견딜 수 없는 감정의 결여라고 한다. 데보라는 그날 아침 완전히 무감각한 느낌이라고 말했다. 이송 직원이 휠체어를 가지고 도착하자, 데보라는 필요 없다고 말했다. 그러자 우리로부터 1미터 정도 떨어져 있던 레그가 대답했다.

"돌아오실 때 필요할 수도 있어요."

그의 대답은 ECT에 대해 환자들에게 겁을 줄 수 있는 말이었다. '그들이 내 머리에 전류를 흐르게 하면 나한테 무슨 일이 생기는 걸까?' 하고 말이다.

이송 직원이 아무 말 없이 우리를 복도로 이끌었고, 아래층에 있는 ECT실로 이어지는 엘리베이터 앞으로 데려갔다. 그 직원은 신분증을 대고 출입문을 연 후에 치료가 끝나는 대로 곧장 데보라를 데리러 오겠다고 말했다.

우리는 커튼으로 여러 개의 환자실을 구분해 놓은 평범한 방으로 들어갔다. 간호사가 미소를 띠며 데보라를 화장실로 데려가 치료 과정 동안 자기도 모르게 오줌을 싸지 않도록 방광을 비우게 했다.

메이시 교수님이 나에게 자신을 소개했다. 내 부모님 연배로 보이는 그는 옆머리와 뒷머리가 희끗희끗했다. 나는 그가 수술복을 입고 있을 줄 알았는데, 밝은색 넥타이를 하고 체크무늬 정장을 입고 있었다. 그가 오늘이 내가 처음으로 ECT를 참관하는 날인지 물어보았다.

"음, 잘될 거라는 희망은 갖지 말게. 전체 과정은 몇 분이면 끝나. 사실 상당히 지루한 일이지. 나는 30년 넘게 이 일을 해오고 있다네."

"어떻게 시작하시게 된 건가요?"

"1980년대였지. 내가 조교수였을 때, 당시 진료과장이 날 불러서 '이봐, 자네는 저 일을 하도록 해!'라는 식으로 지시했어. 그리고 삼십 년이 넘은 지금도 난 여전히 여기서 일을 하고 있다네. 그때는 젊은 사람들 대하는 방식이 요즘하고 많이 달랐어. 요즘은 다들 자기의 커리어를 스스로 선택하지. 정신의학과에서 뭘 하고 싶은지 생각해 봤나?"

나는 뭘 해야 할지 전혀 모르고 있었지만 목적이 없는 것처럼 보이기 싫어서 아동 및 청소년의 정신의학을 생각하고 있다고 둘러댔다.

"내가 도움이 될 만한 얘기를 간단하게 하나 해주겠네. ECT는 사용된 지 팔십 년 정도 되었지만, 우리는 아직도 그게 어떻게 작용하는지 정확히 모른다네. 정신의학 분야의 다른 많은 것들처럼 ECT도 어쩌다 우연히 발견되었지. ECT가 어떻게 작용하는지 신경 발생이나 뇌의 가소성, 그리고 다양한 신경 전달 물질의 급성 방출 등의 개념을 차용한 많은 이론들이 있네. 툭 터놓고 얘기하자면, 전부 아직도 증명하는 과정의 이론일 뿐이야. 정확히 어떻게 효과가 발생하는지는 모르지만 효과가 있다는 건 알고 있지. 우울증 같은 기분장애를 가진 환자 중 70~80퍼센트가 좋은 경과를 보여 주었네. 대부분의 다른 항우울제나 치료법보다 거의 두 배가 높은 수치야."

"대단하군요. 그럼 왜 더 많은 환자들이 ECT를 받지 않을까요?"

그는 한숨을 쉬었다.

"ECT에게는 큰 오명이 있어. 솔직히 말해서 정신의학과는 오명이 늘 따라붙지. 우리는 과거에 전두엽 절제술을 이용했던 분야에서 일하고 있네. 미국 작가 켄 키지Ken Kesey의 소설《뻐꾸기 둥지 위로 날아간 새One Flew Over the Cuckoo's Nest》같은 책을 보면, 정신의학 쪽에 전혀 호의적이지가 않지. 하지만 내가 말했듯이 ECT는 상당히 단조로운 과정이야. 마취 전문의는 환자가 잠들도록 돕고, 경련하지 않도록 약을 주지. 발작은 대개 1분 미만으로 지속되고, 그 후 환자는 치료 과정을 마무리하는 회복 기간을 거친다네. 저기 레이날도를 보게."

나는 2번 자리에 있는 한 환자에게 고개를 돌렸다. ECT를 마치고 나온 그는 별생각 없이 핸드폰에서 뭔가를 검색하고 있었다.

"그가 진짜 뭔가를 이해하고 있는 건가요? 아니면 순전히 반사적인 행동인가요?"

"반사적인 것이겠지. 이 치료는 환자들이 당분간 새로운 기억을 처리할 수 없게 만들어. 그 증상은 곧 사라지긴 하지만. 모든 환자가 다 다르기 때문에 각 환자만의 발작 역치를 찾고 그것을 기초로 점점 강도를 늘려가야 하네. 오늘 자네의 환자도 마찬가지고. 데보라에 대해서 간단하게 설명을 해주게."

"그녀는 양극성 우울증을 가진 중년의 여성입니다. 최근에 조증이 있었고요. 우리가 그녀의 조증을 가라앉힌 뒤에 상태가 더 심하게 악화된 것으로 보입니다."

"그 내용은 다 알고 있네. 환자가 이곳으로 내려오기 전에 상담을 받았지 않은가? 그녀에 대한 이야기를 해주게. 가족은 없나? 일상에서 스트레스 유발 요인은?"

나는 그 질문에 대해 깊이 있는 대답을 할 수 없다는 것을 깨닫고 부끄러워졌다. 그리고 상황을 모면하듯 말했다.

"확실히 그녀는 자신의 질병에 대해 자책하고 있습니다."

"단순히 진단만 할 게 아니라 항상 환자에 대해서 파악하도록 하게. 그것이 모든 과정에서 가장 중요한 부분이야."

그는 두 팔을 벌려 그 방 전체를 가리키면서 말했다. 마취를 담당하는 사람으로부터 환자의 인생을 아는 것의 중요성에 대해 조언을 들으리라고는 예상하지 못했다. 하지만 메이시 교수님은 자신이 무엇을 하고 있는지 잘 아는 분이었고, 나는 누군가 중요한 것들을 이야기할 때 경청하는 법을 그에게서 배울 수 있었다.

데보라가 칸막이 커튼 근처로 오자 ECT 간호사는 그녀를 3번 자리로 데려갔다. 주저하면서 자리에 앉는 데보라의 얼굴이 굳어져 있었다.

"안녕하세요, 데보라. 저는 닥터 메이시입니다. 오늘 제가 당신의 ECT를 진행할 의사입니다."

그녀는 힘없이 고개를 끄덕였다.

"환자들은 보통 첫 번째 치료에 들어가기 전에 어떻게 될지 예상할 수 없기 때문에 불안함을 느낍니다. 이제 어떻게 진행이 되는지 말씀을 드리겠습니다. 첫째, 마취 전문의인 제 동료 마크, 인사하세요."

정맥 주사관을 준비하기 위해 기구들을 정리하고 있던 마취 전문의가 손을 흔들고 웃었다.

"저 사람은 마크예요. 그는 이 병원에서 제일 뛰어난 마취 전문의입니다. 마크가 당신에게 정맥주사 삽입을 도와드리고 진정하실 수 있게 몇 가지 약물을 드릴 겁니다. 모든 준비가 끝나면 잠이 드실 겁니다. 당신을 마취시키기 위해 메토헥시탈methohexital이라는 약물을 사용하고요, 치료하는 동안 근육이 경련하지 않도록 숙시닐콜린succinylcholine을 사용할 것입니다. 이것은 저희가 항상 사용하는 약물로서 아주 효과적이고 안전합니다. 다른 질문 있으세요?"

데보라가 고개를 저었다.

"닥터 스턴과 제가 ECT 도구를 설치한 후 모든 준비가 끝나면 당신은 완전히 마취가 되어 있는 상태입니다. 여기 이 막대에서 다른 막대로 이동하는 전기 자극을 줄 것입니다."

그는 두 개의 ECT 전극을 잡았다.

"당신의 뇌는 가벼운 발작을 일으키지만 외부 신체는 그저 평온해 보일 것입니다. 단, 약물이 발 쪽으로 가지 않도록 혈압 측정 띠를 둘러놓기 때문에 당신의 발이 앞뒤로 움직일 수는 있습니다. 그렇게 해야 발작이 얼마나 지속되는지 눈으로 확인할 수 있기 때문입니다. 여기 이 기계는 신체 내부에서 무슨 일이 일어나고 있는지 우리에게 필요한 정보를 줍니다. 발작은 보통 1분 미만으로 지속되었다가 10분에서 20분 정도에 걸쳐 마취에서 깨어나게 됩니다.

45분이 지났을 땐 완전히 일어나서 남관 4층으로 돌아가시는 중일 겁니다. 다른 질문 없으세요?"

그녀는 또 고개를 저었다.

"좋습니다. 저희가 당신을 잘 보살펴 드리겠습니다."

그는 기계 쪽으로 몸을 돌리며 말했다.

"당신이 여기에 있어서 다행이에요."

그녀가 입모양으로 내게 말했다. 나는 미소로 그녀에게 답했다.

"환자 분, 몇 가지 질문을 하고 싶습니다. 제가 아직까지 한 번도 질문을 안 드렸다니 저 스스로도 황당하네요. 당신 인생에서 중요한 사람들이 누구죠?"

그녀는 순간적으로 아주 당황한 것 같았다.

"저한텐 쌍둥이 아이들이 있어요. 열다섯 살 남자아이들이에요. 지금은 남편하고 지내고 있죠. 우리는 작년에 이혼을 했고, 그가 양육의 대부분을 책임져요. 제 생각엔 가족들이 제가 양극성 장애를 앓고 있다는 걸 좋아하지 않는 것 같아요. 이런 일을 겪으면 이 세상에서 자신이 할 수 있는 일이 별로 없다는 걸 깨닫게 돼요. 우리가 존재하려면 그 대가로 가끔 차별을 당하는 것 같아요."

그녀는 목이 메는 듯 잠시 말을 멈추었다. 나는 그녀가 남관 4층에 머무는 내내 그녀를 치료했지만 아이들에 대해서 아무것도 몰랐다는 사실에 마음이 아팠다. 내 직업이 나의 인간성을 갉아먹고 있는 것은 아닌지 의심이 들었다. 그녀가 물었다.

"이 치료가 저한테 도움이 된다고 생각하세요?"

"그렇다고 생각합니다. 정말 그럴 거라고 봅니다."

"이제 준비됐습니다."

메이시 교수님이 큰 소리로 알렸다. 나는 데보라에게 말했다.

"자, 다 끝나고 만나요."

"좋아요, 나중에 봐요."

그녀는 안심하는 듯 보였다. 마크가 능숙하게 정맥주사관을 놓더니 진정제를 투약하기 시작했다. 몇 분이 지나자 그녀가 마취되었고, 우리는 곧장 치료를 진행하기 시작했다. 메이시가 큰 소리로 말했다.

"이제 자네 손에 달려 있네, 닥터 스턴. 기억하게. 우리는 적합한 강도를 찾아가야 해. 적정한 발작이 일어나기까지 몇 번 시도해 봐야 하네."

간호사가 전극 막대를 고정하자 연결이 잘 되었다는 의미로 기계에 초록색 불이 켜졌다. 내가 어색하게 말했다.

"전기 자극 전달하기."

누군가의 뇌 속으로 전기를 보낼 때는 무슨 말을 해야 하는 걸까? 기계가 2초 동안 큰 기계음을 내더니 멈췄다. 그러고는 아무 일도 일어나지 않았다.

"작동이 된 건가요?"

내가 물었고, 메이시는 고개를 저었다. 그는 혈압 압박대가 감아져 있는 그녀의 오른쪽 발을 가리켰다.

"제대로 작동이 되면 저 발이 움직이기 시작하지. 3.5초로 늘려

보게."

"전기 자극 전달하기."

기계음이 다시 들렸고, 더 오래 지속되었다. 이번에는 데보라의 몸이 잠깐 수축되더니 곧 이완되었다. 그녀의 발은 여전히 움직이지 않았다.

"다시, 이번에는 5초 미만으로."

나는 기계의 손잡이를 돌려 다시 작동시켰다.

"전기 자극 전달하기."

세 번째 시도에서도 그녀의 몸은 수축되었다가 이완된 후 아무 변화가 일어나지 않아 나는 가슴이 철렁했다. 그런데 몇 초 후 그녀의 발이 일정하게 까딱거리기 시작했고, 나는 안도의 한숨을 크게 내쉬었다. 발작은 25초 동안 지속되었고, 메이시 교수님은 기계가 프린트하고 있는 대략적인 뇌파도를 보며 나에게 성공했다는 표시를 해주었다. 그가 말했다.

"잘했네, 닥터 스턴."

나는 데보라를 살펴보았다. 아직 의식을 차리지 못한 그녀의 얼굴은 아주 평화로워 보였다. 그녀의 머릿속에서는 어떤 일이 일어나고 있을지 궁금했다. 이제 그녀에게 평안함이 찾아들 수 있을 것이다.

12

빵과 버터의 의학

우리 동기들은 다수의 임상 현장을 돌아다니며 야간 당직과 주 단위의 야간 연속 근무를 소화하는 동안 주기적인 우울증을 겪으면서도 신뢰감과 친밀감 있는 인간관계를 형성하게 되었다. 우리 중 일부는 주간 근무만 하면서 가벼운 순환 근무를 맡기도 했지만, 대부분은 늘 야간 근무 또는 야간 근무 후 휴식 중인 상태이거나 아예 야행성 인간이 되어 살아가고 있었다.

동기로서 우리는 이 시간들을 온전한 상태로 버텨 내는지 서로 지켜봐 주었다. 굳게 단결된 하나의 팀이 된 우리는 누군가 야간 연속 근무를 하면서 신체적, 감정적으로 서서히 쇠약해져 가는 모습을 볼 때마다 매우 안타까워했다.

우리 모두 눈 밑에 다크 서클과 머리를 손질한 지 오래된 모습에 익숙해져 갔다. 누군가 지난주에 일이 너무 힘들어서 수면 주기가 회복되지 않아 수업에 제대로 참여하지 못할 때에는 무언의 관용을 베풀기도 했다. 그것은 내가 아무에게도 기대하지 않았던 암묵적인 동지애 같은 것이었다.

레지던트 훈련 프로그램에서, 지속적인 환자 관리를 이유로 수면 부족을 일으킬 정도의 비인간적인 장시간 근무를 견뎌야 하는 오랜 관행을 개선할 필요가 있다고 생각한다.

레지던트는 환자가 입원해서 퇴원할 때까지 그들을 치료하는 동안 소중한 것들을 많이 배우지만, 거기에는 대가가 따른다. 충분한 휴식을 취하지 못한 채 기진맥진하고 우울감에 빠진 레지던트들은 지도교수가 공감해 주거나 환자가 고마워하는 긍정적 강화를 경험할 기회가 드물기 때문에 끝내 도덕성을 잃기도 한다.

병원 밖에서 휴식 시간을 더 많이 가져야 한다는 근무 시간 제약이 마련되어 있지만, 많은 레지던트들은 그들의 업무 수행과 의욕 사이에서 균형을 잡기 힘들어한다. 이제 나는 야간 연속 근무를 마친 후 현실 세계에 적응하기 위해 노력했고, 차차 밤에 수면을 취할 수 있게 되었다.

나는 문자로 애슐리에게 연락하기로 결심했다. 그녀는 응답은 해 주었지만 거리감이 느껴졌다. 실제로 그녀는 거리감이 있는 애리조나에 가 있었다. 그녀의 답장은 내가 기대한 만큼 따뜻하지 않았다.

나는 즉시 이 사태에 대해 고민하기 시작했고, 나에 대한 그녀의 관심을 엿보기 위해 이틀 동안 먼저 문자 보내는 것을 그만두었다. 이런 종류의 비밀 테스트를 하자니 최악의 방식으로 짝사랑하는 소년이 된 듯한 기분이 들었다.

나의 내면에 있는 더 성숙한 인격은 전화를 들어 그녀와 통화하라고 말하고 있었지만, 온라인 데이트 프로그램이 나를 10대의 마음으로 돌아가게 만드는 것 같았다. 하루가 지났지만 그녀에게서는 아무런 연락이 없었다. 나는 온갖 비관적인 상황을 상상하면서 초조해하기 시작했다.

"애슐리는 누군가를 만나고 있는 게 틀림없어. 그녀는 앞으로 의사를 좋아하지 않기로 한 거야. 그녀는 나를 좋아하지 않기로 한 거야."

다음 날, 나는 레이첼과 미란다와 커피를 마시며 나의 불안한 마음을 털어놓았다. 미란다가 응원하듯 말했다.

"하루 동안의 침묵은 그렇게 나쁘지 않아."

"이제 이틀째야."

레이첼이 대화에 끼어들었다.

"하루나 이틀이나 뭐가 중요해. 대학생 여자애랑 데이트를 하다니 암튼 넌 제정신이 아니야."

"애슐리는 아주 성숙해."

"성숙한데 왜 너를 좋아한대?"

레이첼이 웃으며 비꼬았다. 할 말이 없어진 나는 커피 한 모금을 들이켰다. 내가 화제를 돌렸다.

"너희들은 새해 전날에 뭐할 계획이야?"

"난 시카고에 있는 남동생을 만나러 갈 거야."

미란다의 대답에 레이첼이 모호하게 말했다.

"난 케임브리지 지역에 있는 일반의학 친구들을 만날지도 몰라."

내가 한숨을 내쉬며 말을 했다.

"난 아무 약속도 없어. 혹시 날 만날 수 있는 틈이 생기면 연락해 줄래?"

새해 전날에 함께 보낼 사람을 찾지 못해서 혼자 있어야 하는 것보다 더 비참한 상황은 떠오르지 않았다.

"알았어, 하지만 그날 밤 어떻게 될지 아직 잘 모르겠어. 하지만 우리가 어딘가에서 만날 틈이 생길 수도 있겠지."

레이첼의 대답은 마치 나와 함께 있길 원하지 않는 것처럼 들려서 속이 상했지만, 나의 불안감을 그녀의 말 한마디 한마디에 투사하는 것을 그만두기로 했다.

새해 전날이 되었을 때는 애슐리와 문자를 주고받은 지 며칠이나 지난 상황이었고, 행복한 반전을 애타게 기다렸지만 끝내 소식이 오지 않았다. 나는 이 상황을 잊기 위해 그날 저녁 레이첼에게 문자를 보냈다.

"어떻게 보내고 있니?"

응답이 없었다.

"지금 상황은 어때?"

한 시간 후, 그녀가 대답했다.

"아직 몰라. 나중에 문자 보낼게."

밤 10시가 되었을 때, 나는 이 세상에서 가장 쓸모없는 인간이 된 기분이 들었다. 핸드폰 속 연락처를 뒤져 봤지만 나하고 친한 사람들은 모두 뉴욕에 있거나 아이가 있는 기혼이거나, 아니면 레이첼처럼 나의 문자를 무시하는 경우였다.

나는 소파에 몸을 파묻고 천장을 바라봤다. 레지던트 생활 6개월 만에 나는 새해 전날 순수한 데이트 하나도 잡지 못하는 무능력자가 되었다. 내가 대단한 것을 바란 것도 아니었다. 나는 자정에 누군가와 키스를 바라지도 않았다. 난 그저 혼자 있고 싶지 않았을 뿐이었다.

레이첼이 나와 함께 즐거운 밤을 보내겠다고 약속한 것도 아니었지만 그녀가 나를 버렸다는 생각에 화가 치밀었다. 잠시 후 나는 애리조나에 있는 애슐리에게 문자를 보냈다.

"새해 복 많이 받아!"

왜 느낌표 한 개가 빈약하게 보이는지 의아했다. 어린아이가 마냥 순박하게 들떠 있는 느낌이었다. 느낌표 두 개를 찍어야 했을까? 아니야, 그건 또 너무 많은 것 같다. 그럼 그냥 마침표를? 아니야, 문자 메시지에 마침표를 찍는 건 반사회적으로 보인다.

결국 문자 작성에 정답은 없다고 결론 내렸다. 전화를 하는 게 좋았겠지만 그녀가 친구들하고 같이 있거나 심지어 어떤 남자와 있으면 어떡하지? 그렇다면 아무런 약속 없는 나의 새해맞이가 더욱 비참하게 느껴져서 이 세상에서 영영 증발해 버리고 싶을 것이다. 시계는 점점 자정을 가리키려 하고 있었지만 레이첼은 답장도 없었다.

11시 45분, 나는 아파트를 나와 근방에 술집으로 들어갔다. 술을 주문하고 조용히 홀짝거렸을 때, 내 뒤로 큰 화면에 카운트다운을 세는 공 모양이 떴다. 나는 주위 커플들이 서로 기뻐하고 입을 맞추는 모습을 지켜보았다.

술잔을 비우고 집으로 돌아가는 내내 나는 이 지구상의 가장 큰 실패자라는 기분이 들었다. 아무 계획이 없는 것보다 더 비참했던 점은, 내가 자정이 되기 15분 전에 나간 이유가 다음 날 누군가 궁금해했을 때 집에 있지 않았다고 말하려는 목적이었다는 것이다.

집에 돌아온 내가 침대에 몸을 뉘었을 때 애슐리로부터 문자가 왔다.

"새해 복 많이 받아, 친구여!"

그렇게만 적혀 있었다. '친구'는 관 뚜껑에 못을 박는 것이나 다름없었다. 나는 관 속으로 기어 들어가 다시는 밖으로 나오고 싶지 않았다.

다음 날 레이첼은 전날 밤 일반의학 친구들과 의대인들의 파티에 참석하게 되었는데 남의 집으로 타인을 초대하기가 불편했다고 말해 주었다. 나는 그녀가 자정에 누군가와 키스를 했는지 궁금했지만 물어보지 않았다.

"너는 일반의학 친구들하고 꽤 가깝게 지내는구나?"

"응. 가끔 기분 전환을 위해 정신과 의사가 아닌 사람들하고 대화를 나누는 게 좋아. 그들도 가끔은 보통 사람들처럼 평범한 일상에 대해서 대화하거든."

"우리도 그러잖아."

"네가 생각하는 것만큼은 아니야. 네가 일반의학 수련을 시작하면 느낄 수 있을 거야."

나는 사실 일반의학에서 순환 근무를 하는 동안 내 일상에 변화가 일어나길 기대하고 있었다. 정신의학과 레지던트들은 1년 차에 필수로 일반의학에서 수련해야 되는데, 내가 내과 의사 행세를 한다는 것이 두려웠지만 다음 단계로 빨리 넘어가고 싶었고, 정신의학과에 있는 동안 나를 잠식하고 있던 강렬한 외로움에서 벗어나고 싶었다.

데보라가 ECT를 받은 후 치유되는 모습을 지켜볼 수 없다는 것은 안타까웠다. 또한 제인이 어떻게 이겨 내고 있는지도 지켜볼 수 없을 것이다. 하지만 어쩌면 나 자신을 위해서는 이런 상황이 더 나을 수도 있다. 나는 그녀가 쇠약해져 사망에 이르는 모습은 차마 지켜볼 자신이 없었다. 내가 그 일을 막지 못하고 아무런 도움이 되지 않는다면 정말 견딜 수 없는 고통일 것이다.

내가 의과대학 학생일 때는 의료계의 긍정적인 부분만 눈에 보였다. 간단한 의대 실습 동안에는 장기간에 걸쳐 환자들의 경과를 관찰할 기회가 전혀 없었다. 여기서 레지던트 1년 차 중반을 보내면서 느낀 무력감은 난생처음 경험해 본 것이었다.

나는 보스턴에서 남쪽으로 20분 정도 거리에 있는 한 지역 병원으로 일반의학 순환 근무를 배정받았다. 그곳은 정신과 의사로서 알아 둬야 할 '빵과 버터의 의학' 문제를 훈련하기 위한 장소로서 좋은 명성을 갖고 있었다.

예를 들어 요로감염과 결핵은 가끔 환자의 정신 상태에 변화를 일으키는 질병이라서 정신과 의사로서 인지할 수 있어야 하는 것이다. 이 병원에서 다루기에 의학적으로 너무 복잡한 문제가 발생하면 종종 시내의 대형병원으로 진료가 의뢰되기도 했다.

나는 내과는 물론 방사선과, 안과, 마취과 등의 영역에서 커리어를 쌓기 위해 사전 인턴제세부 전공 레지던트 수련 전 1년 과정를 수료 중인 가지각색의 의사들과 함께 일했다. 그중에는 정말 비범한 젊은 의사들도 있었는데, 비교적 편안하게 수련할 수 있기로 유명한 이곳의 임상 프로그램을 일부러 선택해서 온 것이었다.

그들은 훗날 자신의 전문 분야를 위해 미국 내 가장 명망이 높은 병원에서 근무하며 훌륭한 업적을 쌓아 갈 것이다. 여기에 모인 의사들은 내가 정신의학과라는 완전히 다른 영역에서 고역을 치르는 동안 이미 지난 6개월에 걸쳐 일반의학을 실습했기 때문에 일을 처리하는 그들의 능력은 나를 부끄럽게 만들었다.

나는 처방전 양식이 어디에 위치해 있는지 알지도 못했지만 그들은 결핵, 울혈성 심부전, 봉와직염cellulitis으로 인한 입원, 치료, 퇴원, 일반 내과와 관련된 매우 일반적인 입원 등 절차와 방법을 다 외우고 있었다. 나는 다른 사람들보다 뒤처지거나 팀을 방해하지 않기 위해 컴퓨터 시스템만 익히는 데에도 한 달 내내 매달려야 했다.

일반적으로 팀은 정교수급 주치의 한 명, 선배 레지던트 한 명, 그리고 다수의 인턴들로 구성된다. 전체적인 업무 분위기는 내가 상상해 온 군대 문화와 비슷했다. 인턴들은 선배 레지던트에게 보고하고, 업무 지시도 선배 레지던트에게 직접 받았다.

레지던트는 최종 책임자인 주치의에게 보고했다. 물론 주치의들은 따로 진료과장들이나 병원 행정직원들을 응대하는 책임도 맡았다. 이런 업무 구조는 잠재된 불안과 오류가 생길 가능성을 높게 안고 있었다. 인턴들은 아무런 결정도 내리지 못하는 위치에 있지만 그들이 어떤 작은 실수를 알아차리지 못하면 환자의 전체 치료 계획에 차질이 생기게 만들 수 있기 때문이다.

나는 많은 시간 동안 실제 의료 기술과 상관없는 소견서를 순서대로 정리하고 작성하는 일을 담당했지만, 그것은 내가 한 잡일 중에 그나마 가장 중요한 작업이었다. 아픈 환자들이 체계적으로 관리 받으며 병세가 나아지도록 만드는 역할을 하기 때문이다.

나는 순환 근무 동안 많은 일반의학 인턴 동료들과 가깝게 지냈다. 멕시코에서 온 의사 에르베르토는 지적이고 따뜻한 성격이었고, 몬타나에서 온 헬렌은 매우 친절한 성격이었는데 그녀가 세상과 소통하는 방식은 상대방을 무장 해제시키면서도 독특했다. 그녀의 아파트에는 NBA의 전설적인 스타 더크 노비츠키Dirk Nowitzki의 실제 크기인 2미터가 넘는 입간판이 현관 중앙에 놓여 있다고 한다.

병원 내부에는 응급상황을 의미하는 코드 블루와 정신의학적 응급상황을 의미하는 코드 퍼플code purple 등 내부용 용어가 따로 있었다. 여기에 덧붙여 헬렌은 코드 브라운code brown이란 용어를 만들었는데, 입원 병동에 있는 환자의 장운동과 관련된 응급상황을 빗댄 말이었다. 그것은 매우 흔하게 일어나는 일이었다.

내가 첫날 만난 잭은 남자다운 얼굴을 가졌고 키가 큰 데다 자세가 아주 발랐다. 친절하게 조언을 하면서도 늘 밉지 않게 사람을 놀리는 그를 보며 나는 우리가 바로 편한 친구가 될 수 있을 것이라고 직감했다.

그는 진정으로 좋은 사람처럼 느껴졌는데, 그것으로 그치지 않고 근무 내내 계속해서 질문할 수 있는 든든한 동료가 되어 주었다. 그는 당일 처리해야 하는 업무가 끊임없이 들어와 그를 괴롭히더라도 나의 계속되는 질문에 한 번도 불평하지 않았다.

"폐색전증 지침사항이 어디 있지?"

"CT 혈관 촬영은 조영제가 필요한 것일까, 아닐까?"

"나는 왜 컴퓨터 로그인이 안 되지?"

"내가 여기서 뭘 하는 것일까? 나는 누구일까?"

잭은 바쁜 와중에도 조금도 기분 나쁜 표정 없이 친절하게 대해 주었고, 특히 내가 스스로 뭘 해야 할지 몰랐던 초기에 많이 도와주었다. 나는 대부분의 인턴들이 내용을 완전히 파악하기 전이라도 잘 알고 있는 척한다는 것을 곧 알아차렸다. 그런데 문제는 그들은 나보다 6개월 먼저 업무를 시작했기 때문에 상대적으로 나는 레지던트 선배나 주치의의 눈에 서툴러 보인다는 점이었다.

다행인 점은 잭과 같은 사람들이 늘 주위에서 나를 가르쳐 줬고, 선배들이 나의 실수를 바로잡아 주었기 때문에 내가 당혹감을 느끼는 것 이상의 상황은 발생하지 않았다. 일반의학 과정을 마무리한 후 그 병원으로 다시 돌아갈 일은 없으므로 그 팀에서 가장 느린 사람이라는 점이 그렇게 비관적으로 느껴지진 않았다.

정신의학과 레지던트인 나에 대한 기대감이 크지 않았기 때문에 나는 오히려 그런 편견을 유리하게 이용해서 다른 사람들을 위해 잘해야 한다는 압박을 받지 않고 맡은 일에 더욱 집중할 수 있었다. 그러한 업무 수행의 불안에서 벗어난 해방감은 그때까지 내가 느껴 보지 못한 것이었다.

나의 순환 근무는 일반 내과의 입원 병동을 시작으로 4일에 한 번씩 야간 당직을 해야 하는 중환자실, 그리고 인턴들이 사흘에 한 번씩 30시간 연속으로 자리를 지켜야 하는 심장관리실에서 진행되었다.

나는 그곳에서도 환자를 대면하는 모든 순간에 어느 정도 정신의학을 적용할 수 있었다. 사람은 평생 동안 모든 종류의 불안과 노이로제를 안고 산다. 누군가 신체적인 문제로 입원하면 그 요인이 더 큰 문제로 확대될 수 있는 사례들도 목격했다. 그렇기에 신체적인 문제로 입원한 일부 환자들 중에는 사실 정신의학과에 가야 하는 경우도 종종 있었다. 그들의 신체적인 증상은 심리적인 고통으로 인한 결과였기 때문이다.

예를 들면 발작은 일어나지만 뇌에서 전기적인 활동이 보이지 않는 환자들이 여기에 속한다. 일반적인 발작은 뇌의 전기적인 활동 이상이 원인이다. 환자들은 내가 정신과 레지던트인지 몰랐지만 팀원들은 치료 계획을 의논할 때 마치 심리학 전도사를 대하듯 자동으로 나를 쳐다보았다. 그래서 선배 레지던트가 이렇게 말하곤 했다.

"이 환자는 애덤을 위한 사람이야."

일반 병원은 나에게 정신의학의 세계로부터 잠시 쉬어 가는 휴식처였지만, 군대식 지시 체계는 내가 해결해야 될 숙제 같은 것이었다. 이곳의 많은 환자들은 내가 그들에게 정신적인 문제로 진단을 내리면 별로 좋아하지 않았다. 나에게 소리를 지르는 사람들이 있는가 하면, 어떤 사람들은 그들을 괴롭히는 문제가 간단한 신체적 치료로 해결될 수 없다는 사실에 조용히 흐느끼기도 했다. 나는 이미 그런 환자의 반응을 공감적 듣기로 대응할 준비가 잘 되어 있었다.

중환자실에서 순환 근무를 했을 때, 나는 의료계의 일면을 엿볼 수 있었다. 그곳은 육체적으로 매우 힘든 근무지였다. 내가 레지던트 1년 차를 마친 후에는 의과대학 이상의 훈련 과정을 감독하는 기관에 의해 더욱 엄격한 근무 시간 제한이 시행되었다.

이 규정은 근무 시간을 24시간 이하로 제한하고 필수로 복수의 휴일을 가지도록 정한 것이었는데, 내가 그곳에서 순환 근무를 한 때보다 1년이나 늦게 시작되었다. 내가 레지던트 1년 차에는 30시간 이하로 연속 근무를 제한했고, 여러 주 이상 근속 시 일주일에 평균 80시간 이하로 근무시간을 규정했지만 나는 80시간을 안 넘기고 일해 본 적이 없었다.

심장과는 이런 제한을 최대로 이용한 순환 근무였고 그곳에서의 경험은 난생처음 겪어 본 것이었다. 나는 아예 병원에서 사는 사람이 되었고 외부 세계는 희미하고 먼 배경처럼 느껴졌다. 그런 까닭에 내 삶은 믿을 수 없는 속도로 지나갔고 마지막엔 완전히 기진맥진한 상태가 되었다.

그때는 거의 병원에서만 머물면서 바깥세상의 스트레스 요인을 차단시키는 나 자신의 능력에 스스로 감탄할 지경이었다. 그곳에서 일한 한 달은 내 평생 가장 긴 시간 동안 근무한 기간이었다. 나의 팀과 함께 생명을 살리고 고통을 멈추는 일을 하면서 뿌듯함을 느끼기도 했지만 절대로 그런 일은 반복하고 싶지 않았다.

저녁 7시부터 아침 7시까지 야간 연속 근무를 2주 동안만 더하면 몇 달 만에 첫 휴가를 가질 예정이었다. 나는 소심하게 반항하는 의미에서 휴가 직전 기간에 70년대 스타일로 구레나룻을 기르기로 결심했다.

내가 어둠 속에서 일하고 밝은 곳에서 잠을 자는 야행성 사람들과 함께하는 삶을 견뎌야 한다면 차라리 그 상황을 재밌게 즐기고 싶었다. 구레나룻을 기름으로써 순환 근무를 하는 내가 얼마나 감정적으로 지쳤는지 시위하는 듯한 기분이 들었고 그래서인지 은근히 기분이 나아졌다.

나의 달라진 외모 때문에 환자실에 들어갈 때마다 사람들이 깜짝 놀라기도 하고, 내 외모에 대해 우스운 평가를 내리기도 했다. 내 또래의 전문가들은 아무도 나처럼 얼굴에 털을 수북하게 기르지 않았다. 그래도 나는 한동안 이 상황을 즐겼다. 중환자실로 호출을 받기 전까지는 말이다. 하워드 제임스라는 환자가 사망했던 것이다.

나는 제임스 씨를 한 번도 만난 적이 없고, 그렇기에 그가 누구인지 전혀 알지도 못했다. 그러나 야간 당직을 맡은 인턴으로서 나는 그의 사망을 선고하고 중환자실에 인접한 대기실에서 아무 말 없이 모여 있는 그의 가족들에게 알려 줘야 할 책임이 있었다.

나는 제임스 씨의 환자실로 빠르게 걸어가 수개월 전 당황하면서 사망 진단을 내렸던 때처럼 대략적으로 그를 검진했다. 그는 머리를 흔들어 안구의 움직임을 살펴도 아무 반사 반응을 보이지 않았다. 동공은 움직이지 않았고, 풀려 있었다. 혈액이 신체 부위에 침강하기 시작했고, 근육이 사후 경직으로 뻣뻣해졌다. 그가 사망했다는 사실에 이견이 있을 수 없었다.

"사망 시간, 오전 4시 29분."

아무도 없지만 나는 혼잣말로 발표했다. 대기실로 천천히 걸어가 그의 두 딸과 아내가 소파에서 눈물을 흘리며 끌어안고 있는 모습을 보자 갑자기 내 얼굴에 우스꽝스러운 구레나룻이 있다는 사실이 생각났다.

그들은 소식을 기다리는 간절한 표정으로 나를 올려다보았다. 다시 돌아가 수술 마스크를 가져올까, 아니면 손으로라도 얼굴을 가릴까 고민했지만 더 이상 그들을 견딜 수 없는 긴장감 속에 방치하고 싶지 않았고, 그들은 이 순간에 내 얼굴의 털 따위는 신경 쓰지 않을 것이라는 생각이 들었다.

"저는 닥터 스턴이고, 오늘 당직을 맡은 인턴입니다. 제임스 씨는 방금 사망하셨습니다. 더 이상 조치할 수 없었습니다. 삼가 고인의 명복을 빕니다."

그 순간 방 안에 있는 모든 사람들이 침묵했다. 시계의 초침소리만 들렸다. 머리 위 형광등 불빛이 취조실의 조명처럼 내리쬐는 것 같았고, 나는 얼굴이 붉어졌다. 그의 부인이 양팔로 두 딸을 감싸 안으며 짤막하게 말했다.

"고맙습니다."

다음 날 아침 집에 도착했을 때, 나는 면도를 하고 가족들을 만나러 뉴욕으로 가는 항공권을 예매했다.

13

스턴 가문의 아들들

나는 아버지가 형에게 물려준 지 몇 년 된 낡은 지프차에 형과 앉아 나누었던 대화를 지금도 기억한다. 2002년이었고, 겨울방학을 함께 보내기 위해 집으로 돌아가던 중 차에 기름을 채우고 있었다. 형은 대학교 4학년이었고, 나는 1학년이었다. 나는 그해 가을 형을 따라 브라운대학교에 입학했다.

"나는 의대 준비생pre-med, 일반대학교에서 의대 진학을 대비해 필요한 과목을 이수하는 과정이 되고 싶지만 너무 힘들 것 같아. 내가 도저히 해낼 수 없을 것만 같아."

내가 말하자, 형이 믿기지 않는다는 듯이 물었다.

"너무 힘들다고? 인생에서 좋은 일들은 다 힘든 과정을 거치는 거야. 네가 듣는 유기화학 시간에 너보다 똑똑한 사람이 있을 것 같으냐?"

"몇 명은 있지."

"그들은 그냥 열심히 하는 거야. 네가 하루 종일 공부만 하면 전 과목 다 A학점을 받을걸. 우리 둘 다 마찬가지야."

형과 나는 외모는 닮았지만, 성격은 정반대였다. 형은 항상 말이 많고 외향적이며 늘 매사에 낙관적인 성격이었다. 반면에 나는 일이 잘 안될까 봐 늘 전전긍긍하는 편이다. 딱 하나 우리에게 공통점이 있다면 아버지가 의사인 것을 우러러보며 자랐다는 것이다.

아주 어렸을 때 내가 본 아버지는 친척들 사이에서 존경을 받으며 늘 그들이 관심 있게 말을 거는 대상이었다. 우리는 아버지의 환자들이 매년 작은 명절 선물을 보내는 등 소소한 방식으로 감사함을 전하는 것도 지켜봤다. 우리 형제는 언젠가 우리도 아버지처럼 존경을 받으며 타고난 재능을 살려 사회에 기여하고, 편안한 생활을 영위할 수 있는 분야에서 일하고 싶다는 공통된 꿈을 키워 갔다.

하지만 수학과 과학에 소질을 타고난 것은 의사가 되기 위해 거쳐야 할 수많은 단계 중 기초에 불과하다는 것을 깨달았다. 고등학교 졸업 후부터 의사가 되기까지의 과정은 무한대의 근성과 전념이 필요했고, 형과 나는 의사라는 신분을 완전히 얻기 전까지 겸손한 자세로 오랜 시간에 걸쳐 이런 능력을 갖추기 위해 노력했다.

아버지는 우리가 의료계로 진출하는 것을 크게 반대하는 입장이었다. 아버지는 이 분야가 의료기관, 보험, 의사 등에 총체적으로 가이드라인을 정해 놓은 미국의 의료 시스템과 자율성 감소의 시대에서 더 이상 제대로 보상받을 수 없다고 판단하고 있었다.

하지만 아버지는 우리의 커리어는 우리가 선택해야 한다는 것을 인정할 만큼 너그러운 분이었다. 그래서 부모님은 우리가 학업을 마칠 때까지 재정은 물론 정서적으로도 버팀목이 되어 주셨다. 우리는 학생 대출을 받을 필요도 없었고, 그만큼 우리의 꿈을 위해 거쳐야 할 단계들이 무엇이든 더욱 정진할 수 있었다.

모든 사람들이 다 이렇게 풍족한 지원을 받지는 못한다. 솔직히 말해서 내가 안전망이 없는 곳으로 떨어질지 모른다는 걱정을 해야 했다면 그렇게 힘겨운 의대 시절을 무사히 보낼 수 있었을지 장담하기 어렵다.

인턴 중에 휴가를 내어 집에 돌아오자, 형과 나는 다시 예전의 모습으로 돌아갔다. 예를 들면 우리가 도착하기 전 어머니가 가득 채워 놓은 부엌 선반에서 간식을 꺼내 잔뜩 먹어치우는 것이다. 우리에게는 새로운 습관도 생겨났다. 병원에서의 무용담을 서로 늘어놓느라 시간이 가는 줄 몰랐다.

"그런데 그 레지던트가 호출로 불려 나갔고, 나 혼자 중심 정맥관을 담당하게 되었어."

"그래, 하지만 목을 조르려는 급성 조증 환자한테 해본 적은 없지 않아?"

"없지, 너도 없잖아!"

우리는 형제간의 오래된 경쟁 심리에 쓸데없이 불을 지폈다. 쉬지 않고 티격태격하던 우리는 마침내 남은 인생 동안 계속 이렇게 유치한 경쟁을 할 수는 없다는 생각을 동시에 했다. 여태까지는 우리가 이 경쟁을 즐겼더라도 나는 곧 정신의학과로 돌아가야 하고, 형도 내과 과정을 계속 수련해야 하는 상황에서 우리가 서로 경쟁하는 것은 불가능할 것이다.

시간이 흐르면서 우리는 형제간의 경쟁을 그만두게 되었고 둘다 그 상황에 흡족해했다. 나는 때때로 아버지와 형이 의사로서 나누는 연대감을 질투하곤 했다. 두 사람은 아버지와 아들인 동시에 선후배 내과 의사로서 승리를 자축하기도 하고, 딜레마에 대해 토론하기도 했다. 그에 비해 정신의학과는 외로운 싸움일 수밖에 없다.

나는 고등학교 때 친한 친구였던 질리안을 만났다. 계절에 맞지 않게 더운 날씨였던 그날, 우리는 그녀의 집 근처 오리 연못에 함께 가기로 했다. 시원한 바람을 쐬니까 기분이 아주 좋았다.

"너 피곤해 보인다."

그녀가 그렇게 말하곤 내 대답을 기다렸다. 사람의 마음을 잘 간파하고 분석하는 재능을 가진 그녀가 이쪽 공부를 했더라면 아주 영민한 정신과 의사가 되었을 것이다. 우리가 포옹했을 때, 검진 시 지켜야 하는 임상적인 거리두기를 신경 쓸 필요 없이 사람의 몸에 접촉하니 느낌이 아주 좋았다.

"어떻게 지내? 자세히 좀 말해 봐."

나는 한숨부터 내쉬면서 먼 산을 바라봤다.

"왜 그래? 무슨 일이야?"

"내가 잘 해낼 수 있을지 모르겠어."

"뭘 해내?"

"일반의학, 정신의학, 전부 다. 너무 힘들고 고립된 느낌이야. 하루 종일 사람들한테 둘러싸여 있지만 그 어느 때보다도 외로워. 나도 모르겠어. 다른 일을 하는 게 낫지 않을까 생각해."

"다른 일? 하지만 넌 그 일을 사랑하잖아. 오랫동안 하고 싶어 했잖아. 그 일이 곧 너 자신이야."

그녀는 나의 걸음을 멈춰 세웠고, 나는 그녀를 바라봤다. 그녀는 나를 잘 아는 사람이었고, 나는 오랫동안 그녀의 말이 다 옳다고 생각해 왔다. 하지만 의사가 되는 길이 곧 나 자신이라는 것에는 왜 동의하고 싶지 않을까? 그녀가 내 마음을 읽고 있는 듯 계속해서 말했다.

"빨리 일반 병원 수련을 마치고 네가 환자를 사람으로 볼 수 있는 그 세계로 돌아가. 네가 돌아가면 너다운 기분이 들기 시작할 거야."

"네 말이 맞았으면 좋겠다."

"내 말이 맞아."

그렇게 말하곤 그녀가 밝게 웃었다.

다음 날 집에 있을 때, 아버지가 나에게 다가왔다.

"내 환자에 대해 너한테 의학적인 조언을 얻고 싶구나."

"저한테요?"

"중년 여성인데, 오랫동안 우울증으로 고생하고 있지. 전에는 플루옥세틴fluoxetine, 항우울제이 효과가 좋았는데, 갑자기 약이 듣지 않아. 그래서 다음에는 둘록세틴duloxetine, 항우울제을 사용해 보려고 생각 중이다. 좋은 계획인 것 같니?"

나는 그 환자의 상태와 우울증에 영향을 준 요인에 대해 더 질문했다. 아버지는 그녀가 지금껏 보인 증상의 종류와 그녀가 투약 받고 있는 다른 약물에 대해서 알려 주었다. 아버지와 나는 예상되는 부작용과 심장 약물과의 상호작용 위험성에 대해서도 의논했다.

"여전히 시도해 볼 만한 가치가 있는 것 같아요."

"그 약은 어떻게 투여해야 하는 거니?"

"저는 보통 20밀리그램으로 시작하고요, 하루에 두 번 20밀리그램으로 투여하다가 아침저녁으로 30밀리그램 또는 그 이상으로 높여서 조정하기도 해요."

"아주 좋아. 정신과 의사가 가까이 있으니 좋구나."

14

핥고 싶은 얼굴

　일반의학에서의 순환 근무가 끝나갈 무렵, 나는 정신의학과 동기들과 다시 만날 생각에 설렜다. 그러면서도 내가 대단하다고 인정하게 된 일반의학과 동료들과도 계속 연락하고 지내길 바랐다.

　그래서 서로 바쁜 업무 스케줄에도 나는 잭, 에르베르토, 헬렌과 계속 연락했고 몇 주에 한 번은 다 같이 얼굴을 봤다. 우리는 주로 다운타운의 술집이나 음악을 듣는 클럽에서 만났다. 그러던 어느 날 밤, 갑자기 레이첼로부터 문자가 왔다. 시내에 사는 그녀의 대학 시절 친구와 만나 좋은 시간을 보내려 한다는 내용이었다.

　"난 지금 일반의학 친구들하고 같이 있어."

　내가 답장을 보냈다. 새해 전날의 해프닝 이후 우리의 대화는 분위기가 완전히 달라졌다. 나는 1분쯤 기다리다가 추가로 문자를 보냈다.

"네가 원하면 이쪽으로 와."

레이첼이 동의했고, 얼마 뒤 귀가 아플 정도로 시끄럽게 전자음악이 흘러나오는 한 클럽으로 우리를 만나러 왔다. 나는 그곳에서 즐거운 척을 했다.

"여긴 좀 시끄럽네."

레이첼이 의자에 앉으며 말했다. 그때 헬렌이 멀리서 나를 발견하곤 이곳이 자기의 영역이라도 된 듯 내 쪽으로 다가오더니 나에게 팔을 둘렀다. 헬렌이 핸드폰을 레이첼에게 건네며 말했다.

"우리 사진 좀 찍어 줘."

레이첼이 살짝 놀란 표정으로 핸드폰을 받더니 사진을 찍기 시작했다. 그녀가 카메라 버튼을 누르려고 한 찰나에 헬렌은 내 쪽으로 몸을 돌리더니 내 얼굴 옆면을 핥았다. 혀를 아주 길게 빼서 내 뺨 전체에 닿을 지경이었다. 분명 지극히 불쾌한 일이었지만 이상하게도 헬렌에게 고마운 마음이 들었다. 레이첼에게 내가 섹시한 남자라는 걸 보여 준 기분이었다. 혀로 핥고 싶은 만큼 말이다. 헬렌은 그녀의 폰을 도로 가져가더니 잭과 에르베르토에게 가버렸다. 레이첼이 말했다.

"되게 재밌는 친구들이네."

나중에 다시 헬렌과 만났다.

"아까 왜 그랬니?"

"네가 항상 얘기하는 여자애 맞지? 시간을 너무 오래 끌면 안 된다는 걸 그 애한테 보여 준 거야."

"그걸 내 얼굴을 핥으면서 알려 줘야 하는 거야?"

"응. 다른 방법이 뭐가 있어?"

"일리가 있네."

이틀 후 레이첼은 우리 동기들끼리 멕시코로 가야 하는데 그녀가 나와 방을 같이 써야 한다고 말했다.

"다 같이 가자고?"

"들어 봐. 정신의학과 레지던트들은 6월 마지막 주에 동시에 쉬어. 신입 인턴 오리엔테이션 때문에 우리가 서명한 1년 계약 기간 중 갑자기 날짜가 붕 뜨게 된 거야."

"그래서?"

"우리 인생에서 동시에 일을 쉬는 마지막 기회가 될지도 몰라. 다 같이 축하해야지."

"멕시코로 가서?"

"그래. 난 벌써 모든 계획을 다 세웠어. 우리는 세 끼 식사가 다 나오는 리조트에서 하루 종일 해변에서 놀거나 우리가 원하는 대로 밤새도록 먹고 마시는 거야. 미란다와 그웬은 일반의학 때문에 출장 갔다가 합류하는 거라서 방을 같이 쓸 거야. 에린은 당연히 남편 바비를 데려올 거고, 그 밖에 같이 가려는 사람은 없으니까 너하고 나만 남는 거지."

그것은 하나의 제안이라기보다 앞으로 어떻게 진행될지 알려 주는 발표문 같아서 참 그녀답다는 생각이 들었다. 나와 함께 묵겠다는 것은 나한테 끌린다는 의미일까, 아니면 우리는 아주 플라토닉한 사이이기 때문에 나를 전혀 위험하게 보지 않는다는 뜻일까? 내가 일반의학 친구들에게 이 고민을 꺼내자 헬렌이 말했다.

"당연히 전자겠지."

"나도 그렇게 생각해. 거기 도착한 첫날 밤에 네가 더 적극적으로 다가가."

잭이 거들었다.

"거절당해서 나머지 일주일 동안 어색하게 피해 다녀야 될 위험은 어쩌고? 그러면 죽고 싶을 것 같아."

"위험을 감수해야지."

헬렌이 단호하게 말을 했다.

"거절당하지 않을 거야. 난 바에서 그 여자가 널 보는 눈빛을 봤거든."

그날 밤 잠들기 전에 기니피그와 이 문제에 대해 의논을 했지만, 녀석은 전혀 도움이 되지 못했다.

일반의학에서의 마지막 근무가 거의 끝나갈 무렵, 나는 그곳의 강도 높은 업무와 단순히 지시만 따르는 방식에 몹시 지친 상태였다. 적어도 화장실 갈 틈은 있었던 정신의학과에서 보낸 시간들이 감사한 것이었음을 깨달았다.

하지만 나의 운명은 그곳에서의 마지막 근무를 더욱 강도 높게 보내는 것이었다. 아무리 무던한 의사라도 대형 참사라고 말할 정도로 의학적으로 복잡한 문제를 가진 환자들과의 고된 진료가 줄을 이었다.

차례차례 환자를 보는 것이 불가능할 정도였다. 환자 한 명이 저혈압으로 의식을 잃고 중환자실로 이송되자, 또 다른 환자는 정반대로 고혈압 위기 증상으로 중환자실에 오게 되었다. 세 번째 환자는 바닥에 쓰러지면서 머리를 바닥에 부딪혀 총체적인 신경학적 검진이 필요한 상태였다.

그때 다행히 잭이 도착했고, 우리는 환자의 인수인계를 위해 자리에 앉았다. 계주경기에서 바통을 전달해 주는 것처럼 근무를 교대할 때 의사들 사이에 진료 기록을 넘겨 주는 것이었다. 이때 나는 완전히 한계에 다다른 상태였다.

그런데 선배 레지던트가 잠깐 들르더니 눈도 안 마주치고 9번 침대에 누워 있는 남자 환자에게 항혈액응고제를 놔야 할 시간이라고 알려 주었다. 잭이 나에게 말했다.

"그 환자, 직장 검진을 해야 돼."

"뭐? 왜?"

나는 일반의학에서 근무하는 동안 제법 정신과 의사인 티가 나지 않게 잘 해냈지만, 이렇게 한 번씩 허점이 드러날 때도 있었다.

"그 환자, 대장염을 앓은 전력이 있어."

"그래서?"

"그의 혈액을 용해하기 전에 출혈하지 않는지 확인해야지."

"내가 한 번도 만난 적 없는 환자한테 가서 나를 소개한 다음에 직장에서 출혈이 있는지 봐야 하니 엉덩이에 손가락을 끼우겠다고 설명하라는 거야? 너 진짜 내가 그렇게 하길 바라는 거야?"

"그래, 맞아."

잭은 그 말을 남긴 채 천천히 자리를 떴다. 나는 인수인계를 받고 있던 잭을 자신 없는 눈빛으로 쳐다보았다. 그 일은 인수인계가 끝나기 전에 지시가 떨어졌기 때문에 원칙상 내 책임임은 잘 알고 있었다. 하지만 내 마음은 벌써 멕시코 해변의 푸른 바닷물과 레이첼과 호텔 방을 같이 쓰는 데 가 있었다. 머리가 깨질 듯한 이 마지막 임무만 마치면 나의 일반의학 수련이 모두 끝나는 것이다. 다행히 잭이 빙긋 웃으며 말했다.

"내가 할게."

"잭, 뽀뽀라도 해주고 싶다."

"레이첼을 위해 아껴 둬, 친구야. 당장 여기서 도망쳐. 아직 여기서 뭐하고 있는 중이야? 넌 정신과 의사라고."

"맞아, 그랬지."

나는 잭의 어깨를 가볍게 두드린 후 인수인계를 마치고 벽에다 의사복을 걸었다. 정신의학과, 멕시코, 그리고 레이첼이 나를 기다리고 있었다.

15

혀로 묶은 체리 줄기와 남쪽 국경선

그 방 안에 있는 욕조는 누가 봐도 2인용이었다. 레이첼이 말했다.

"이거 되게 좋다. 그런데 제대로 청소는 하는 걸까? 물줄기 안쪽에 뭔가 자라고 있다는 상상을 하니까 끔찍하다."

"내 생각엔 청소하는 거 같은데. 당연히 청소하겠지."

나는 우리 둘이 욕조에 들어가는 상상을 하면서 말했다. 레이첼이 우리를 위해 예약한 리조트는 식사가 포함된 곳으로, 겉으로 보면 꽤 훌륭해 보였다. 3층 건물이 여러 개 군데군데 자리했고 수영장과 야자나무, 맨 끝에 위치한 해변으로 이루어진 주변 풍경이 잘 가꾸어져 있었다.

우리 방은 매우 단출했지만 낡고 지저분한 느낌은 아니었다. 파격적으로 할인해 주는 온라인 여행사를 통해 예약을 했으니 충분히 예상 가능한 조건이었다.

"난 저 침대를 쓰고 싶어."

레이첼이 창문 옆 퀸사이즈 침대를 향해 걸어가면서 말했다. 침대를 따로 쓰고 싶어 한다는 의미였다. 나는 탐정이라도 된 양 레이첼이 나한테 관심이 있다는 증거를 찾으려고 했지만 결국 아무것도 찾아낼 수 없었다. 그녀와 처음으로 함께 여행하는 6시간 동안우리가 친구 이상의 관계라는 사실을 증명할 수 있는 일말의 단서도 찾지 못했다.

우리는 편한 옷으로 갈아입은 후 실외로 나가 분위기 있게 조명이 밝혀진 수영장을 지나 에린이 선택한 레스토랑으로 갔다. 그곳은 일본풍으로 꾸며져 있지만 멕시코 음식을 파는 곳이었다. 우리가 들어갔을 때 에린이 이미 테이블에 앉아 있었다. 웃으며 우리들을 맞아 주는 그녀의 표정이 퍽 밝아 보였다.

"술은 무제한인데, 전부 물을 좀 탄 거 같아. 그러니까 한 번에 여러 개 시켜서 섞어 마셔야 돼."

"남편은 어디 있니?"

"출발하기 직전에 오지 않기로 했어. 정신과 의사 여러 명하고 어울리다 보면 우리 병동에 입원할 것 같대. 하지만 난 왠지 이번 여행을 절대 놓치고 싶지 않았어. 그래서 지금 여기 있게 된 거야!"

"우리야 좋지. 그리고 여기 분위기도 괜찮잖아."

"우리 남관 4층보다야 훨씬 좋지."

에린이 말했다. 그녀에게 이곳에서 보내는 시간들이 남편과 집에있을 때보다도 더 좋은지 궁금했다. 그녀의 남편은 거의 1년 내내 계속해서 우울해 보였다. 레이첼이 말했다.

"그래도 마음껏 간식을 먹을 수 있는 건 남관 4층이나 여기나 똑같아."

미란다와 그웬이 도착했다. 둘은 여러 날 동안 일반의학 친구들과 여행을 함께 다녀오는 동안 서로에게 신경이 예민해져 있었다. 마치 결혼한 지 오래된 부부처럼 당장 멱살이라도 잡을 분위기였다. 그웬이 말했다.

"우리 둘은 여행하기에는 너무 안 맞는다는 걸 발견했어."

미란다가 고개를 흔들며 대답했다.

"알코올이 들어가면 마음이 좀 풀릴 거야."

"아니, 전혀 그렇지 않을걸."

그웬이 대답하자 미란다가 웨이터에게 손짓을 하며 말을 했다.

"그 말은 네가 아직 술을 충분히 마시지 않았다는 거야."

술이 나왔고, 다 같이 술잔을 들었다. 그웬이 말했다.

"남관 4층으로부터 벗어나 단 한 번의 위대한 일주일을 위하여."

레이첼이 덧붙였다.

"송 교수님으로부터 벗어난 걸 축하해."

에린이 말했다.

"하지만 난 송 교수님이 벌써 보고 싶다."

내가 말했다.

"처방전 양식과 질병 치료 양식으로부터 벗어난 걸 축하해!"

그 말에 웃음을 터뜨리며 미란다가 말했다.

"그리고 정신병, 우울증, 경계성 환자로부터 벗어난 걸 축하해!"

"여기 바닷가는 어때 보여?"

그렇게 물은 사람은 미란다였고, 그웬이 이마에 손을 올리며 말했다.

"미란다, 우리가 여기로 오는 길에 아까 지나쳐 왔잖아."

"그랬어?"

웨이터 한 명이 두 번째 잔들을 들고 왔다.

"한 잔 더 드실 것 같아서 준비했습니다."

웨이터는 그 뒤로도 계속해서 술을 가져왔다. 그러다 레스토랑에서 나온 우리는 외길을 지나 또 다른 바로 들어가 술을 더 마셨다. 기나긴 1년 끝에 갖는 휴식이어서인지 기분이 정말 좋았다.

우리는 큰 유리잔에 파란 빛깔의 술을 담아 들고 나무 바닥 위로 두꺼운 대형 쿠션이 깔려 있는 테라스로 나갔다. 미란다는 혀로 체리 줄기를 묶을 수 있다면서 우리에게 보여 주겠다고 고집을 부렸다. 레이첼이 미란다를 이기겠다며 그녀와 겨루었지만 체리 줄기 하나 차이로 졌다.

우리는 전쟁을 끝낸 군인들처럼 병원에서 고군분투한 이야기를 늘어놓으며 늦은 밤까지 소리 내어 웃었다. 레지던트 첫 번째 해에 우리가 살아남았다는 게 기적처럼 느껴졌다.

대화 중간에 미란다가 앉은 자세로 잠이 든 것을 발견했다. 그녀의 머리가 뒤로 젖혀지더니 옆으로 기울어지면서 목의 정맥이 드러나자, 레이첼과 그웬이 뱀파이어 흉내를 내며 이를 드러냈고 내가 사진을 찍었다. 왜 그렇게 했는지 잘 모르겠지만, 그때는 꼭 해야 될 것만 같은 분위기였다.

그러다 우리는 각자 방으로 돌아가기로 했다. 돌아가는 길에는 파란색과 보라색으로 물속 조명을 받아 티 없이 맑아 보이는 큰 수영장 옆을 따라 걸었다.

"수영장에 들어가자!"

그웬이 무조건 그래야 한다는 듯 말하자, 에린이 대답했다.

"지금 들어가면 안 되는 거 아닐까?"

"누가 그래?"

"일단 저 남자들이 못 하게 막을 태세야."

에린이 두 안전요원을 가리켰다.

"저 사람들은 신경도 안 쓰고 있어."

레이첼이 그렇게 말하고는 나를 돌아보았다.

"난 첫 번째로 안 들어갈래. 애덤, 네가 먼저 들어가."

나는 레이첼한테 소심하게 보이기 싫어서 셔츠를 벗어 옆에 야외용 의자 위에 던졌다. 청바지는 벗지 않은 채 물속을 가로지르며 들어갔다. 레이첼이 큰 소리로 말했다.

"청바지는 입고 있겠다고? 시시해."

에린을 제외한 세 여자는 곧 옷을 모두 벗고 브래지어와 팬티만 남겨 두었다. 그러자 에린이 말했다.

"진심이야? 난 안 할래."

"비키니 입는 거랑 다를 게 없잖아, 에린."

"아, 몰라. 저기 안전요원들이 우리를 보고 있단 말이야. 너희들은 하고 싶으면 계속해. 너희들 신고 당하면 보석금 내줄 돈이나 구해 놔야 되겠다."

레이첼, 미란다, 그웬이 나를 따라 수영장 안으로 들어왔다. 하지만 그들이 물속으로 풍덩 뛰어 들어온 지 10초 만에 안전요원 한 명이 휘슬을 불었다.

"이봐요, 지금 수영하면 안 됩니다. 이용 시간이 지났습니다."

그웬이 그에게 소리쳤다.

"우리가 들어오자마자 휘슬 부르려고 옷 벗는 걸 계속 지켜보기만 했던 거예요?"

안전요원은 어깨를 으쓱하고는 다시 한 번 소리쳤다.

"당장 나와요!"

우리는 물을 뚝뚝 떨어뜨리며 추위에 몸을 떨면서 각자 방으로 돌아갔다. 레이첼과 내가 방으로 돌아왔을 때 아직도 이가 덜덜 떨렸다. 우리는 큼직한 욕조 바로 옆을 지나갔다.

"뜨거운 물에 들어가면 좋을 것 같아."

내가 넌지시 말하자, 레이첼도 동의했다.

"나도 그러고 싶어."

하지만 그녀는 나에게 몸 닦을 수건 하나를 던져 주고는 욕실로 들어가 내 앞에서 문을 닫았다.

레지던트들 사이에선 '먹구름'이라는 표현이 사용된다. 근무할 때 유독 운이 나쁜 날을 일컫는 말이다. 자신에게 먹구름이 꼈다는 말은 다른 사람들은 편안하게 잠을 잘 만큼 여유로운 반면에 혼자서 가장 어렵고 힘들게 바쁜 날을 보냈다는 뜻이다.

리조트에 온 첫날 이후 닷새 동안 말 그대로 우리에게 먹구름이 몰려왔다. 잠시도 쉬지 않고 엄청난 폭우가 쏟아졌던 것이다. 해변에도 비가 왔고, 수영장에도 비가 왔다. 심지어 우리가 브런치를 먹고 있던 시간에도 비가 쏟아졌다. 머리 위 밀짚으로 만든 지붕에서 비가 샜던 것이다.

우리는 이 상황에서 일부러 분위기를 띄워 보려고 술도 꽤 많이 마셔 댔지만 날씨가 좋아질 기미가 보이지 않았다. 몸과 마음을 회복하는 시간을 갖는 동시에 뭐라도 할 일을 찾기 위해 중학생이나 할 법한 우스운 실내 게임도 했다. 그것은 나쁘지 않은 선택이었다. 극도로 심각한 전문가 역할을 떠나 잠시 퇴행하는 시간을 갖는 것은 재충전을 위해 꼭 필요했다.

여행이 끝난 후 우리는 미국으로 돌아왔고 선배들이 레지던트 과정 중 가장 힘든 한 해가 될 거라고 조언했던 그 시간을 맞이했다.

여행의 마지막 날 밤까지도 나는 레이첼과의 관계를 진전시킬 기회를 호시탐탐 노렸다. 구체적으로 어떻게 해야 하는지는 몰랐다. 나는 그런 종류의 일에 늘 서툴렀다. 하지만 그냥 지나쳐 버리기에는 아까운 기회였기 때문에 나는 일반의학 친구들이 해준 조언을 다시 떠올렸다.

"좋은 여행이었어."

해변에서 방으로 돌아가는 길에 나는 별빛 아래 서있는 레이첼을 보며 말을 건넸다. 그녀는 말없이 걷기만 했다. 폭우가 쏟아진 뒤 하늘은 으스스할 정도로 맑았고 희미하게나마 반짝이는 은하수를 볼 수 있었다.

"매년 여행을 오지 못한다는 게 안타깝다."

"비가 매일 오지 않았다면 더 좋았을 거야."

"오늘 밤 정말 아름답다. 우리 마지막 밤은 즐겁게 보낼 수 있을 거야. 해변에서 좀 더 있을까?"

나는 희망을 가지고 물었다. 하지만 그녀가 고개를 저었다.

"난 너무 피곤해."

집으로부터 수천 킬로미터 떨어진 곳 아름다운 하늘 아래 우리 단둘이 있었다. 지금이 아니면 다시는 못 올 기회였다. 나는 가던 길을 멈추었다.

"왜 그래?"

나는 왜 그냥 저지르지 못할까? 그녀에게 키스해. 그녀의 손을 잡아. 뭐라도 하란 말이야. 레이첼은 나보다 몇 걸음 앞에 서있었다.

"아무것도 아니야. 그냥 방 열쇠를 못 찾았는데 여기 있네."

나는 그녀를 향해 걸어갔고, 그녀는 나에게 팔을 둘렀다. 그때 그녀가 말했다.

"너한테 물어볼 게 있어."

"그래?"

"내가 일반의학 과정을 수련할 때 내 스타일인 남자를 발견했어.

그런데 어떻게 해야 할지 도통 모르겠어. 난 그런 일에는 정말 젬병이야."

그녀의 질문은 내 가슴에 비수처럼 꽂혔다. 솔직히 스스로 생각해 봐도 지난 한 주 동안 그녀의 행동에서 우리가 편한 친구 이상의 관계라는 것을 암시할 만한 징후가 전혀 보이지 않았다. 나는 이렇게 얼버무렸다.

"네가 이성한테 호감 표시하는 데 젬병이라고? 난 너보다 더 심해. 난 그런 거 몰라. 나라도 나한테는 그런 조언을 안 구할래."

2년 차

16

1년 차와 똑같은데 뭔가 더 많아져

우리가 2년 차가 되기 전에 병원 밖에서 함께 보낸 시간은 우리 모두에게 꼭 필요한 것이었다. 멕시코 여행 덕분에 우리의 유대감은 더욱 깊어졌다. 여행을 간 동기들은 그곳에서의 추억을 공유했고, 여행을 가지 않은 동기들은 남관 4층 외에 자신만의 삶을 가꾸기 위한 의욕이 더욱 강해졌다.

그런 목적을 위한 활동의 하나로 우리는 병원에서 근무하는 몇 명을 제외하곤 달마다 진행되는 '심리학 극장'의 첫 상영회에 다 같이 참가했다. 이 시간은 레지던트 훈련 중 특별 과외 활동으로서 선택적으로 참가하는 것이었다. 교수님들은 번갈아 가며 정신의학적 개념을 공부할 수 있는 영화를 선정한 후 자신의 집으로 레지던트들을 초대하여 다 같이 음식과 음료를 먹으며 감상하고 토론할 수 있는 자리를 마련했다.

레지던트 프로그램 중 마음이 따뜻했던 순간을 꼽는다면 바로 심리학 극장과 같은 과외 활동일 것이다. 우리는 독서 그룹, 의상 파티, 매년 뉴햄프셔에서 열렸던 주말 캠핑 워크숍 등에 즐겁게 참여했다.

영화 〈E.T〉가 상영되고 있던 와중에 3년 차가 된 선배 레지던트 레베카를 보니 몹시 지쳐 보였던 전과는 다르게, 우리는 여유로운 자신감이 넘쳐흘렀다. 그녀는 나에게 2년 차 레지던트 생활에 대한 비법을 전수해 준 적이 있었다.

"넌 잘할 수 있을 거야. 2년 차는 1년 차와 똑같은데, 뭔가 더 많아져."

"뭐가 많아져요?"

필립 브라운 진료과장이 우리를 힐끔 쳐다봤다. 그는 아주 친절하고 학식이 높은 사람으로 그날 심리학 극장을 주최한 분이었다. 그는 우리에게 이름을 편하게 부르라고 했지만 대부분 그에게 계속 존칭을 썼다. 그는 가족들에게나 할 법한 태도로 눈을 치켜뜨고 우리에게 조용히 하라고 주의를 주었다.

나는 술잔을 채우기 위해 레베카에게 부엌으로 같이 가자는 손짓을 했다. 그리고 다시 물었다.

"뭐가 더 많아져요?"

"또 그 얘기야? 모든 면에서 더 많아지지. 매일 더 많은 환자들, 더 많은 근무 시간, 더 많은 수면장애, 더 많은 구내식당 밥."

나는 어깨를 축 늘어뜨렸다. 그녀가 내 잔에 와인을 부어 주었다.

"2년 차가 되면 좋은 점은 없어요?"

"당연히 있지. 첫째, 넌 드디어 정신의학과만 신경 써도 돼! 드디어 진짜 정신과 의사가 되는 거라고!"

내가 힘없이 고개를 끄덕거렸다.

"네 스스로 어떻게 해야 하는지 감을 잡기 시작할 텐데, 사실 그게 전부는 아니야. 1년이 지나면 더 이상 두려울 게 없어져. 응급실로 누군가 발가벗고 소리를 친다든가 퇴원 안 시켜주면 의료 과실로 고소한다고 협박을 해도 두렵지 않지. 너한테 최고의 정신과 의사라고 칭찬했다가 다음 날 네가 최악이라고 욕하는 사람도 있을 거야. 이 모든 걸 너 스스로 한꺼번에 통제할 날이 올 거야."

"상상이 안 가네요."

"그렇게 될 거야. 내 말을 믿어. 아, 그리고 한 가지 확실한 일은 넌 처음으로 장기 심리 치료 환자를 맡게 될 거야. 네가 그런 일에 관심이 있다면 꽤 재미있을 거야."

나는 기대감에 부풀었다. 외래 환자를 진료하는 정신과 의사가 되겠다는 목표만 바라보고 입원 환자를 담당하는 순환 근무를 묵묵히 견디는 중이었다. 나는 자기 생각과는 관계없이 남관 4층에 수용되는 환자들 대신 스스로 나아지길 바라며 자발적으로 찾아오는 환자를 치료하고 싶었다.

보호병동에서의 근무는 나와 정말 맞지 않다는 생각이 들었지만 앞으로 3년 동안 나와 함께 심리 치료를 진행할 환자를 맡을 수 있어 그나마 다행이었다. 3년은 내가 경험했던 웬만큼 로맨틱한 연애보다도 긴 시간이었다.

레이첼은 알아차리지 못했지만, 나는 시간이 날 때마다 몰래 그녀를 훔쳐보곤 했다. 사랑하고 사랑받을 수 있는 여자친구가 있다면 얼마나 좋을까, 그런 생각을 하면서 말이다. 내 마음을 읽기라도 한 듯 레베카가 내 공상을 깨뜨렸다.

"그런데 말이야, 넌 앞으로도 데이트할 시간은 없을 거야."

"흠, 영화 〈E.T〉나 보러 가는 게 좋겠어요."

"그래, 가자."

나는 남관 4층에서 한꺼번에 6명이나 되는 환자를 담당해야 하는 현실이 못마땅했다. 그리고 응급실에서 더 많은 야간 당직을 소화하면서 새로 들어온 인턴 한 명과 병원 전체의 정신의학과 관련 일을 해내야 한다는 사실에 겁이 났다.

나에게는 누군가의 첫 번째 정신의학과 근무를 혼자 가르쳐 주면서 이끌어 줄 자신이 없었다. 인턴들을 보니 안쓰러울 만큼 아무것도 모르는 사람처럼 보였다. 몇몇 인턴들은 우리가 처방하는 약물 이름도 제대로 읽지 못했다. 우리 동기들도 1년 전에는 저렇게 도움이 안 되는 존재들이었다는 사실을 생각하니 충격적이었다.

그리고 1년 전의 내 모습을 돌이켜보면서 처음으로 스스로 제법 성장했음을 느꼈다. 새로 온 레지던트들은 풋풋하고 열정적이었지만, 우리 2년 차들은 조금은 지치고 질린 모습이었다. 내가 업무에 대해 감을 잡은 상태이고, 내가 뭘 해야 하는지 알게 되었다는 것은 그나마 다행이었다.

불행하게도 2년 차가 해야 할 일의 양은 끔찍하게 많았다. 2년 차 과정을 시작한 첫날, 내가 남관 4층에 들어설 때 불길한 배경음악이 깔린다면 정말 잘 어울릴 것 같았다. 나는 두려운 마음으로 병동으로 들어가는 계단 5개를 오른 후 환자의 탈출을 막기 위해 바닥에 테이프를 붙여 만든 검정색 경계선을 지나갔다. 내가 인사하자 요양보호사 레그가 나를 향해 대충 목례로 답했다.

"닥터 스턴, 다시 만나서 반가워요. 멕시코 여행은 즐거웠나요?"

송 교수님이 그 옆에 서 있었다. 그가 어떻게 멕시코 여행에 대해 알고 있지?

"다시 뵙게 되어 반갑습니다, 송 교수님."

그가 손을 크게 저으며 말했다.

"반갑습니다. 하지만 이제 인사치레는 그만합시다. 할 일이 아주 많습니다."

송 교수님, 크리스탈과 같이 일하게 되어 나도 모르게 힘이 났다. 몇 달 만에 다시 정신의학과 팀원으로서의 감각을 찾게 된 것이다. 나는 환자들은 어떻게 지내고 있는지 물어보느라 신이 났고, 그들의 대답을 들을 때 일반의학 근무에서 다뤘던 신체 활력 징후나 혈액 분석에 대해 묻는 것 이상으로 열심히 집중했다.

이런 수치들은 남관 4층에서도 여전히 중요했다. 이곳으로 오기 전에 일반의학 근무에서 본 환자의 대부분이 정신의학적 문제를 안고 있다는 점을 알게 된 것과 마찬가지로, 남관 4층에서 다시 순환 근무를 시작하자 정신과 병동에도 내과와의 연관성이 뚜렷하게 보였다.

정신의학과 약물의 대부분은 일반 질병을 앓는 환자들에게 투여할 경우 기본적인 건강 수치 중 혈압, 심장 박동수, 근 긴장도, 혈당에 영향을 주는 등 다양한 부작용을 야기할 수 있다.

레지던트 2년 차 초기에 한 환자가 레지던트실의 문을 아주 다급하게 두드린 적이 있다. 문을 열었을 때 그 환자는 목이 왼쪽으로 90도가 넘게 뒤틀린 채 몹시 고통스러워하고 있었다. 그가 간신히 말했다.

"저 좀 도와주세요."

그 순간 머릿속이 멍해졌다. 나는 분명 얼빠진 사람처럼 보였을 것이다. 하지만 잠시 호흡을 가다듬고 항정신병 약물에 의해 목이나 어깨 또는 기타 부위에서 근육이 고통스럽게 수축되는 부작용에 대해 떠올려보았다. 이런 부작용은 내가 처방한 약물의 부작용 때문에 일어난 것이 분명했다. 나는 이런 때는 항파킨슨제인 벤즈트로핀benztropine을 사용해야 한다는 사실을 알고 있었다. 환자에게 말해 주었다.

"제가 증상에 도움이 될 약물을 드리겠습니다. 이런 반응을 겪으시다니, 죄송합니다. 곧 좋아지실 겁니다."

얼마 뒤, 그의 목 근육의 긴장도가 풀어지자 나는 강한 성취감 같은 기분이 들었다. 솔직히 내가 내린 처방 때문에 문제가 생겼으므로 나는 간접적으로 문제를 일으킨 장본인이나 마찬가지였다. 내가 이 이야기를 송 교수님에게 전하자 말없이 내 등을 두드려 주었다.

그 환자는 그날 근무가 끝날 무렵 나에게 감사 인사를 전하러 다시 찾아왔다.

그러나 스스로 자리를 잡아가고 있다는 기분이 들었던 것도 잠시, 나는 브라운 진료과장이 보낸 이메일을 확인하게 되었다.

'송 교수는 즉각적으로 모든 직에서 사임하게 되었습니다. 우리는 그의 노고와 환자들을 위한 헌신에 감사하고 있습니다. 앞으로 그의 빈자리를 채우기 위해 준비하도록 하겠습니다.'

뭐라고?

2년 차에 처음으로 맞이한 우리의 감정 수업은 토네이도처럼 혼돈 그 자체였다. 우리가 송 교수님의 일을 의논하기도 전에 3명의 못 보던 얼굴이 눈에 들어왔다. 낯선 이들이 테이블에 같이 앉아 있자 그때까지 우리를 든든하게 보호해 주던 공간이 증발해 버린 것 같았다.

첫 번째로 자신을 소개한 여성은 니나 옆에 앉아 있었다. 가끔 총체적 난국이었던 상황은 물론 지난 1년 동안 늘 친절하고 따뜻하게 우리를 지도해 준 니나가 있음에도 감정 수업의 공동 교수로 자신을 소개한 젠은 니나와 정반대의 외모였다.

니나는 키가 크고 개방적인 타입이고, 젠은 상당히 작고 복장이 흠 없이 단정한 편이었다. 그녀는 우리에게 자신을 소개하면서 니나로부터 우리의 흥미로운 이야기들을 많이 들었으며 앞으로 우리와 함께하게 되어 기대가 크다고 말했다.

하지만 그 방 안에 있던 우리 모두는 배신감에 휩싸인 상태였다. 이 여자는 누구야? 우린 니나하고 잘 지내 왔어. 우리는 니나에게 많은 얘기를 털어놓았고, 니나도 우리가 스스로를 알아가고 의사로 성장할 수 있도록 이끌어 주었단 말이야. 그런데 왜 우리가 젠이 필요한 거지? 젠이 소개를 마치자, 이번에는 내 건너편에 앉아 있던 한 남자에게로 시선이 쏠렸다.

"안녕하세요, 저는 드류라고 합니다. 저는 정신의학과와 신경과의 교차점을 연구하고 있습니다. 직전 연차에 신경과 레지던트 과정을 끝냈고, 이제부터는 이쪽에 합류하게 되었습니다. 여러분 모두에게 많이 배우고 싶습니다."

우리는 이미 드류에 대해 알고 있었다. 인턴 과정을 하는 동안 그의 자리가 계속 비어 있어서 우리 중 누군가는 추가로 야간 당직과 주말 근무를 하느라 몇 달에 걸쳐 그에 대한 이야기를 들었다.

우리는 다들 그를 실제로 만나기도 전에 몹시 미워했었다. 또한 그가 뇌 치료의 음과 양을 연구하는 신경과 의사와 정신과 의사 둘 다를 원한다는 사실에 은근히 거북해하고 있었다. 정신과 의사들은 환자의 뇌와 정신, 그리고 삶을 동시에 고려하는 생물 심리 사회적 모델bio-psycho-social model의 관점으로 진료한다.

흔히 정신과 의사들은 환자가 인간으로서 어떤 삶을 살고 있는지부터 파악하고 그들의 증상으로 넘어가는 전체에서 점점 세부적으로 분석하는 방법을 쓴다면, 신경과 의사들은 전기 및 화학적 신호 전달 체계를 구성하는 신경세포의 기본 조직부터 파악하는 등

뇌의 세부 항목을 먼저 진단하려는 경향이 있다.

하지만 드류는 외부 세상과 환자들을 이와 같은 제한적인 방식으로 보지 않았다. 그는 노련한 신경과 의사 수준의 논리와 분석력을 갖추고 있는 동시에 우리와 같은 정신과 의사로서의 면모도 바로 드러내기 시작했다. 그는 인간을 신체 부위들이 결합된 대상으로만 보지 않았고 신경과에서의 수련을 통해 거시적으로 보는 관점을 키웠다.

그에 비해 우리 동기들은 여전히 조각을 맞추는 정도의 수준이었다. 그처럼 양쪽에서 레지던트 과정을 수련하는 것은 장기간 소요된다는 점을 고려할 때 상당히 드문 일이었다. 그는 어려운 의학 용어로 기능성 신경장애, 즉 정신의학과와 신경과 중간에 걸친 질병에 관한 전문가가 되기를 원했다.

내가 일반의학 수련 때 목격했던 환자들의 경우 발작이나 떨림 등의 기저 증상이 없는데도 오직 가족과 함께 있을 때만 경련이 일어나고 질병의 생리학적 징후는 보이지 않았던 점으로 미루어볼 때 기능적 신경학적 증후군이 의심되었다.

이 환자들은 말하자면 현대 의학의 고아와 같은 존재였다. 신경과 의사는 이 문제를 정신의학적인 것으로 진단하지만 정신과 의사들은 이런 증상을 어떻게 치료해야 하는지 잘 모르는 편이었다.

드류는 이런 현실을 바꾸고 싶어 했다. 그가 이 두 영역을 연결하는 의사가 되고 싶어 한다는 사실을 알고 난 후 우리는 그를 더 잘 이해하게 되었고, 레지던트 첫해에 우리에게 더 많은 야간 근무를 책임지게 했던 것을 용서할 수 있었다.

내가 레지던트 수련을 마칠 때까지 그는 여러 번 내 환자의 진료를 도와주었고, 그들의 증상을 신경학적으로 해석해 주어서 내 체면을 세워준 적이 있었다. 그가 없었다면 나는 완전히 놓쳤을 내용들이었다.

드디어 내 왼쪽에 앉은 신비로운 여자가 정체를 밝힐 시간이 되었다. 우리 동기 중 한 명은 중서부 지역에 있는 남편과 함께 있기 위해 1년 차에 레지던트 과정을 그만두고 떠났다. 그녀의 남편이 현재 몸담고 있는 학계에서 극히 드물게 종신 교수직에 임용되었기 때문이었다.

드류의 합류에도 빈자리를 대체할 레지던트를 찾지 않았다면 우리는 여전히 14명이었을 것이다. 수련 과정 중에 전근을 하는 경우는 거의 없는 데다 우리가 선발되었던 때처럼 매치 프로그램이 따로 구비된 것도 아닌 상황에서 대체 인원을 찾는 것이 숙제였다. 따라서 레딩 교수님 같은 레지던트 훈련과장들이 서로 연락해서 혹시 그만두는 레지던트는 없는지 직접 물어보면서 찾아야 했다.

이런 일은 아주 드물게 일어나지만 다양한 이유로 레지던트들이 전근을 택한다. 가족 문제 때문에 수련을 그만두는 경우도 있고, 단순히 본인과 잘 맞지 않는다는 이유로 떠나기도 한다. 레지던트 자체이든 병원의 수련 과정이든 뭔가 본인과 맞지 않는 부분이 있기 때문이다. 그 여성의 상황은 어땠는지 잘 모르지만, 하여간 그녀의 첫 등장은 매우 인상적이었다.

"제 이름은 스베트라나입니다. 저는 원래 러시아에서 왔지만 여기서 산 지 오래되었습니다. 여러분과 함께하게 되어 기쁩니다."

자세가 아름다운 스베트라나는 150센티미터쯤 되어 보이는 작달막한 키를 감추려는 듯 10센티미터도 넘는 뾰족구두를 신고, 늘 반짝이는 립스틱을 발랐다. 그녀에게 꽤 자연스럽게 어울리는 스타일이었다. 그녀는 패션에 자부심이 있는 사람처럼 옷을 입었고 자신만의 정체성을 고수하는 듯한 태도였다. 적응은 타인의 몫이었다.

"저는 남들보다 퍽 강인한 편이에요. 의대에 가기 전에 군대에 있었거든요."

그렇게 말하는 그녀는 우리 동기들에게 다소 신선한 느낌이었다. 15명의 스베트라나만 있는 기수라면 잘 지내지 못했겠지만, 우리 14명의 보수적인 레지던트 모범생들 사이에 그녀 한 명은 상당히 잘 어울렸다. 나는 그녀의 솔직한 태도 덕분에 우리가 서로 더 진솔하고 털털하게 지낼 수 있었다고 생각한다.

새로 온 동기들과 교수의 등장과 송 교수님의 갑작스런 사임 소식으로 인해 우리 모두는 불편한 마음을 감출 수 없었다. 스베트라나가 우리의 생각을 읽은 듯 그 주제를 바로 꺼냈다.

"남관 4층의 그 교수님에 대한 이메일은 무슨 일 때문이야?"

모두가 침묵했고, 니나와 젠이 방 안의 분위기를 감지했다.

"잠깐, 무슨 이메일이죠?"

젠이 물었다. 니나와 젠은 하버드 교수진에 속했지만 공식적으로 레지던트 과정을 담당한 게 아니었기 때문에 송 교수님에 대한 소식을 못 들었을 것이다. 하지만 아무도 거기에 대답을 하고 싶지 않았다. 우리는 모두 충격에 빠져 있었고 강의실은 오랜 침묵으로 어색함만 가득했다.

"남관 4층의 한 교수님이 사임했다는 이메일을 받았거든요. 오늘이었던 거 같은데……. 그의 실력이 별로였던 거야?"

스베트라나는 우리에게 필요한 질문을 하고 있었다. 그녀는 뒤늦게 합류했기 때문에 우리가 답을 알아야 할 그 질문을 편하게 던질 수 있었다. 송 교수님은 왜 떠나야 하는 것일까? 에린이 말했다.

"송 교수님은 내가 만난 최고의 선생님이었어. 아무도 그분처럼 환자를 돌보지 않아. 어려운 진료를 그만큼 잘 해낼 사람도 없어. 그런데 이 모든 상황이 의심스러워. 분명히 어떤 문제가 얽혀 있을 거야. 뭔가 정당하지 않은 일 말이야. 혹시 교수님이 해고된 것일까? 정말 그렇다면 우리는 시위라도 해야 돼. 그는 유일하게 나를 진정으로 보살펴 준 분이었어. 내 말은, 그가 우리들을 레지던트로서 진정으로 대해 줬다는 거야."

눈물이 그녀의 뺨을 타고 흘러내렸다. 나는 문득 그녀가 남편에게도 그런 모습을 편하게 보여 준 적이 있을지 의문이 들었다. 스베트라나가 말했다.

"너는 송 교수님이란 분을 상당히 따랐구나?"

긴 정적이 흐른 후, 에린은 한숨을 쉬며 떨어뜨리고 있던 고개를 들었다.

"송 교수님과 나는 지난 몇 달 동안 거의 친구처럼 지냈어. 지금 당장 말하긴 곤란하지만, 난 아주 힘든 시간을 보내고 있었거든. 그런데 그분은 내가 지칠 때마다 항상 날 위로해 줬어. 그분이 환자들을 대했던 것처럼 나한테도 꼭 필요한 질문과 하지 않는 게 더 좋은 질문을 구분해서 물어봐 주었어. 내 남편이나 엄마도 송 교수님처럼 해주지 않았어."

그녀를 달랠 요량으로 내가 말했다.

"우리도 다 널 걱정하고 있어."

"알아. 하지만 우린 각자의 삶 때문에 바쁘잖아. 그래서 이해해. 송 교수님은 항상 날 위해 시간을 할애해 줬는데 이제 떠나 버린다고? 그냥 그렇게? 난 그분이 여기서 별로 행복하지 않다는 느낌을 받았어. 그리고 그분이 푸대접을 받는다는 생각도 했어. 우리 부서의 몇몇 사람들은 그분의 독특함을 싫어하는 것 같았어. 그분이 넥타이를 하지 않는 게 그렇게 중요해? 정말 너무한 거 같아. 우리는 뭔가를 해야 돼."

그녀가 말을 마쳤다. 에린은 말을 멈추고 뺨에 있는 눈물을 닦으며 평정심을 되찾았다.

"뭘 할 수 있을까? 시위라도 벌이자는 거야?"

"나도 잘 모르겠어. 어쩌면 모든 레지던트들이 단체로 편지를 쓸 수도 있지."

"대체 뭐라고 쓸 건데? 우리는 아직 송 교수님이 해고된 건지 개인 사정으로 스스로 그만둔 건지 모르잖아."

"송 교수님이 우릴 버렸을 리가 없어."

나는 그녀의 말에 동의하고 싶지 않아 이렇게 반박했다.

"그걸 네가 어떻게 알겠어. 우리는 일개 레지던트들이야. 이곳의 높은 사람들 사이에 무슨 일이 일어나는지 아무것도 모르잖아. 우리가 생각하지 못한 다른 이유가 있을지도 몰라."

그녀가 나를 꽤씸해하는 걸 느낄 수 있었지만, 우리 모두 더 이상 딱히 할 말이 없었기에 그냥 입을 다물었다. 잠시 침묵 끝에 에린이 단호하게 말했다.

"이 시간이 끝나면 우리가 남관 4층으로 가야 하니 그분한테 직접 물어보자. 생각지 못한 다른 이유가 있을지 모르잖아."

17

씁쓸한 송별

에린과 내가 송 교수님의 사무실로 도착했을 때, 그는 문을 열어둔 채 휘파람을 불고 있었다.

"내가 좋아하는 고향 음악을 부르고 있었는데, 그걸 들켜 버렸군요. 내 소식을 듣고 찾아왔다는 거 알아요. 앉으세요."

그는 선반에서 책들을 꺼내 상자에 차분하게 담고, 일일이 책의 제목을 확인했다. 그럴 때마다 보일 듯 말 듯한 미소가 그의 얼굴에 퍼졌다.

"질문 있나요? 걱정되는 게 있어요? 얘기해요."

"교수님······."

에린이 입을 떼자마자, 그가 다시 말문을 열었다.

"나 뭐요? 떠난다고요? 왜 가냐고요? 이곳에서의 생활이 끝났습니다. 맞아요, 나는 떠납니다."

"이해가 안 갑니다."

"솔직히 말해서, 나는 자세한 내용을 말할 수 있는 입장이 아닙니다. 그리고 여러분들이 그걸 알아야 하는 것도 아니고요. 중요한 것은……."

"아니에요. 그 중요한 게 뭔지 말하지 마세요."

에린이 단호하게 말했다.

"중요한 게 뭔지는 여기서 근무할 때 말할 수 있는 특권이 있던 거예요. 우리의 멘토였을 때 말이에요. 우리가 친구처럼 지내면서 무슨 일이 일어나고 있는지 얘기해 주셨을 때 말이에요. 이제 그 시간들은 다 끝난 거예요. 그러니까 그냥 일이나 하러 가야겠어요."

그녀가 자리에서 일어나더니 바닥을 응시하면서 이건 아니라는 듯 고개를 가로저었다.

"방금 에린이 말한 게 바로 중요한 거예요! 항상 그렇지만, 에린은 한발 앞서서 생각하죠."

"일하러 가는 게 가장 중요한 것이라고요?"

"내 수제자이기에 한 마디 하겠습니다."

그가 운을 뗐다. 그리고 나한테도 고개를 돌리며 말했다.

"애덤도 마찬가지입니다. 둘 다 언젠가 훌륭한 정신과 의사가 될 겁니다. 여러분은 잘 지낼 거고, 나도 잘 지낼 겁니다. 우리는 계속해서 잘 지낼 겁니다. 다만 이곳의 환자들이 문제죠. 그들은 우리가 가지고 있는 내적인 힘이 없어요. 그들을 여러분 손에 맡기겠습니다. 여러분이 계속해서 그들을 보살필 의지가 있는지 확인하고 싶군요."

"물론입니다. 계약상 저희의 의무니까요."

나는 그렇게 말하곤 바보 같은 소리를 했다고 느꼈다.

"여러분은 계속해서 환자들을 위해 일해야 합니다. 심지어 온 세상이 일하지 말라고 해도요. 행정직원들이 그들을 문밖으로 쫓아내면 보험회사들은 여러분과 환자들을 떼어 놓기 위해 벽을 세웁니다. 그럴수록 여러분은 더욱 강인한 열정으로 환자를 위해 일해야 합니다. 그래야 훗날 훌륭한 정신과 의사로 성장할 수 있어요. 나는 여러분이 해내리라고 믿습니다."

"우리가 앞으로 잘 지낼 거라는 걸 어떻게 아세요?"

에린이 사나운 눈으로 물었다.

"나는 이 병동을 거쳐 간 많은 레지던트들을 봤어요. 많은 사람들이 남관 4층에 발을 붙이기도 전에 열정이 사라집니다. 여러분의 열정은 아직 안 꺼졌어요. 다만 위기에 빠져 있죠. 불이 깜박이는 중이라서 산소가 필요해요. 여러분 둘 다 그런 상태죠. 현재의 의료 시스템은 뛰어난 사람조차 지치게 만듭니다. 여러분도 큰 위험에 빠져 있지만 여태까지 잘 이겨 냈고 레지던트 과정이 끝날 때 즈음에는 그런 위협에 더 강한 사람이 되어 있으리라 나는 확신합니다."

우리가 몇 초간 어색한 침묵 속에 가만히 앉아 있자 송 교수님이 책상 너머에서 우리를 향해 미소 지었다.

"교수님이 해고당하신 게 맞는지 얘기 안 해주실 겁니까?"

"해고라고요? 이메일 확인 안 했어요? 나는 사임한 겁니다."

"네, 하지만 제 말은……."

"닥터 스턴, 이곳은 당신이 앞으로 3년간 지내야 할 집이나 마찬가지예요. 내가 추문을 일으켰든 소문거리를 몰고 다녔든 여러분이 알아서 좋은 점이 있을까요? 여러분은 행복한 집을 가질 자격이 있고, 이곳은 그런 곳이어야 합니다. 나한테 여기가 그런 장소였지만 이제 더 이상 아닌 거죠."

드디어 그의 얼굴에서 미소가 사라졌다. 에린이 물었다.

"앞으로 뭐하실 건가요?"

"내가 텍사스에 있는 한 레지던트 프로그램에 관여하고 있는데 그쪽이나 아니면 캐롤라이나 중에 한 곳으로 갈 생각입니다. 사실, 그곳은 레지던트 이전 과정을 위한 것입니다. 급여도 여기보다 두 배 아니면 세 배까지 받을 수 있고요. 나는 괜찮을 겁니다. 그건 내가 자신합니다. 하버드에 있는 것보다 하버드에서 멀어지는 게 더 좋다는 말이 있죠."

다시 어색한 침묵이 흘렀다. 송 교수님은 일어서서 우리를 포옹하기 위해 두 팔을 벌렸다. 내가 그에게 가까이 다가가려 했을 때, 그 포옹은 에린을 위한 것임을 깨달았다.

"보고 싶을 거예요, 교수님."

"나도 그럴 겁니다!"

나는 손을 내밀었고, 우리는 어색하고 딱딱하게 악수를 나눴다.

"잘 지내세요, 교수님."

"잘 지내고, 환자들도 잘 보살펴 주세요."

그의 얼굴에 다시 미소가 번졌다. 에린과 나는 그의 사무실을 나와 남관 4층으로 돌아갔다. 우리는 그곳에 들어서자마자 순식간에 병동의 일상으로 휩쓸렸다.

송 교수님의 공식적인 사임 이후 곧장 남관 4층의 끝도 없는 일에 맞닥뜨리는 것은 마치 어린 자녀가 방금 부모님의 이혼 결정을 들었지만 할 일을 계속하고 학업에 집중해야 하는 상황과 같았다.

우리가 해결해야 할 일들이 산더미같이 쌓여 있었다. 우리는 전보다 더 많은 환자를 진료해야 했고, 주위의 모든 사람이 우리의 도움을 필요로 하는 것처럼 보였다. 처방전도 작성해야 됐고, 각종 점검표도 확인해야 했다.

그러나 더 중요한 것은 단순히 진단에만 그치지 않고 우리가 진정으로 도와줘야 할 환자들이 존재한다는 사실이었다. 송 교수님은 우리가 그들의 얘기를 어떻게 들어줘야 하는지, 어떻게 최대한 그들을 더 좋은 상황으로 이끌 수 있을지 가르쳐 주었다.

바쁜 오후가 끝날 무렵, 에린과 나는 사무실에 앉아 퇴원 요약서를 입력하고 있었다. 내가 말을 꺼냈다.

"에린."

"왜?"

"너하고 송 교수님은 상당히 친했었구나."

"응."

"좀 과하게 가까웠구나, 그렇지?"

"응, 아마도."

나는 내 추측이 맞지 않느냐는 듯 그녀를 향해 고개를 끄덕였다.

"내가 그런 경향이 좀 있어."

"그런 경향?"

"송 교수님 같은 사람을 이상화하는 거."

"송 교수님 같은 사람?"

"뭐든 게 다 잘될 거라고 말해 주는 사람……. 난 그런 위로가 필요해. 아니, 아주 넘치게 필요해. 남편은 그렇게까지는 안 해줘. 난 집에서는 남편한테 많이 의지해. 너희들은 아무도 몰랐을 거야. 너희 눈엔 그가 침울한 사람으로만 보였겠지. 내가 여기서 버틸 수 없을 것 같아서 집에 가서 그를 붙들고 운 건 몰랐을 거야. 그러다가 남편이 나 때문에 어찌할 바를 모르고 있다는 느낌을 받기 시작했고, 나는 날 위로해 줄 누군가를 찾아야만 했어. 내가 선생님 위치에 있는 사람하고 지나치게 가까운 관계를 맺은 게 처음은 아니야."

"전에도 이런 적이 있었어?"

"네가 눈치챘는지 모르지만, 난 항상 상당히 불안한 상태야. 누군가 나한테 해결책을 가르쳐 주겠다고 안심시키면서 관심을 보여 주고 칭찬해 주면 나는 마음이 확 기우는 편이야. 그렇다고 이성적인 감정은 아니야. 아무튼 그런 쪽은 아니야. 그것보다 더 깊은 감정이야."

"그럼 남편은 너한테 어떤 존재야?"

"그는 나한테 최선을 다해서 잘해 주지만, 최고가 되어야 하고 최선을 다하려는 나의 노이로제가 그 사람한테 너무 벅차 보일 때가 있어."

"어떤 방식으로?"

"우리는 고등학생 때부터 함께 지내왔어. 그는 나의 일부이고, 앞으로도 그렇게 지낼 거야. 우리는 같이 성장했지만 여전히 두 어린애들이 살아남기 위해 발버둥치는 느낌이야. 우리는 이 세상을 둘이 버텨내기가 두려워. 그나마 혼자보다는 같이 있는 게 더 낫다는 생각은 들지만 누군가 그 방법을 제시해 주는 것과는 비교할 수 없지."

"그런데 남편은 왜 항상 불행한 기분인 거니?"

그녀는 기가 막히다는 듯이 웃었다.

"내 말이 그 말이야! 그는 대체 왜 항상 그렇게 우울해하는 걸까? 우리는 지금 인생의 황금기에 보스턴이라는 멋진 도시에 있잖아. 그는 일할 필요도 없는 상황이고 보살펴야 될 애들이 있는 것도 아니야."

그녀는 말을 멈추더니 고통스러운 표정을 지었다.

"왜 그래?"

"나 지난달에 임신했었어."

나는 그녀의 말에 충격을 받았다.

"계획한 건 아니었어. 그냥 임신이 된 거지. 그런데 임신이 아닌 게 되어 버렸어."

"정말 힘들었겠구나."

"아무렇지도 않아. 아무렇지 않아야지. 우리한테 그 시간이 너무 일찍 찾아온 거야. 우리는 아이를 키울 준비가 안 된 상태야. 어쩌면 잘된 일일 수도 있지. 하지만 그 일이 있은 후 계속 생각이 나. 내가 옳게 가고 있는지 매 순간 나 자신에 대해서 믿음이 없는 상태로 죽 살아온 것 같아. 하지만 내색하면 안 돼. 내가 끝까지 내색하지 않아야 나중에 이 학계에서 슈퍼스타가 될 수 있을 거야. 레지던트 수련은 학계의 일인자가 되기 위한 중간 단계가 되겠지. 훗날 나는 거물이 되어 각종 출판물에 등장할 거고 내 이름에 각종 수식어가 붙을 거야. 어쩌면 나는 사람들이 가장 기대하는 인물이 될지도 모르지."

"나도 네가 그런 사람이 될 거라고 생각했어. 넌 여기서 가장 똑똑하고 누구보다도 가장 의욕적인 사람이니까."

"그래, 그런데 그 생각은 딱 거기까지야. 그 작고 보이지도 않던 태아가 나타났을 때는 단 몇 주만 같이 있어도 내가 가식적일 필요가 없었어. 우리 둘만 있어도 세상에 부족할 게 없는 기분이었어. 그 작은 생명을 보살펴야 하는 의무감 덕분에 내가 진정으로 누구인지 깨닫는 게 정말 기분이 좋았어. 여기 있는 그 어떤 것보다도 나한테는 그런 감정이 필요해."

그녀가 주변을 가리키며 말했다.

"그럼 다시 시도해 볼 거니?"

"잘 모르겠어. 난 남편한테 임신했다고 알리지도 않았어."

나는 그녀의 말에 깜짝 놀랐다.

"잘못이라는 건 알아. 그가 어떻게 반응할지 모르겠더라고. 우리 둘은 한 팀이 되어 겨우 버티는 중이고, 그는 본인이 나를 일으켜

줘야 내가 넘어지지 않는다고 생각하고 있어. 우리가 어떻게 아기까지 책임지겠어? 물론 말할 준비가 되면 그에게 결국 털어놓을 생각이었어. 그런데 유산이 되어 버렸고 그렇게 그냥 끝난 거지."

"내가 전문가는 아니지만 이런 종류의 감정은 길게 지속되는 편이기 때문에 네 남편하고 생각을 공유하는 게 좋을 것 같아."

"나도 알아. 남편한테 얘기하려고 생각 중이야. 그런데……."

그때 누군가 문을 두드렸다. 한 요양보호사가 응급실에 있던 새로운 환자가 입원하게 되었다고 알려 주러 온 것이었다.

"누가 담당하실 겁니까?"

나와 에린은 눈이 마주쳤고 좀 전에 누군가로부터 위로를 받고 싶다는 그녀의 말이 내 머릿속을 스쳐 갔다. 우리는 하나가 되어 동시에 말했다.

"내가 할게요."

웃음이 나왔다. 내가 자리에서 일어나며 말했다.

"내가 맡을게."

"고마워, 애덤."

***

레이첼 나 아침 다섯 시에 일어났어. 망했어.

나 알아, 너 아주 일찍 낱말 게임한 거 봤어.

레이첼 넌 요즘 연속으로 밤 9시에 자는 거 같던데.

나 좋은 방법이 있어. 네가 내일 아침에도 5시에 일어나면 출근하는 게 어때? 그럼 아침 회진 전에 소견서를 다 정리할 수 있을 거야. 나머지 시간엔 하루 종일 아무거나 너 하고 싶은 거 하면 되잖아.

레이첼 와, 그건 하루 종일 일에 갇혀 있으라는 거잖아. 난 의사 짓을 하는 데 질렸어.

나 그렇다고 네가 달리 할 수 있는 건 없잖아.

레이첼 맞아. 난 방금 내 대출 잔액을 확인해 봤어. 맙소사…….

나 네가 부업을 시작하거나 의사로서 시세대로 연봉을 받을 때까지 잘 버려 봐.

레이첼 그래야지. 나 요즘 부업을 할까 생각 중인데, 전임의가 되면 나 혼자만의 집을 구해서 룸메이트 두지 않고 살 수도 있겠다, 하하하.

나 재미있는 영화 없어?

레이첼 너 〈밀레니엄 : 여자를 증오한 남자들The Girl with the Dragon Tattoo〉이란 영화 봤어?

나 아니.

레이첼 내가 그걸 끝까지 볼 수 있을지 모르겠어.

나 우리 부모님은 재미있게 보셨다는데, 과연 너한테도 재미있을지는 모르지. 하하하. 그래도 원작소설은 재밌었어. 스웨덴에서 제작한 버전은 명작이라더니, 진짜 끝내줬어. 그러나저러나 1시에 그 영화 보지 않을래?

레이첼 좋아.

18

잠자는 자, 기회를 놓친다

찰리는 계속 정신의학과 치료를 받아 온 환자였지만, 나는 그를 이번에 처음 대면했다. 찰리나 나나 이번 진료를 피하고 싶었지만, 그가 한 말 때문에 우리는 다른 선택권이 없었다. 그가 수술을 받다가 암이 발견되면 자살을 하겠다는, 소위 조건부 자살 생각을 담아 표현했기 때문이다.

그런데 간암이 발견되었고, 그에게 개인 전담 간병인이 배정되고 의학적인 조치 없이는 병동을 떠날 수 없다는 문구가 적힌 핑크색 문서가 전달되었다. 그는 수술을 받기 전에 주치의 중 한 명에게 암으로 죽고 싶지 않기 때문에 차라리 죽을 수 있을 때 죽고 싶다고 말했다.

찰리를 오랫동안 담당해 온 그 주치의는 집에서 가족과 함께 보내느라 수술팀에게 소견서를 남겨 두었는데, 조직 검사한 세포가

암일 경우 그는 긴급하게 정신과에서 검사를 받아야 한다는 내용이 적혀 있었다.

그날 2년 차 레지던트 당직자였던 나는 찰리를 진찰하라는 호출을 받았다. 나는 그를 만나본 적도 없고, 일반 병동을 위한 정신의학과 협진의로서의 정식 훈련도 거의 받지 못했기 때문에 일단 그가 진짜 자살할 위험이 있는지, 내가 치료 상담을 제공할 수 있는지 판단하는 것이 중요했다.

자살할 위험 유무만 파악할 수 있더라도 내 능력이 거기까지인 이상 나는 만족할 수 있을 것이다. 찰리와 면담을 진행한 후 나는 선배 레지던트에게 전화로 보고한 후 휴무 중인 주치의에게도 전화로 보고해야 했다.

우리 레지던트들은 환자와 대면할 때 어떤 결정을 내리더라도 더 높은 권위를 가진 사람에게 확인 받는 과정이 필요했다. 따라서 힘없는 아랫사람이라는 실체를 들키지 않기 위해 현장에서 바로 환자들과 어떤 약속을 하지 않기 위해 노력했다. 찰리의 경우 한밤중에 일어난 사건이었고, 그는 이미 말을 할 수 있을 만큼 기운을 차린 상태였다.

"당신은 또 누구야? 이 여자도 오게 만들더니."

그는 개인 전담 간병인을 가리키며 말했다.

"천재 소년 두기Doogie, 90년대 미국 드라마 〈Doogie Howser, M.D.〉의 주인공으로 14세에 의사가 된다 같은 인간이 나타났네. 뭘 원하는 거야, 두기?"

"제 이름은 애덤 스턴입니다. 닥터 스턴이죠."

"좋아, 애덤 스턴. 아니, 닥터 스턴. 대체 왜 온 거야?"

"찰리 씨의 수술팀이 나한테 당신을 면담해 달라고 요청했습니다."

"내 수술팀에서 온 게 아니라는 거야?"

나는 고개를 저었다.

"그럼 어떤 망할 팀에서 온 거야?"

"정신의학과입니다."

"오, 젠장! 당장 여기서 꺼져!"

"그럴 수 없습니다. 찰리 씨를 진단하라는 요청을 받았거든요."

"날 진단해? 이거나 진단해라."

그가 자신의 페니스를 움켜쥐며 말했다.

"오늘 많이 힘드셨던 거 압니다. 더 이상 필요 이상의 시간과 에너지를 소모하게 하고 싶지 않지만, 저는 찰리 씨를 검사해야만 합니다."

"이유가 뭐야?"

"마취를 받으시기 전에 정신과 의사인 닥터 글리든에게 말씀하시기를……."

"그랬었나? 맞아, 글리든 선생이었지."

"찰리 씨가 만약 암이라면 생을 마감하겠다고 그 의사에게 말씀하셨다죠?"

순간 그의 얼굴이 어두워졌고, 아직 아무도 그에게 암에 대해 알리지 않았다는 것을 깨달았다. 그에게는 말 그대로 '젠장할' 상황이라는 생각이 들었다.

"암이구먼. 암이 맞소? 이런, 놀랍지는 않네. 징조가 많이 보였기 때문에, 나는 그냥……."

그는 갑자기 두 손으로 얼굴을 가린 채 흐느끼기 시작했다. 그것은 내가 들어 본 적 없는 묵직하고 깊은, 본능적으로 끓어오르는 울부짖음 같았다. 혹시 개인 전담 간병인은 이럴 때 어떻게 해야 하는지 알고 있나 싶어 그녀를 쳐다봤더니 고개 숙여 신문을 읽고 있었다.

나는 찰리의 어깨에 손을 올리거나 두 팔로 그를 안아 주고 싶은 충동을 느꼈지만 차마 그렇게 하지는 못했다. 정신의학과는 여러 가지 이유로 대부분 환자와의 신체적인 접촉을 제한한다. 환자에게 손을 올리는 것이 상식적인 선에서 공감하는 태도로 해석될 수 있더라도 레지던트들은 그런 행위에 대해 경계하고 신중하도록 훈련받는다.

"정말 죄송합니다."

나는 들릴 듯 말 듯한 목소리로 말했다. 그는 쉬지 않고 계속해서 통곡을 했다. 결국 나는 레지던트 훈련 지침은 접어두고 그의 어깨에 손을 올리고 말았다. 찰리는 60대의 건장한 남성이었다. 그를 보니 나의 아버지가 떠올랐고, 마음에 걸렸지만 그를 이렇게나마 위로하는 것이 옳다고 판단했다.

자신의 어깨 위로 내 손의 무게를 느끼자 그는 울음을 멈추고 순간 놀라는 듯했지만 곧 나의 위로를 받아들였다. 그는 나를 올려다보며 말했다.

"고맙소. 나는 이제 괜찮소."

나는 의자에 몸을 기대고 앉아 그의 다음 말을 기다렸다.

"암이라니, 정말 재수가 없군. 우리 아내가 펄펄 뛸 거요. 건강 좀 챙기라고 항상 잔소리를 했거든. 술 덜 마셔라. 운동 더 해라. 나한테 진짜 이런 일이 일어나리라고는 생각을 전혀 못 했소."

"전조증상을 못 느끼셨습니까? 아무도 거기에 대해 언급하지 않았던 걸 보니 못 느끼셨나 봅니다."

"없었소. 게다가 내가 알기로는 간암은 대부분 아주 까다로운 암이니까……"

"그럴 수도 있죠. 질문을 좀 드리고 싶은데요, 지금 현재 제일 중요하게 생각하시는 게 무엇입니까?"

"무슨 말이오?"

"우리가 현재 알고 있는 사실은 찰리 씨가 간암에 걸렸다는 겁니다. 그 외에는 아직 잘 모르는 상황이고요. 간암에 걸린 건 우리가 통제할 수 있는 상황이 아니니, 저는 찰리 씨가 통제할 수 있는 요인들에 대해 같이 고민해 보고 싶습니다."

"예를 들면?"

"최대한 오래, 높은 삶의 질을 유지하면서 살아가는 겁니다. 고통을 피할 방법을 찾거나 찰리 씨의 가족들이 잘 지내는지 확인하는 것 등을 말하는 겁니다."

이 일은 내 능력 밖의 일이었으나 다행히 그가 나에게 마음을 연 것 같았다. 그는 와이프와 몇 년간 여행을 미뤘지만 결국엔 같이 떠날 거라는 얘기를 들려주었다. 또한 아들이 결혼할 때까지 오래 살고 싶다는 말도 했다.

"찰리 씨가 사셔야 될 이유가 많네요."

그가 끄덕였다. 나는 그 얘기를 꺼냈다.

"닥터 글리든에게 했던 말씀은……."

"그 말은 잊어버리구려."

"아니요. 그냥 지나칠 수 없습니다. 그 문제를 진지하게 다루는 것이 저의 일입니다. 위험한 생각을 할 만한 충분한 이유가 있는 상황이고 저는 그 문제를 간과할 수 없습니다. 하지만 지금 당장 혼자 계셔도 위험하지 않은 상태인지 묻고 싶습니다."

"오늘 난 위험하지 않은 상태에요. 아무 짓도 안 할 거요."

나는 이런 방식으로 환자의 안전을 확인하는 것이 정신의학적 위험 평가의 기준에서 볼 때 일반적으로 불충분하다는 것을 배웠다. 내 판단에 따르면, 찰리는 새로운 질병의 진단이라는 상황 속에서 자살을 할 수 있는 여러 가지 중요한 위험 요인을 갖고 있었다. 그가 예순이 넘었고, 남성이라는 점도 위험 요인이었다.

하지만 내 직감으로는 그가 앞서 말한, 암이 발견되면 자살을 하겠다는 말을 행동으로 옮기지 않을 것이라는 확신이 들었다. 그의 결혼 상태나 자신의 미래를 생각한다는 점도 내 직감의 근거가 되었다.

그의 집에 총이 없다는 것도 확인했다. 물론 단순한 밧줄 하나도 치명적일 수는 있다. 그의 가족 중에는 자살한 사람이 없는데, 이것은 대부분의 사례에서 아주 중대한 요인으로 꼽힌다.

"나를 정신병원으로 보낼 거요?"

"찰리 씨는 그곳에 갈 필요는 없다고 봅니다. 어떻게 생각하세요?"

그는 고개를 가로저었다. 나는 더 확실한 근거를 바탕으로 그를 자살 감시 대상에서 놓아줄 결정을 내리기 위해, 아주 작은 문제지만 한 가지 확실히 해둘 것이 있었다.

"저는 내일 아침 여기에 볼 일이 있는데 정오에 일을 마치게 됩니다. 제가 집에 가기 전에 찰리 씨를 뵈러 와도 괜찮을까요?"

"괜찮소."

이것은 교과서에 없는 내용이지만, 그가 다음 날에도 여전히 잘 있을 것이며 나의 방문을 허락하겠다는 것은 나를 더 안심하게 만들었다.

"좋습니다. 그때 뵙겠습니다."

그런데 나는 주치의와 상의하기 전에 절대 환자와 약속을 해서는 안 된다는 야간 협진의 가장 중요한 규율을 잊고 있었다. 그날 야간 주치의는 정신 약물을 가르치는 토니 스트랜드 교수님이었다. 나는 스트랜드 교수님에게 찰리의 사례를 전화로 보고하면서 모든 내용을 찰리가 자살 예방책의 대상이 아니라는 점에 중점을 두면서 전달하려고 했다.

그러나 그는 머리를 흔들었다.

"어려운 문제입니다. 나는 느낌이 좋지 않아요. 그를 밤새 지켜보면서 아침에 닥터 글리든의 의견을 들어 봅시다."

"제 생각에는 그렇게 하면 찰리 씨가 큰 충격에 빠질 것 같습니다. 그가 앞으로 다른 정신과 의사들을 신뢰할 수 있을지 모르겠습니다."

그는 내 말에 더 이상 토를 달지 않고 전화를 끊었지만, 내 생각에 동의하지 않는 것이 분명했다. 이제 찰리의 병실로 돌아가 그의 개인 전담 간병인이 밤새 그의 옆을 지켜봐야 한다는 것을 설명하는 일이 남았다. 찰리는 예상대로 화를 벌컥 냈다.

"그 의사 놈은 자기가 뭐라도 되는 줄 아는 거요?"

"제 실수입니다. 자살 예방책을 해제해도 되는지 확신할 수 있기 전까지 아무 말도 하면 안 되는 거였어요."

그가 코웃음을 쳤다.

"제가 내일 다시 뵈러 와도 괜찮죠?"

그가 고개를 끄덕였다.

"좋습니다. 이제 그때까지 좀 쉬세요."

나는 어깨를 축 늘어뜨리며 환자실을 나와 복도를 지나 엘리베이터 앞으로 갔다. 거의 새벽 3시가 된 시각이었지만 놀랍게도 나는 여태 일에 매여 있었다. 당직실로 걸어가 책상 앞에 앉았다. 그렇게 2분 동안 시계의 초침을 보다가 침대로 갔다. 2시간만 지나면 코너에 있는 베이글 가게가 낮 장사를 하기 위해 문을 연다.

눈을 꽤 오랫동안 감고 있다가 시계를 올려다보니 5시 5분이 되어 있었다. 벌떡 일어나 신발에 발을 슥 밀어 넣었다. 나에게 꼭 필요한 카페인과 큰 기쁨을 안겨 줄 복합탄수화물이 기다리고 있었다.

나는 베이글 가게로 가는 도중에 1년 전 오리엔테이션 첫날 나에게 20달러를 가로챘던 사기꾼인 거짓말쟁이 닉을 마주쳤다. 그동안 그를 대여섯 번 마주쳤을 때는 항상 서로 눈길을 피해 왔지만 이른 아침 정신이 멍한 상태였던 그날은 일부러 그에게 인사를 하기 위해 천천히 다가갔다.

"좋은 아침."

내가 시비조로 말을 걸자 그가 망설임 없이 대답했다.

"오늘 무척 더울 겁니다."

"차가운 커피나 다른 음료 드실래요?"

그 말에 대답하는 대신 그의 입에서 불쑥 이런 말이 터져 나왔다.

"혹시 20달러짜리 지폐 있어요?"

"나는 근무할 때 현금을 안 갖고 다닙니다."

그는 픽 웃고는 내게 등을 보이며 떠났다.

"좋은 하루 보내세요, 선생님."

내가 베이글 가게로 들어가자 손님 한 명이 내 앞에 줄을 서고 있었다. 수술복을 입고 있는 그녀는 내 또래로 보였다. 서로 퀭한 눈끼리 마주쳤다.

"내가 첫 번째가 아니라니 믿기지가 않네."

나는 농담하듯 중얼거렸다.

"받으세요."

점원이 김이 나고 있는 커피를 그녀에게 건네주자 그녀는 한 모금 마셨다. 그녀가 나를 돌아보았다.

"뭐라고 하셨죠?"

그녀는 피곤해 보였지만 사람들에게 늘 친절을 베푸는 성격인 듯한 인상이었다.

"내가 첫 번째로 줄을 서려고 밤새 생각하고 있었거든요. 그런데 5시 5분이 되어서야 침대에서 일어났어요."

그녀가 어깨를 으쓱이며 말했다.

"잠자는 자, 기회를 놓친다."

"그 표현은 원래 '당신이 잠을 자면, 기회를 놓칠 것이다'가 맞을 걸요."

내 말에, 그녀가 살짝 미간을 오므리며 말했다.

"혹시 잠을 자는 걸로 저를 가르치려는 건 아니죠?"

"절대 아니죠, 특히 지금 시간에는. 난 애덤이라고 해요."

"전 제시예요. 방금 퇴근한 거예요?"

나는 고개를 끄덕였다.

"정신의학과 레지던트거든요. 그쪽은요?"

"이제 출근한 거예요."

"아침 5시에요?"

"나는 회진 전에 하는 사전 회진보다 미리 회진을 하는 걸 좋아해요."

"와. 내가 들어 본 것 중에 가장 끔찍한 말이네요."

한번은 레베카가 레지던트들이 근무 후 수면 결핍 상태에서 어떻게 행동하는지를 보면 치매에 걸리기까지 얼마나 남았는지 알 수 있다는 말을 한 적이 있다. 그중에는 부정적인 성격으로 변하는 사람들이 있는가 하면, 누군가는 둔해지기도 한다. 나는 더 자유분방해졌다.

"음, 나는 이번 해에 입원 업무를 딱 이번 주만 해요. 누굴 죽이지 않도록 조심해야 되죠. 얼마나 비극적이고 절망스럽겠어요."

"이번 주라고요?"

"네, 이번 주에 중증 환자들을 위한 통증 완화 치료실에서 근무하는 게 의무거든요. 나머지 시간에는 고통 전문가로 활동하죠."

"고통 전문가요? 주치의 같은 건가요?"

"네, 주치의 같은 거요."

내가 주치의 급인 사람에게 무슨 말을 한 건지 당황스러웠다. 그녀는 매우 털털한 성격이었고, 나에게 업무를 시키거나 뭔가를 가르치려 들지 않았기 때문에 그녀가 모든 수련을 다 마친 의사일 수 있다는 점을 미처 생각하지 못했다.

나는 선을 넘은 것 같은 느낌이 들었다. 그녀가 다른 분야에 있더라도 주치의한테 데이트 신청을 하는 것은 부적절하다는 생각이 들었지만 야간 근무 후 아침이라 수면 결핍과 섬망의 중간 상태인데다가 나를 향한 그녀의 상냥함 가득한 표정을 보니 데이트를 신청하게 되었다.

"너무 앞서 나가는 것 같기는 한데, 시간 될 때 나랑 한잔하실래요?"

"같이 한잔 마시고 있잖아요. 지금 이 순간."

그녀는 곤란한 듯한 표정을 지었고, 나는 가슴이 쿵 내려앉았다.

"농담이에요, 애덤. 만나요, 우리."

그녀는 내 핸드폰에 자신의 전화번호를 입력했다.

"한숨 잔 다음에 전화하세요. 그리고 같이 약속 정해요."

이 갑작스러운 변화에 꿈을 꾸는 듯한 기분이 들었다. 레이첼과 사귀기가 힘들겠다는 사실을 깨달은 후, 나에게는 활력소가 필요했다. 제시가 이미 주치의임에도 불구하고 나에게 관심을 보이자 갑자기 혈기 왕성해진 듯한 느낌이 들었다.

의대에 다닐 때부터 내 머릿속에는 학생, 레지던트, 전문의 사이에 분명한 서열이 작용한다는 생각이 뿌리를 내렸다. 제시와 나는 같이 근무를 하지 않더라도 지위의 차이 때문에 위태롭고 그만큼 헛된 희망을 품는 것 같은 기분이 들었다.

나는 아침 인수인계를 서둘러 끝내고 남관 4층의 몇몇 환자들을 회진한 후 찰리를 확인하기 위해 그의 병실로 갔다. 엘리베이터에 올라 탄 나는 제시와의 만남으로 아직 상기된 상태였다. 그때 몹시 피곤해 보이는 한 여성이 나에게 자신을 소개했다.

"저는 찰리의 부인이에요. 당신이 그 정신과 의사인가요?"

"아, 네. 제가 그 정신과 의사 맞는 것 같습니다."

"맞는 것 같다고요? 어젯밤에 찰리하고 같이 얘기를 했어요, 안 했어요?"

"네……, 네, 했습니다."

나는 말을 더듬었다. 그녀의 남편을 정신과에서 아무 권한 없이 감시해 둔 것 때문에 그녀가 뺨이라도 후려칠까 봐 긴장했다. 그녀가 마침내 말했다.

"제가 뽀뽀라도 해드려야겠어요."

"뭐라고요?"

"남편한테 무슨 말씀을 하신 건지 선생님이 그의 생각을 바꿔 놓은 거 같아요. 남편이 암에 걸린 게 맞으면 죽을 거라고 몇 주 동안 말했었거든요. 그런데 지금은 끝날 때까지 싸우고 싶다고 말하고 있어요."

나는 그녀의 말에 조금 놀랐다. 내가 한 말 중에 무엇이 그를 그토록 변하게 만들었는지 의아했다.

"상황이 제일 심각했을 때 찰리 씨는 그 문제에 대해 같이 고민해 줄 누군가가 필요했던 것 같습니다. 제가 그런 역할을 할 수 있어서 다행이었습니다."

"저도 다행이라고 생각해요. 감사합니다."

우리는 같이 엘리베이터에서 내린 후 찰리의 병실로 걸어갔다. 그는 의자에 앉아서 커피를 마시며 신문을 읽고 있었다. 내가 그에게 다가가 앉자, 그가 지난밤 보스턴 레드삭스 팀의 야구경기 결과에 대해 자세히 알려 주었다.

"내가 이 경기를 놓쳤다니 믿기지가 않네."

그가 머리를 가로저으며 말하고는, 나에게 시선을 돌렸다.

"젊은 선생이 피곤해 보이는구려. 이제 퇴근해도 되지 않소?"

나는 고개를 끄덕였다.

"그럼 당장 나가요!"

나는 그와 악수를 나눈 후 병실 밖으로 나왔다. 다른 협진 때도 마찬가지였지만, 이 환자를 다시 볼 날이 있을지 의문을 품으며 그 자리를 벗어났다. 그의 앞날이 어떻게 될지 궁금했지만 아무튼 그가 잘 이겨 내길 바랐다.

19

여기에 왜 왔는지 말해 보세요

우리 동기들은 남관 4층과 일반 병동의 근무 환경에 적응하기 시작했지만 상담 치료 방법을 전혀 몰랐기에 한편으로는 자신이 여전히 풋내기 정신과 의사라는 생각을 갖고 있었다. 환자들에게 적용할 심리 치료법을 배우는 것은 얼음 위에서 스케이트를 배우는 것과 비슷한 면이 있다. 열심히 노력하면서 엉덩방아를 몇 번 찧지 않고는 배울 수 없기 때문이다.

우리는 2년 차 초기에 정신의학과에서 근무하는 메그 무크라는 여자 교수님과 인사를 나눌 기회가 있었다. 무크 교수님은 사실 심리학 박사였는데, 그 말은 그녀가 정신과 의사는 아니라는 것과 다른 의사들보다 상담 치료에 훨씬 더 많은 수련과 경험을 쌓았다는 것을 의미한다.

정신과 의사가 아닌데도 이곳 정신의학과에서 높은 직위까지 승

진한 사실을 미루어 볼 때, 그녀가 심리학의 진정한 권위자임이 틀림없다는 생각이 들었다. 우리가 무크 교수님에 대해 알아갈수록 그녀는 노련할 뿐만 아니라 사람들과 소통하는 데 대단한 능력을 갖고 있다는 사실도 알 수 있었다. 그래서 그녀가 명망 높은 하버드의 정신의학과 중에서도 가장 어려운 부서로 꼽히는 대인관계 실험실에서 성공하지 않았나 싶었다.

선명한 붉은색 머리칼에 큰 키가 돋보이는 그녀는 늘 친절하고 공감적인 태도로 우리 각자가 지닌 불안과 노이로제를 해소해 주었다. 내가 사용한 기술과 방법이 실패할 때마다 무크 교수님으로부터 배운 친절함과 공감을 기반으로 치료를 다시 시작해야 한다는 점을 떠올리면 대부분의 문제가 쉽게 해결되었다.

무크 교수님과 처음 진행한 세미나는 대략적인 핵심 개념과 세부사항, 둘 다에 초점을 맞췄다. 우리는 무의식적인 갈등을 밝히는 데 중점을 둔 정신 역동 및 정신분석과 같은 다양한 심리 치료 접근법의 이론과 기초에 대해 의논했다.

인지행동 치료 같은 기법은 행동과 사고방식의 변화를 일으킨 다음, 자신의 감정을 더 능숙하게 조절하도록 만드는 실효적인 개념에 더 중점을 둔다. 그 밖에 대인관계에 중점을 둔 치료법들도 있고 정신과 육체의 관계를 매우 중요하게 보는 치료법들도 존재한다.

우리는 모두가 궁금해하던 기본적인 임상과 관련된 질문들도 다루었다. 대기실에서 환자를 데려오는 동안 무슨 말을 해야 할까? 어떻게 앉아야 할까? 어떤 말로 시작해야 할까? 더 이상 질문할 거리가 없으면 무엇을 해야 할까? 이런 질문은 정답이 하나일 수가 없다. 다만 어떤 치료 기법을 적용할지, 그 기법이 어떤 기능을 수행할 수 있는지에 따라 그 답은 여러 가지 원칙에 따라 정해지고 그것을 사례별로 적용해 볼 수 있을 것이다.

이러한 치료법이 환자가 자신의 내면의 삶을 더 잘 이해한 후 더 높은 삶의 질과 심리적 고통의 감소를 경험하기 위한 것이라면 흔히 상담 치료에 대해 사람들이 갖고 있는 편견과는 차별점을 두어야 한다. 그것은 환자를 가르치거나 임의로 친구가 되는 개념이 아니며 문제가 무엇이든 엄마 품속에서부터 시작한다는 논리로 접근하지 않는다.

한편 복도에서 상담실로 이동하는 동안 환자와 대화를 나누는 것은 누군가에게 사생활을 침해당한 것으로 받아들일 수도 있으니 조심해야 한다. 어떤 환자는 특정한 상담실 환경에 편안함을 느낄 수 있지만 다른 누군가는 완전히 다른 조건을 선호할 수도 있다. 또는 가끔 침묵이 인간의 내면에 무엇이 있는지 파악할 수 있는 유용한 수단이 되기도 한다.

무크 교수님에게 배운 내용에도 불구하고, 나는 첫 번째 상담 치료에서 이 치료가 환자에게 어떻게 도움이 되었으면 좋겠다는 둥 어색한 말부터 꺼내고야 말았다. 환자는 상담 내내 찡그린 표정이었으며 끝날 때까지 못 미덥다는 태도로 겨우 고개만 끄덕였다. 나는 다시는 이런 식으로 상담을 시작하지 않겠다고 다짐했고 대신 '여기에 왜 왔는지 말해 보세요'라는 식으로 간단하게 질문했다.

이렇게 시작한 후 가만히 듣고 있으면 환자 스스로 임상적으로 중요한 정보를 풍부하게 제공해 준다는 사실도 곧 깨닫게 되었다. 내가 추가적인 질문을 할 필요도 없었다. 의대생들에게 익숙한 방법인 환자의 과거를 알기 위해 빈칸을 채우려는 것처럼 질문하는 접근법과 달리 이 방법은 환자가 자신에게 중요한 것들을 매우 효율적으로 말하도록 만들었다. 이것은 전체 상담 과정에서 매우 중요한 부분이다.

첫 환자가 나의 혼잣말을 참아 준 뒤 우리는 몇 초간 아무 말 없이 가만히 앉아 있었다. 무크 교수님은 좋은 치료사란 긴 침묵에 편안해져야 한다고 가르쳐 줬지만, 그 당시에는 한순간도 편안함을 느낄 수 없었다. 나의 내면세계가 무너지기 시작한 동시에 얼굴이 붉어지고 심장이 두근거렸다. 그동안 나는 평생 외래 환자에게 정신의학적 상담 치료를 하고 싶다는 생각을 하며 커리어를 쌓아 왔는데, 치료를 시작한 지 3분밖에 지나지 않았는데도 벌써 감당이 안 되었다.

내가 초보자라는 사실을 환자가 알고 있다고 생각하니 물 밖에 나와 정신없이 퍼덕거리는 물고기가 된 듯한 기분이 들면서 좀처럼 진정되지 않았다. 나는 일부러 그가 내 첫 번째 환자라는 사실을 밝히지 않았지만, 그는 내가 개인 사무실도 없는 초보 레지던트라는 사실을 알아차렸다. 그를 상담할 때마다 매번 누군가의 빈 사무실을 빌려야 했는데, 그 말은 매주 우리는 새로운 환경에 편안해지기 위해 노력해야 했다는 뜻이다.

레지던트들은 보통 창문도 없고 햇빛도 들어오지 않는 복도 안쪽에 있는 사무실을 배정받는 편이었다. 이곳에서 정기적으로 일하는 사람은 누구나 스탠드 조명 대신 무드 등을 놓거나 심지어 한 벽면을 페인트로 꾸미는 등 환경을 개선하기 위해 나름 최선을 다하지만 여전히 환경은 매우 좋지 않았다.

그런 환경은 내가 텔레비전에서 보아 온 정신과 의사의 호화로운 사무실과는 아주 거리가 멀었다. 환자와 내가 동시에 어색한 분위기를 깨기 위해 입을 떼자 마침내 침묵이 사라졌다. 내가 말했다.

"말씀하세요."

"여기에 온 이유는, 제 아내가 저를 싫어한다고 생각해서입니다."

짐은 평범한 외모의 남성으로, 몸무게와 키도 보통이고 나이는 내 또래 정도로 보였다. 탈모가 있지는 않았지만 앞머리가 얇아지기 시작한 상태였다. 그는 지난 며칠째 나에게 도움을 요청하기 위해 계속 찾아오고 있었다. 내가 뭐라고 그를 도울 수 있을까? 나는 가짜 의사가 된 기분이었다.

"더 자세히 말씀해 주세요."

환자에게 계속 얘기하라고 권유하는 것은 의사로서 긍정적이고 포용적인 반응으로, 환자에 대해 중립적인 태도를 유지하면서도 그들을 격려해 주는 말이었다.

"저는 같이 살기 쉬운 사람은 아니에요. 저는 주위 사람들에게 기대를 많이 하는 편이라 사람들을 아주 엄격하게 대해요. 그러다 누군가 저를 실망시키는 일이 생기면 그들을 거칠게 대해요. 이런 일이 끊임없이 일어나죠. 육체적으로 그렇다는 건 아닙니다. 저는 누굴 학대하는 사람은 아닙니다. 그런 쪽으로는 생각하지 말아 주세요. 그냥 좌절하는 기분이 들 뿐이고, 그런 사실을 그들이 깨닫게 만들어요. 제 아내 쇼나는 저와 많이 다릅니다. 그녀는 아주 온순하고 소심해서 사람들을 화나게 하는 일 없이 하루하루를 잘 넘기려고만 하죠. 그녀가 살아가는 방식을 보면 정말 분노가 치밀어요. 그러다 마음을 진정시키고 우리 자신과 우리가 사는 모습을 돌이켜 보면 제가 아내에게 잘해 주지 못한다는 것을 깨닫습니다. 미처 의식하지 못했지만 아내의 약한 모습을 제가 이용한 것 같아요. 항상 그녀에게 화를 냈고, 심지어 그녀가 별로 잘못한 것이 없을 때도 그랬습니다. 아내는 우울해하고, 저는 거기에 죄책감을 느낍니다. 그리고 수치심이 밀려들면서 스스로 정말 쓰레기가 된 것 같은 기분이 들죠. 저는 늘 쓰레기 같은 인간이었지만 그동안 아닌 척하면서 좋은 사람인 척 살았던 거예요. 쇼나와 저는 끊임없이 언쟁을 벌이는데 그럴 때마다 우리 둘 다 너무 고통스럽고, 그래서 또 자책하게 됩니다. 선생님이 이 문제를 어떻게 풀어 주실지 모르겠지만, 해결이 안 되고 있는 상황이기 때문에 저는 도움이 필요해요. 제가 뭘 해야 할지 모르겠어요."

그가 전형적인 나르시시즘의 표본이라는 사실은 내 능력으로도 충분히 파악할 수 있었다. 자기애성 성격을 가진 사람들이 나타내는 자신에 대해 만족하고 허세를 보이는 성향 뒤에는 자신의 불완전함 때문에 고통받아 화가 나는 또 하나의 '자기'가 있다. 나르시

시스트들은 세상을 향해 갑옷으로 키워진 몸을 과시하려고 하지만, 치료받는 동안에는 자기 자신에 대해 세상이 자기 위주로 돌아가야 한다고 생각하는 악독한 인간 같다고 진지하게 털어놓는다.

경험이 부족한 치료사로서의 직감을 따랐다면 이 해석을 무조건 밀고 나가려 했을 것이다. 그가 나르시시즘 때문에 고통받고 있다는 사실을 알려 주고, 자신에 대한 생각을 즉각 바꾸게 만들면 15분 만에 치료가 될지도 모른다. 하지만 무크 교수님은 환자와 정서적인 연결고리를 만들어야 환자에 대한 해석을 제대로 내릴 수 있다는 점을 늘 강조했다.

첫 번째 상담을 통해 그의 문제가 어디에서 시작되었는지 내 생각을 말하면, 그는 불쾌해하면서 밖으로 나가 버리거나 스스로 무슨 말을 하는지도 모르고 떠드는 돌팔이 의사라고 단정해 버리고 다시는 돌아오지 않을 가능성도 있다.

무크 교수님이라면 치료적인 유대감이 형성될 때까지 기다린 후, 나르시시즘에 기인한 상처로서 시간을 두고 치료를 받으면 서서히 회복될 수 있다는 해석을 전하라고 가르쳐 줬을 것이다. 나는 앞서 무크 교수님에게 배운 내용에 대해 생각해 본 후 그의 대한 내 해석을 미루기로 결정했다.

짐이 말을 멈출 때마다 나는 몇 초간 기다린 후에 더 자세히 말해 달라고 요청했다. 50분 동안 나는 그의 인생과 아내 쇼나와의 관계에 대해 방대한 정보를 얻을 수 있었다. 내가 그의 머리 위에 놓인 시계를 보고 이미 상담 시간이 지났다는 걸 알아차렸을 때도 그는 자신의 이야기를 쏟아내는 데 몰입하고 있었다.

그의 말을 중단시키는 일이 꺼려졌지만 시간을 엄격히 지키는 것도 내 직무 중의 하나였다. 뚜렷한 기준을 가지고 상담의 규칙을 결정하는 것은 장기간의 치료에서 매우 중요하다는 점을 배운 터였다. 특히 세상의 규칙과 규범을 지키기 어려워하는 환자들을 상대할 때에는 더욱 그랬다. 그의 말을 제지하겠다는 용기를 내기까지 2~3분이 걸렸다.

"미안합니다, 짐. 거기까지만 말씀해 주셔야 할 것 같습니다. 이번 주 상담 시간이 모두 끝났습니다."

"아, 알겠어요. 제 얘기를 다 들어주셔서 고맙습니다. 벌써 마음이 좀 가벼워진 것 같아요. 내일 또 와서 계속 얘기하고 싶은 생각까지 드네요."

"다음 주 같은 시간에 만납시다."

"네, 잘 알겠습니다."

악수를 나눈 후 그가 떠났다. 나는 아직 소견서와 진료비 청구서를 완성해야 했지만, 잠시 천장을 바라보며 나의 첫 치료 상담을 무사히 마친 기념비적인 순간을 즐겼다. 하지만 이 직업의 특성상 앞으로도 셀 수 없이 많은 상담 치료를 해야 한다는 사실을 깨닫자 금세 얼굴에서 미소가 사라졌다. 곧 있으면 환자들은 내가 진짜 도움이 되길 기대할 터였다. 언젠간 나도 그런 방법을 터득하길 바랐다.

20

거부할 수 없는 중국 음식 배달

서로 스케줄이 바쁜 탓에 제시와 데이트 날짜를 정하는 것은 쉽지 않았다. 우리의 진도가 아주 더뎠던 것은 동시에 야간에 쉬는 날을 맞추기가 불가능한 것도 있었지만, 둘 다 데이트에 소극적인 것도 원인이었다.

우리는 서로가 관계를 이끌어 가는 역할을 부담스러워했다. 그녀를 만난 지 한 달이 지났지만 아직 제대로 키스도 못한 상태였다. 단지 '안녕' 또는 '잘 자' 정도의 입맞춤이 전부였다. 뭔가 단단히 잘못되었다는 생각이 들었다.

그럼에도 여전히 우리의 관계는 꾸준히 앞으로 나아가는 중이긴 했고, 2주일에 한 번은 같이 저녁을 먹거나 영화를 보고 바에서 술을 마시는 등 약속을 잡았다. 그녀가 나와 평생 함께할 사람인지에 대해 생각해 본 적도 있다. 우리가 서른에 가까워지자 많은 친구들이 약혼을 하기 시작했고, 주위 동료들은 이성과 데이트만 하는 단계에서 벗어나 그다음 단계의 삶을 시작하려고 했다. 관계의 지속성에 대한 기대감이 장기적인 방향으로 변하기 시작한 것이다.

제시는 미래의 배우자가 지녀야 할 이상적인 특징을 모두 갖춘 여성이었다. 그녀는 예쁘고 상냥했다. 그리고 자신의 가족을 사랑했다. 그녀의 아버지도 의사였기 때문에 우리는 서로 통하는 부분도 있었다. 우리 자신이 의사이기도 했지만 의사 집안 태생이라는 것은 유전적으로 그 재능을 물려받았다는 의미이다.

더 중요한 점은 그녀의 미소가 날 편안하게 만든다는 것이다. 게다가 제시는 매우 똑똑하고 성실한 사람이었다. 높은 책임감과 이타심을 지니고 있는 그녀가 언젠가 훌륭한 어머니가 될 것 같은 느낌을 받았다. 그녀의 부모님도 같은 이유로 그녀를 사랑할 것이다.

"제시는 정말 괜찮은 여자야."

내 소파에서 아이스크림을 먹으며 대형 평면 텔레비전을 뚫어지게 보고 있던 레이첼에게 말했다.

"뭐라구? 나 이거 보고 있는 중이야. 쉿!"

레이첼은 그녀의 아파트에서는 시청이 안 되는 케이블 채널의 쇼 프로그램을 우리 집에서 본다는 핑계로 밤에 찾아오기 시작했고, 점점 내 소파 위에 늘어져 있기 시작했다. 텔레비전에서 광고가 나오자 나는 다시 그 얘기를 꺼냈다.

"그녀는 정말 괜찮은 여자야……, 제시 말이야."

"그 여자가 누군데?"

"내가 지금 사귀고 있는 사람. 임상 조교수야."

"정신의학과에서?"

"아니. 완화 치료."

"그럼 엄청 충격적인 뉴스는 아니네."

그녀가 몸을 돌리더니 두 발을 내 무릎 위에 올렸다.

"발을 왜 나한테 올리는 거야?"

"문질러 줘."

"넌 지금 편한 옷차림으로 내 소파에 앉아서 아이스크림을 먹고 나한테 발을 주물러 달라고 하고 있어. 네가 내 와이프라도 되는 거야?"

"꿈 깨!"

우리는 텔레비전에서 좀비 떼가 도시를 습격하는 장면이 나오는 것을 봤다. 레이첼이 무덤덤하게 말했다.

"내가 말한 일반의학 수련 때 만난 남자 있잖아, 잘 안되고 있어."

혹시 그녀가 나에게 뭔가 고백하는 건 아닌가 싶었지만 그런 쪽으로 넘겨짚지 않기 위해 마음을 다잡았다. 레이첼은 나한테 관심이 없어. 나는 스스로 되새겼다. 무슨 일이 생길 거였다면 멕시코에서 이미 일어났을 거야!

"바닐라 아이스크림 좀 더 가져올게. 잠깐만."

나는 잠시 마음을 가라앉히고자 일어나서 부엌으로 갔다.

"애덤, 올 때 무지개 토핑 좀 가져다줄래?"

"당연히 해줘야지, 와이프."

"역겨워."

제시와 여섯 번인가 일곱 번째 데이트를 했을 때 나는 저녁 식사 내내 속으로 답답한 기분이 들었다. 식사 후, 그녀가 내일 아침 이른 출근을 위해 집으로 돌아가겠다고 말했을 때 내가 걱정하는 부분을 털어놓기로 했다.

"제시, 너도 생각해 봤는지 모르겠지만 우리 관계가 조금……."

하지만 적당한 말이 떠오르지 않았다. 나는 우리의 관계가 지나치게 느리다고 말하고 싶었다. 나 자신이 앞으로 뛰쳐나가고 싶을 만큼 느린 속도였다. 하지만 내가 그녀를 탓하는 것처럼 보이고 싶지는 않았다. 그녀와 마찬가지로 나도 잘못한 점이 있다는 것을 잘 알고 있었다.

"조금 어떤데?"

"너도 아마 느꼈겠지만……. 꼭 느리다는 것은 아니고, 그러니까 별로……."

나는 또 말문이 막혔다. 그러다 겨우 할 말을 생각해 냈다.

"너는 사람을 사귈 때 항상 이런 편이니?"

그녀는 내 질문에 당황했다.

"음, 난 사실 남자를 별로 사귀어 본 적이 없어."

"그래?"

"왜? 너는?"

"난 몇 명 있었어. 레지던트 하기 전에 깊게 사귀었던 여자 친구도 있었고. 이름은 엘리아나야."

"대학교 다닐 때?"

내가 고개를 끄덕였다.

"의대 다닐 때는 엘리아나랑 2년 정도 동거한 적도 있어. 그때 기니피그를 키우기 시작한 거야."

그녀가 잠시 침묵 끝에 입을 열었다.

"나는 한 학년을 월반했고, 그러다가 또 한 학년을 월반한 다음 일반대학과 의대를 통합한 속성 프로그램을 이수했어. 그래서 내 주위에는 또래가 거의 없었어. 그런 탓인지 레지던트가 되었을 때는 소외된 기분이었고……. 데이트도 거의 안 했어. 대신 내가 몰두할 수 있는 일이 있었으니까."

"그럼, 넌 누굴 정식으로 사귀어 본 적이 없는 거구나."

"열두 살 때 사귄 조이를 쳐주지 않는다면 그렇겠지. 우린 지금 평범하게 사귀고 있는 거 아니야?"

"난 전문가가 전혀 아니야. 하지만 보통 처음에는 로맨틱한 열정 같은 게 있거든. 그리고 같이 몇 번 잘 수도 있고."

"같이 자는 거? 나 그거 열두 살 때 다 해봤는데."

나는 억지로 웃었다.

"좋아, 이제 무슨 뜻인지 알겠어. 오늘 밤은 시간이 안 되지만 다음에는……."

내 얼굴이 굳어졌는지 그녀가 말을 멈추더니 묘안을 떠올렸다.

"아니다, 나 오늘 밤 시간을 낼 수 있어."

"정말 잘됐다. 여기, 계산해 주세요!"

나는 웨이터를 부르는 시늉을 하며 장난을 쳤다. 그 후 레이첼이 놀러 왔을 때, 나는 얼른 제시와의 일을 전했다.

"제시가 사람을 사귀어 본 경험이 별로 없다는 걸 알게 되어서 오히려 잘된 거 같아. 제시가 나랑 잘 지내려고 노력한다니 정말 희망적이야."

레이첼은 텔레비전만 뚫어져라 바라보았다. 그녀가 내 무릎 위에 종아리를 올렸고, 나는 자동으로 문지르기 시작했다.

"우리가 서로 육체적으로 잘 맞는지는 모르겠어. 아직까지는 그렇지만 앞으로……."

"애덤."

"어?"

"나 그 얘기 듣고 싶지 않아."

나는 놀랐다. 내가 온라인으로 데이트를 잡을 때마다 뒷얘기를 계속 듣고 싶어 하던 사람이 레이첼이었기 때문이다.

"나 지금 이거 보고 있잖아. 나중에 얘기하든가."

그 뒤로 한동안 나는 제시와의 관계를 발전시키기 위해 노력했지만, 그녀가 너무 바쁜 탓에 뜻대로 되지 않았다. 하루는 그녀가 저녁 8시쯤에 우리 집에 와서 라자냐를 만들어 주겠다고 했다. 솔직히 나는 라자냐를 좋아하지 않았다. 입이 매우 짧은 편이어서 누구나 좋아할 만한 음식들도 가리는 것이 꽤 많았다.

그런데도 제시와 같이 있고 싶은 마음에 메뉴를 바꾸자는 말 없이 그녀의 계획에 따르기로 했다. 그녀와의 관계가 성공하려면 중간에 한 단계 더 높이 끌어올릴 계기가 필요했다. 8시 정각이 되었다가 시간이 지나 9시가 됐다. 마침내 제시에게 문자 메시지가 왔다.

'미안해. 마지막 환자 때문에 늦어졌어. 너무 늦었지! 다른 날 만날까?'

나는 그녀에게 그냥 그러자고 해야 한다는 걸 알았다. 그녀는 분명 스트레스를 많이 받았고, 피곤한 상태일 것이다. 그러나 나는 그녀를 주기적으로 보지 못하는 상황 때문에 불만이 쌓여 있었고, 더군다나 그녀가 1시간이 넘도록 나타나지 않은 것 때문에 더욱 기분이 상해 있었다.

'아니, 그냥 와.'

제시는 9시 45분에 나타났다. 그녀는 배가 몹시 고팠겠지만, 나는 버텨 보려고 하다가 배를 좀 채운 상태였기 때문에 입맛이 별로 없었다. 그녀는 라자냐를 만드느라 또 한 시간을 썼고 나는 옆방에서 계속 인상을 쓰고 있었다. 내가 그녀를 위해 저녁을 만들 수도 있었지만 그녀가 맛있는 음식을 해주겠다며 부엌에서 혼자 요리하겠다고 고집했다. 그녀는 자신의 요리 실력에 자부심을 갖고 있었다.

내가 결혼한 지 오래된 남편처럼 구는 거 같아 조금 꺼림칙했다. 레이첼과 함께 있을 때는 내가 애처가 역할을 맡았던 것에 비해 지금은 제시가 나를 위해 별로 감사히 먹지도 않을 요리를 만드느라 부엌에서 노예처럼 일하고 있었다.

라자냐가 다 만들어진 다음에 상황은 더 악화되었다. 맛은 나쁘지 않았지만 나는 배가 고프지 않은 상태였고, 양이 너무 많았다. 대충 보니 12명은 족히 먹을 수 있는 분량이었다. 제시는 라자냐가 혹시 내 입맛에 맞지 않는지 계속 물어봤다.

"진짜 솔직히 말하면, 맛은 괜찮아. 그냥 난 배가 고프지 않을 뿐이고 시간도 너무 늦었잖아."

"내가 집에 가면 좋겠어?"

"있어도 돼."

"가는 게 좋겠어."

내 얼굴이 또 굳어진 건지, 그녀가 갑자기 어떻게든 분위기를 바꾸려고 노력했다.

"다음에 내가 더 잘해 줄게."

"더 잘하고 말고 할 게 없어. 라자냐는 맛있었다고!"

"아니야. 이렇게 하자. 토요일에 같이 만나자. 그날은 일이 없거든. 내가 적당한 시간에 이쪽으로 와서 특별한 닭요리를 해줄게. 그건 실패한 적이 없어. 나만 믿어."

"좋아, 그렇게 하자. 내가 좀 예민한 건 아는데, 닭가슴살로만 요리하는 거 맞지? 나는 닭다리 부위는 안 먹거든."

그녀는 나를 정말 이상한 사람처럼 쳐다보았다. 내가 분명 이상한 건 맞았다. 왜 그녀에게 나의 예민한 부분을 미리 말하지 않았을까? 그녀가 어쩔 수 없다는 표정으로 말했다.

"알았어. 가슴살로만 만들게."

"좋아, 잘됐다."

그녀가 떠나자마자 나는 문자 메시지를 받았다.

'나 지루해.'

레이첼이었다. 그녀는 근무 중이었다. 나는 채팅방에 로그인했다.

나 너 응급실 근무 아니야? 어떻게 지루할 틈이 있어?

레이첼 대학교들이 방학을 하나 봐. 가슴 아파서 자살하겠다는 여학생들이 없어. 여기 묶여 있는데 할 일이 없네.

나 그럼 자러 가.

레이첼 나 중국 음식 먹고 싶어.

나 식당에서 배달해 준다고 들었는데.

레이첼 신용카드를 안 가져왔어.

나 너는 왜 카드도 안 가지고 출근을 해?

레이첼 근무 중에 카드가 왜 필요해?

나 중국 음식 같은 걸 먹고 싶을 때가 있잖아.

레이첼 네가 그냥 사다 줘.

나 뭐라고?

레이첼 제발.

나 지금 밤 11시야. 나보고 중국 음식을 사오란 말이야?

레이첼 그래.

당직하는 레이첼을 위해 야식을 가져다주는 것은 평범한 친구 사이에서 훨씬 벗어난 행동이라는 것을 나는 알고 있었다. 하지만 나는 불빛을 보면 달려드는 나방처럼 이끌렸다. 스스로 제어가 안 되는 상태였다. 중국 음식을 주문한 후 병원으로 가는 가장 빠른 지름길을 따라 걷기 시작했다.

내가 포장된 음식을 손에 들고 병원에 도착했을 때 낯익은 두 사람의 모습이 보였다. 한 사람은 거짓말쟁이 닉이었다. 그는 나에게 아는 척을 했다.

"안녕하세요, 닉."

"선생님, 거기 손에 든 것 중에 나 줄 거 없어요?"

"계란말이를 하나 더 받긴 했는데."

"에이, 됐어요. 아무튼 고마워요."

"편할 대로 하세요."

내가 보도블록을 따라 걸으며 대답했다. 병원 입구 쪽으로 가로질러 가다가 이번에는 선배 레베카를 만났다.

"이렇게 늦게 뭐 하고 있어요?"

"우리 숙모가 병원에 계시거든. 좀 쉬셔야 한다고 간호사가 날 내보냈어."

"너무 심각한 병은 아니길 바랄게요."

"숙모는 괜찮으셔. 그런데 너는 여기 왜 왔니? 너 오늘 근무도 아니잖아."

"얘기하자면 길어요."

사실은 긴 얘기도 아니었다. '레이첼과 함께 있을 수 있는 기회만 보이면 도저히 그냥 지나칠 수가 없어요'라는 것이니 말이다.

"너 중국 음식 배달원으로 일해? 부업하는 얘기는 들어 봤지만 이 일을 하는 사람은 처음 본다."

"레지던트 초년생들 급여로는 살기 힘든 거 알잖아요."

우리는 보도블록의 어둑하게 밝혀진 가로등 아래에서 서로의 의중을 염탐하듯 가만히 서있었다.

"그럼 나중에 뵐게요. 숙모님이 빨리 쾌차하시길 바랄게요."

"참고로 난 네가 딴마음이 있어서 온 거 다 알고 있지만, 지금 내가 일주일 내내 협진하느라 너무 피곤한 상태라서 그냥 모른 척해줄게."

나는 웃으며 레베카를 남겨 둔 채 그 자리를 떠났다. 건물 안으로 들어가 당직실에서 레이첼을 만났다. 더 이상 아는 사람을 마주치지 않길 바랐다.

"너무 오래 걸렸잖아. 너한테 팁 안 줄 거야."

나는 그녀에게 포장된 음식을 건네주었다.

"아직도 일이 없어?"

"당직 중인데 그런 말 하지도 마."

레지던트들은 업무가 한가할 때 일이 없다는 말을 하면 운이 달아날 수 있다는 징크스를 철석같이 믿었다. 우리는 야식을 먹으며 수다를 떨었다. 나는 방금 전에 일어났던 제시와의 음식 갈등에 대해 털어놓았다. 그러자 레이첼이 무심하게 말했다.

"우리가 결혼한다면 나는 남은 평생 동안 닭가슴살은 먹지 않을 거야."

우리는 주제를 바꿔 레지던트 생활에 대한 이야기를 했다. 예를 들면 남관 4층에 새로 온 페닝턴 교수님이 회진 중에 졸았는지 안 졸았는지에 대한 얘기였다. 그는 손으로 두 눈을 가린 동작을 취했는데, 그의 말에 의하면 '깊은 생각'에 잠기기 위해서랬다.

우리는 미란다의 새 남자친구가 그녀에게 정신의학과를 믿지 않는다고 말한 것이 관계를 단절시킨 원인이었는지에 대해서도 논쟁을 벌였다. 레이첼은 에린이 요즘 이상해 보이지 않았느냐고 내게 물었고, 나는 혼자만 알고 있는 그녀의 임신 이야기는 밝히지 않은 채 대충 둘러댔다.

우리는 음식을 다 먹은 후 포춘 쿠키fortune cookie, 속담이나 행운의 글귀가 적힌 종이가 달린 과자를 확인했다. 내가 잡은 쿠키에는 '말보다 행동이 중요하다'라고 적혀 있었다. 레이첼의 것에는 '바보 같은 남자는 자신의 마음과 가슴에만 귀를 기울인다'라고 적혀 있었다.

"이건 널 위한 말이다."

나는 어깨를 으쓱이며 마지막 남은 쿠키를 집으려 했다.

"그건 내 거야."

그녀가 말했지만 내가 먼저 잡았고, 그녀가 빼앗지 못하게 팔을 휘둘렀다. 나는 어린아이를 놀리는 사람처럼 손을 높이 들었다. 그녀는 나를 향해 달려들었고, 그녀의 수면실 침대 쪽으로 도망가는 나를 쫓아왔다. 그녀가 쿠키를 빼앗으려 나와 힘겨루기를 하는 동안 내 심장이 마구 뛰었다. 이윽고 그녀는 나를 간질이기 시작했다. 우리가 키득거리며 웃는 걸 멈추었을 때 그녀는 거의 내 위에 올라타 있었다. 내 마음속에서 이런 소리가 들렸다.

'레이첼에게 키스해, 이 바보야.'

잠시 침묵이 흘렀고, 레이첼이 몸을 일으키기 시작했을 때 마음속에서 또 다른 소리가 들렸다.

'빨리 키스해!'

그때 진동이 울렸다. 그녀의 호출기였다.

'19세, 휴학 후 자택에 거주 중. 자살 위험.'

"중국 음식 고마웠어. 이건 네가 가져라."

나는 그녀에게 세 번째 포춘 쿠키를 건네줬다. 그녀는 웃으며 문밖으로 나갔다.

***

레이첼 난 다음 주말이 정말 기다려져. 20대로 1년 더 살 수 있는 걸 축하해야지!

나 그때 뭐 할지 정했니?

레이첼 아니. 같이 나가서 저녁 먹고 우리집 옥상에서 술 마시면 좋을 거 같아. 하지만 이 계획이 맘에 안 들면 뭘 해야 할지 모르겠네.

나 난 좋은 생각 같은데. 그게 별로면 딱히 할 게 없어, 바나클럽에 가는 것 빼고는.

레이첼 바에 가는 건 괜찮을 듯. 바에 가는 게 좋으면 이쪽으로 와야 하니까 여기서 저녁을 먹어야겠다. 하지만 그것도 마음에 안 들면 다른 동네

에 있는 바에 가자. 거기서 저녁을 먹는 게 좋겠어. 구체적인 장소는 일기예
보를 보고 정해야 돼.

나　아무튼 좋은 생각이야. 몇 명이나 초대할 거니?

레이첼　아직 몰라.

나　어떻게 되든 그날 재미있을 거 같네.

레이첼　맞아, 난 아주 많이 기다려져. 우리에겐 그런 시간이 필요해.

21

바람을 좀 쐬어야겠어

4년 동안 함께하는 레지턴트 동기들 사이에는 특별한 유대감이 생긴다. 순수하고 열정적이지만 아직은 어리숙한 동기들은 수련 시작과 동시에 돈독한 공감대를 쌓아 간다. 그런 공감대는 전장에 나가 환자들을 함께 돌보기 시작하면서 더욱 단단해진다. 시간이 흐르면서 동기들은 친구가 되고, 서로의 능력 향상과 인간적인 발달을 지켜보면서 더 진한 동지애를 쌓는다.

처음 수련을 시작할 때만 해도 우리들은 병원 놀이를 하는 아이들 같지만 수련을 다 마칠 즈음에는 이제 진짜 정신과 의사가 될 거라는 말을 듣는다. 우리는 환자들을 함께 치료하면서 서로서로 배워 나갔다.

남관 4층의 환자 치료는 24시간 관찰을 요하는 일이었다. 한 레지던트가 하루 종일 환자를 잘 돌보더라도 야간 당직을 서는 사람이 잘못된 결정을 내리면 단 몇 시간 만에 처음 담당자가 그 결과에 대한 책임을 져야 한다. 또한 주간에 담당한 레지던트가 다음 레지던트에게 인수인계를 제대로 하지 않으면 그 야간 당직자는 업무에 큰 차질을 빚는다. 그웬이 감정 수업 때 말했다.

"네가 여기에 새로 왔고 아직 배우는 중이라는 건 알아. 하지만 그 일은 도저히 용납할 수 없어."

그웬의 분노는 스베트라나를 향한 것이었다. 스베트라나가 반격하지 않고 넘어갈 성격이 아니었다. 스베트라나도 화가 나서 쏘아붙였다.

"네가 환자에게 약을 잘못 처방한 건 내 잘못이 아니야."

새로 온 교수인 젠이 말했다.

"잠깐 멈추세요. 무슨 상황인지 다들 잘 모르는 것 같아서요."

그웬이 모두를 보며 설명하기 시작했다.

"아주 단순환 상황이에요. 스베트라나가 어떤 환자를 남관 4층으로 입원시켰는데, 쓸데없는 정보만 기록해 놨어요. 제가 당직하러 왔을 때 인수인계 준비가 아직 안 되어 있어서……."

"난 그때까지도 준비하고 있었던 거야. 근무시간이 끝날 때쯤 갑자기 환자 세 명의 입원을 한꺼번에 처리해야 했다고!"

"그래서 난 그 환자가 약물을 남용해서 입원했다는 사실을 전혀 모르는 상태에서 규제 약물을 여러 개 처방했단 말이야."

"그게 왜 내 잘못인지 난 이해가 안 가."

"인수인계가 안 됐잖아! 그게 똑바로 되어야 야간 당직을 제대로 할 수 있는 건 누구나 아는 사실이야. 그런데 인수인계가 없었잖아. 넌 내가 바보처럼 보이게 만들었어! 페닝턴 교수님이 보고는 진심으로 나한테 멍청이라고 했어."

젠이 두 사람의 언쟁을 끊었다.

"좋아요, 잠깐 휴식 시간을 가진 다음에 이 안타까운 문제를 야기한 현재의 복잡한 시스템을 자세히 분석해 보도록 할게요."

젠과 니나는 상호의존적으로 돌아갈 수밖에 없는 병원의 업무 구조 때문에 실수가 생길 수 있는 모든 가능성에 대해 파악할 수 있도록 우리를 이끌어 주었다. 더구나 늦은 오후에는 시간이 부족하기 때문에 좋은 성과를 내기 힘들다. 빨리 업무를 마쳐야 하는 압박이 있기 때문이다. 그런데 하필 일이 익숙하지 않은 스베트라나가 그 자리에 있었고, 그녀는 극한상황까지 내몰렸었다.

또한 그웬은 환자에게 처방된 약물과 관련된 주의사항을 충분히 검토할 기회가 없었다. 다들 만성적인 수면 부족을 앓고 있었기 때문에 우리의 직업이 인내심과 동정심을 필요로 하는 것임에도 불구하고 짜증을 잘 내고 공감하지 못하는 성격이 굳어진 상태였다.

"여러분이 평소에 크게 다투지 않는 건 정말 대단한 점이에요. 그만큼 이번 기수가 특별하다는 증거겠죠."

젠이 결론을 내렸다. 나는 우리들만의 안정적인 공간에 뒤늦게 들어온 젠에 대해 회의적인 입장이었지만, 그녀는 우리와 만난 지 얼마 되지 않아 자신의 능력을 계속 증명해 나갔다. 단 몇 분 만에 방 안의 열기는 급격하게 가라앉았고, 서로에게 더욱 공감하게 된 우리는 시스템을 개선할 수 있는 방법에 대해 의견을 나누었다.

수업이 끝날 무렵에는 스베트라나가 처음으로 자신의 이야기를 공개하기 시작하면서 수업 분위기가 사뭇 달라졌다. 러시아에서 온 그녀가 이곳으로 전근한 이유 중 하나는 탈출이었다. 그녀는 자신을 학대하던 전남편으로부터 도망친 것이었다. 그녀의 전남편은 수천 킬로미터나 멀리 떨어져 있어도 여전히 그녀의 인생을 방해하려고 노력하고 있었다.

"그는 쉬지 않고 전화를 해. 협박 문자도 보내. 그가 뭘 하려는 건지 모르겠어. 그가 정신이 온전치 않은 상태라서 걱정돼. 가끔 나는 더 이상……."

그녀가 마음을 가라앉히고자 잠시 말을 멈추었다가 이런 말을 보탰다.

"여기 하버드 롱우드의 레지던트 프로그램은 정말 훌륭해. 프로그램에서 빈자리가 났던 건 정말 행운이었어. 나한테는 새로운 인생의 시작이야. 하지만 내 과거의 남자는 내가 떠나도록 내버려 두지 않을 거야."

며칠 후 나는 남관 4층에서 스베트라나와 함께 환자들의 경과 보고서를 작성하고 있었는데 그녀의 전남편으로부터 문자가 들어오기 시작했다. 그 내용은 너무 잔인하고 사악해서 언어 및 정서적 학대라고 해도 과언이 아닐 정도였다. 그때 페닝턴 교수님이 방 안으로 고개를 쏙 내밀었다.

"이 근처에 스시 식당이 있나요? 레지던트들한테 번갈아 가며 한 번씩 점심을 사주려고 합니다."

스베트라나에게는 잘된 일이었다. 우리 셋이 미리 정해 둔 식당을 향해 걸어갈 때, 나는 스베트라나가 잠시 스트레스에서 벗어날 수 있을 거라고 생각했다. 하지만 그건 나의 오산이었다. 계속해서 그녀에게 문자가 왔던 것이다.

그녀는 핸드폰을 무음으로 바꿔 놓았지만 나중에 확인하면 무엇이 기다리고 있을지 뻔했다. 어색한 침묵 속에서 식사하는 와중에 나는 페닝턴 교수님이 롱우드에 오기 전 경력에 대해 대화하려고 노력했다. 그런데 곁눈질로 보니 스베트라나가 거칠게 숨을 쉬고 있었다. 비정상적으로 거친 호흡이었다.

"너 괜찮니?"

내 물음에, 그녀가 고개를 끄덕였다.

"바람을 좀 쐬어야겠어."

그녀는 자리에서 일어나 재빨리 밖으로 빠져나갔다. 페닝턴 교수님이 계산을 마치는 동안 나는 스베트라나를 살피러 갔다. 그녀는 길가의 경계석에 앉아 호흡을 가다듬기 위해 애쓰고 있었다. 얼굴이 벌겋게 상기된 그녀는 몹시 당황한 모습이었다. 그녀가 말했다.

"해산물에 이상한 독성이 있었던 거 같아."

방금 먹은 스시 때문에 생긴 이상반응일 수도 있지만, 나는 그녀가 공황 발작을 보이는 것은 아닐지 의심이 들었다. 페닝턴 교수님이 그녀를 진정시켜 주길 기대했지만 그는 이 사태를 해결하는 데 전혀 관심이 없어 보였다. 다 같이 그의 차에 올라탔을 때 뒷좌석에 앉아 관찰해 보니 페닝턴 교수님은 자신의 오른쪽에 앉은 스베트라나에게 일어나고 있는 위기 상황에 대해 전혀 신경을 쓰지 않고 있었다.

"그럼, 저기…… 스베트라나한테 어떤 조치를 취해야 할까요?"

내가 바보처럼 물었다. 그녀는 여전히 숨을 헐떡이고 있었다. 페닝턴 교수님은 어깨를 으쓱했다.

"우리가 병원에 도착할 때까지도 증상이 나아지지 않으면 응급실에 데려다줄게요."

그가 그녀에게 말했고, 정확히 그것만 했다. 그가 우리를 그렇게 내버려 뒀다는 사실이 믿기지 않았다. 그가 무심하게 말했다.

"나중에 병동으로 돌아오면, 내가 잠깐 봐줄게요. 자, 행운을 빌어요. 빨리 나아지길 바랄게요, 스베트라나!"

같이 근무를 하며 알게 된 응급실 레지던트가 스베트라나에게 와서 검진을 하는 동안, 나는 그녀의 옆을 지켰다. 그가 건성으로 말했다.

"공황 발작처럼 보이네요."

그러자 그녀가 벌컥 화를 내며 말했다.

"공황 발작은 아니에요. 나는 정신과 의사예요. 공황 발작이 뭔지 알고 있다고요!"

"아무튼 혈액 검사를 해서 뭐가 나오는지 봅시다."

그가 자리를 떠났을 때 나도 스베트라나에게 곧 다시 돌아오겠다고 말한 후 밖으로 나와 아까 만났던 응급실 레지던트를 찾아갔다.

"스베트라나도 여기 의사인 거 알아요? 그녀한테 좀 친절하게 대해 주세요."

그는 마치 내가 발 마사지를 하라고 요구한 것처럼 나를 물끄러미 쳐다보았다.

"이봐요, 여기 진짜 바쁜 곳이에요. 당연하겠지만, 피검사가 정상으로 나오고 산소 호흡에 문제없으면 그냥 돌아가세요."

그 뒤로도 나는 한 시간 정도 더 스베트라나의 곁을 지켰고, 그녀의 증상은 차츰 나아졌다. 페닝턴 교수님의 연락을 포함해 입원 환자가 들어오고 있다는 호출이 계속 울리고 있었지만 내가 어디에서 뭘 해야 하는 건지 잠시 넋을 놓고 있었다. 마침내 내가 말했다.

"나는 그만 가봐야 할 것 같아. 너 혼자 괜찮겠어? 혹시 내가 필요하면 문자 보내."

내가 남관 4층의 레지던트실로 돌아왔을 때 레이첼이 웃으며 날 맞아 주었다. 그녀는 자신의 생일이라며 호들갑을 떨었다.

"오늘 하루 어떻게 보내고 있니?"

"오늘 밤에 케이크가 아주 기대돼! 너도 올 거지?"

"물론이지. 절대 안 놓치지."

그때 업무 스케줄을 확인해야 한다는 사실을 깨달았다.

"이런!"

나의 외마디소리에 레이첼이 물었다.

"왜 그래?"

"너 오늘 대체 근무해야 돼."

"그래? 스베트라나는 어때? 잘하고 있어? 오늘 아침에도 그 애를 봤는데."

"스베트라나는 지금 응급실에 있어."

"뭐! 왜?"

"음, 나중에 본인이 직접 얘기해 줄 거야. 아무튼 스베트라나가 응급실에서 퇴원하지 않으면 그 즉시……."

"내 파티는 취소해야겠구나."

레이첼이 낙담한 듯 말했다. 시계를 확인해 보니 업무 교체까지 한 시간 조금 넘게 남아 있었다. 스베트라나가 시간 안에 퇴원한다 해도 그녀가 보낸 오늘 하루를 생각하면 야간 근무를 맡게 하는 건 옳지 않다는 생각이 들었다. 레이첼은 시무룩해 보였다. 나는 스베트라나에게 문자를 보냈다.

"내가 오늘 너 대신 당직을 서줄게."

내가 레이첼에게 말하며 핸드폰을 보여 주었다. 그녀의 얼굴이 밝아졌다.

"하지만, 넌 내 파티에 못 오겠구나."

"그래도 내가 빠지는 게 낫지, 안 그래?"

"고마워. 내가 너한테 빚진 거야."

그녀는 나를 안아 주었다.

몇 시간 후, 내가 응급실 벙커에서 정신없이 일하고 있을 때 스베트라나가 나타났다. 그녀를 응급실에 있을 때보다 훨씬 나아진 모습이었다. 그녀가 말했다.

"지금은 자유롭게 다닐 수 있어."

"몸은 좀 어때?"

"이겨 내야지. 나랑 같이 있어 줘서 고마웠어."

"할 일을 했을 뿐이야. 하지만 지금 대신 근무 서는 건 꼭 갚아."

"나 지금이라도 할 수 있어……."

나는 고개를 저었다.

"집에 가서 휴식을 취해. 은혜는 나중에 갚도록 해."

그녀는 문 쪽을 향해 걷기 시작했다. 내가 말했다.

"네 전남편이 널 좀 내버려 두면 좋겠다."

"나도 그랬으면 좋겠다."

그녀가 문 앞에서 갑자기 멈춰 섰다.

"내 갑상선에 문제가 생겼었어."

"뭐?"

"혈액검사에서 그렇게 나왔대. 내가 갑상샘 중독 발작에 걸린 거였대. 그래서 심장이 두근거리고 호흡이 힘들었던 거야."

나는 그녀의 말이 사실인지 과장인지, 아니면 민망해서 핑계를 대는 건지 판단하기 힘들었다. 정신과 의사들 또한 정신 건강 문제를 앓는 것으로 잘 알려져 있다. 이것은 어쩌면 거의 모든 정신과 의사에게 해당되는 일일 것이다.

"네 갑상선도 어서 나아지길 바랄게."

"고마워, 애덤."

그녀는 문을 닫고 나갔다. 나는 레이첼이 케이크를 먹는 상상을 잠깐 하다가 환자들 상황을 확인했다. 진료를 기다리는 환자가 4명, 병실 배치를 기다리는 환자가 6명 남아 있었다.

22

일종의 치킨 소시오패스

다음 날 아침, 으레 야간 근무 후 퇴근하기 전에 해왔던 것처럼 내가 담당한 남관 4층의 환자들을 한 명씩 확인했다. 일을 다 마치기 직전에 나는 환자 휴게실에서 손도 대지 않은 음식을 앞에 두고 보기만 하는 낯익은 한 사람을 발견했다. 나는 그녀가 포크로 음식을 집어 입으로 가져가 억지로 집어넣은 후 인상을 쓰며 삼키는 모습을 지켜봤다.

그녀는 거식증으로 고생하던 제인처럼 보였지만 조금 달라 보였다. 이 여성은 건강해 보였다. 그녀의 얼굴은 수척해 보이지 않았고 볼에 금발의 솜털이 나있지도 않았다. 그녀의 옷은 헐렁거리지 않고 몸에 딱 맞았다. 제인에게 여동생이 있었던 걸까? 내가 그녀에게 천천히 다가가자, 그녀는 음식을 먹는 것이 부끄럽다는 듯 그녀는 재빨리 삼켰다. 그녀가 제인이라는 사실을 확인하자 내 얼굴에 미소가 지어졌다. 그녀가 아주 잘 지내는 것을 확인하니 기분이 몹시 좋았다.

"지금쯤 선생님은 그만두신 줄 알았어요."

"내가 그렇게 쉽게 없어질 사람이 아닙니다."

"보시다시피 저도 아니네요."

나는 제인에게 정말 좋아 보인다고 말하고 싶었지만, 그런 말은 환자에게 덫이 될 수도 있다. 외모에 대한 언급은 자칫 거식증 환자가 가진 정서적 및 신체적으로 왜곡된 생각을 강화하는 잘못된 결과를 낳을 수도 있다.

"여기서 뭐 하고 있어요?"

그녀는 멈칫하더니 내 말에 대답하는 것보다 밥을 먹는 게 덜 끔찍하다는 듯 말없이 음식을 입에 넣었다. 잠시 후 그녀는 자신의 왼쪽 손목 윗부분을 내게 보여 주었다. 거기에는 약 20센티미터 정도 세로로 길게 밴드가 붙여져 있었다.

내가 순간적으로 이를 악물고 눈살을 찌푸렸다는 것을 그녀가 눈치채지 않았길 바랐다. 그 대신 내가 보일 수 있는 반응이라곤 알겠다는 듯 천천히 고개를 끄덕이는 것이었다. 하지만 한편으로는 그녀가 나의 표정을 읽었길 바랐다. 나의 내면에서는 분노가 일어났다. 그녀는 마침내 평균 몸무게로 회복되었지만 상처의 길이와 방향으로 판단해 볼 때 스스로 목숨을 끊으려 했던 것으로 보였기 때문이다.

그 순간, 그녀가 회복할 수 있도록 수많은 사람들이 도왔던 것을 생각하면 그 상처는 일종의 모욕처럼 느껴졌다. 그러나 나는 그런 감정을 애써 숨기고 그녀에게 말했다.

"난 이제 일이 끝나서 집으로 가려고요."

"나중에 또 봐요."

제인은 태연한 척 말했다. 걸음을 옮기기 시작했지만, 나는 이 만남을 더 좋게 마무리해야겠다는 생각이 들었다. 가던 길을 멈추고 그녀와 소통할 다른 방법은 없는지 생각해 보았다. 골똘히 찾아보면 어떤 치유적인 방법이 떠오를 것 같았지만 아무것도 생각나지 않았다. 나의 뇌는 밤샘 근무로 마비되어 있었고 온몸의 근육이 아픈 상태였다. 어깨너머로 그녀를 돌아보니 그녀가 아직도 나를 쳐다보고 있었다.

"선생님, 지금 폐인처럼 보여요. 빨리 집에 가세요."

나는 고개를 끄덕이며 밖으로 나왔다. 그리고 아파트로 돌아오자마자 소파에서 기절하듯 곯아떨어졌다. 몇 시간 자고 있어났지만 몸 상태가 더 안 좋아진 느낌이었다. 눈에서 불이 나는 것 같았고 울퉁불퉁한 쿠션 위에서 자는 바람에 등이 결렸다. 핸드폰을 들어 확인하니 제시가 삼십 분 후면 퇴근한다는 내용의 문자가 와있었다. 나는 그날 화해의 의미로 치킨 데이트를 하기로 한 것을 까맣게 잊고 있었다.

제시를 맞이하기 위해 옷매무새를 가다듬고 정신을 바로 차리려고 했지만 야간 당직 후만 되면 항상 신경질적으로 변하는 것은 어쩌지 못했다. 내 감정 상태는 제인과의 만남 때문에 더욱 악화되었고, 그녀에 대한 생각을 멈출 수가 없었다. 제인이 이번만큼은 제발 나아지길 바랐지만 그러기 위해 내가 할 수 있는 일은 없었다.

제시가 도착한 뒤 한 시간 정도는 좋은 분위기가 되도록 장단을 맞출 수 있었다. 그녀가 뭔가 잘못되었다는 것을 일찌감치 눈치채고 있었는지는 확실하지 않다. 그녀가 활짝 웃으며 닭요리를 식탁 위에 올린 후 그녀를 노려보고 있던 내 표정을 발견하기 전부터 말이다.

"왜 그래? 뭐 잘못됐어?"

그녀가 두려운 표정으로 물었다. 나는 굳은 표정으로 치킨을 뚫어지게 쳐다보았다. 이성과의 관계에서는 신경질적인 모습이 기어이 드러날 때가 있다. 관계가 튼튼하면 그런 순간은 두 사람을 성장시키고, 두 개인이 더 나은 하나로 통합될 수 있는 기회가 된다. 오래된 커플은 서로의 별난 점을 공유하고 맞춰 가면서 상대를 감싸주는 것을 자랑스럽게 여기기도 한다. 그러나 우리의 관계는 그 뿌리가 튼튼하지 않았고, 당시에 나는 마음의 여유가 별로 없었다.

"그냥……, 나는 단지……."

"뭐가?"

"내가 닭가슴살만 좋아한다고 얘기했던 거 기억나?"

"뭐?"

"기억 안 나? 난 닭가슴살만 좋아한다고 말했는데, 이건 닭다리 잖아."

나는 일종의 치킨 소시오패스처럼 제정신이 아닌 말을 내뱉었고, 제시도 나를 미친 사람 대하듯 쳐다봤다. 그녀의 눈에 눈물이 차올랐고 입술이 떨리기 시작했다. 내가 좋은 남자친구라면 그녀를 위로했겠지만 나는 그런 감정을 짜낼 수 없었다. 시늉이라도 낼 수 없었다.

나는 무성의하게 제시를 안아 주었고, 그녀의 눈물이 내 어깨를 적시는 것을 느꼈다. 그 순간 나는 배려심 깊은 남자가 할법한 말을 떠올릴 수도 있었다. 그녀의 감정을 이해하고 신경질 부린 잘못에 대해 사과했어야 했다. 이 사건이 우리의 관계에서 무엇을 의미하는지, 극복할 방법에 대해 대화를 나누거나 적어도 서로의 입장을 공감해 보려고 노력했어야 했다. 나는 왜 그렇게 못했을까? 심지어 그녀가 먼저 나 대신 입을 열었다.

"난 너무 당황스러웠어. 이런 일로 울려고 했던 건 아니야."

제시는 큰 슬픈 눈으로 나를 올려다보았다. 늘 온화한 성품의 소유자였던 그녀가 갑자기 마음 약한 모습을 보이자 나는 순간 인내심을 잃어버렸다.

"난 음식이란 두 사람이 같이 인생을 살아가는 데 아주 중요하다고 항상 생각했어. 너랑 이런 시간을 두 번 가지려고 노력했는데 둘 다 실패한 거야."

야구로 말하자면 그녀는 느린 공을 정확히 타자석으로 던진 상황이었고, 우리 사이가 좋았다면 나는 야구장 밖으로 홈런을 쳤을 것이다. 하지만 나는 파울로 처리할 마음도 들지 않았고, 그냥 공이 스쳐 지나가게 만들었다. 그녀가 물었다.

"나한테 뭐 할 말 없어?"

그녀에게 따뜻한 말이라도 건넸어야 했지만 그러지 않았다. 수면 부족이라는 뻔한 핑계를 대서 둘 다 상황을 모면하게 만들 수도 있었지만 그러지 않았다. 내가 말했다.

"이건 아닌 거 같아."

제시는 흠칫 놀라며 나를 보았고, 완전히 배신당한 표정을 지었다. 우리의 관계는 가망이 없더라도 서로의 품위를 지킬 수 있는 기회가 있었지만 나는 그마저도 모른 척했다. 난 그저 아무런 의욕이 생기지 않았다. 그녀가 말했다.

"난 그만 가볼게."

"그래."

그녀는 닭요리를 비롯해 자신이 가져온 모든 물건을 챙긴 후 아파트를 떠나며 쾅 소리가 나게 문을 닫았다. 나는 소파 위에 몸을 웅크리고 앉았지만 아무런 느낌도 들지 않았다.

이틀 후 남관 4층으로 돌아온 나는 제인을 찾기 위해 병동을 뒤졌다. 어디에도 그녀의 흔적은 없었다. 간호사실에 비치되어 있는 환자 목록도 살펴봤지만 그녀의 이름은 없었다. 그때 큰 키에 자세가 꾸부정한 페닝턴 교수님이 신문을 골똘히 읽으며 출입구 옆을 지나갔다.

"페닝턴 교수님."

내가 큰 소리로 그를 불렀지만, 그는 내 말을 듣지 못했거나 나를 무시하고 가던 길을 가는 것 같았다.

"페닝턴 교수님!"

나는 병동의 중앙 복도까지 그를 따라 뛰어가며 소리쳤다. 주위 환자들이 하던 것을 멈추고 내가 일으키는 소란을 지켜보았다. 나는 마침내 페닝턴 교수님을 따라잡은 후 그의 어깨에 손을 올렸다.

"오, 안녕하세요. 알렉스."

"애덤입니다."

"애덤. 당연히 알죠."

"제인한테 무슨 일이 생긴 건지 아십니까?"

"누구요?"

"거식증에 걸린 젊은 여자 환자요. 자살 시도로 저번 주 주말에 입원했었습니다."

"아, 그 환자. 내가 퇴원시켰어요."

나는 충격을 받았다.

"그 환자의 자살 위험은 해결된 걸로 보입니다. 그리고 여긴 호텔이 아니잖아요."

"네?"

"우린 환자들을 필요 이상으로 병동에 계속 데리고 있을 수 없습니다. 긴급한 위험에서 벗어났다고 판단된 이상, 환자들 스스로 곧장 다음 치료 단계로 넘어가야 합니다."

나는 허탈한 기분이 들었지만 더 이상 할 말이 없었다. 제인이 남관 4층에 오래 머물수록 상태가 더 좋아질 거라고 믿었던 것일까? 정작 나 자신은 남관 4층에 오래 머물수록 감정 상태가 더 나빠지는 것 아니었던가.

"모든 환자를 다 구할 수는 없어요, 알렉스."

끝까지 내 이름을 잘못 불러 기분을 상하게 만든 페닝턴 교수님은 도로 신문을 읽으며 로비 근처를 어슬렁거리기 시작했다.

***

레이첼 너는 뭐 하고 싶어?

나 나는 술 마시고 싶은데 아무거나 다 좋아. 맛있는 음식, 영화, 바, 야외로 나가기. 아무거나 다 괜찮아.

레이첼 나 배고파지기 시작했어.

나 스시 식당은 어때?

레이첼 아. 거긴 비싸. 그런데 가격에 비해 별로야.

나 특별히 먹고 싶은 거 있어?

레이첼 모르겠어. 베트남 쌀국수 먹을래?

나 그게 뭔데?

레이첼 그냥 국물요리 같은 거야. 국수랑 닭고기나 소고기가 들어 있어.

나 아, 나도 그거 먹어 봤어. 넌 어디서 사먹어?

레이첼 쌀국수 파는 곳에서 먹지. 우리 집 근처에 한 군데 있어.

나 알겠어. 네가 거기 위치를 알려 주고 그 앞에서 나를 만날래, 아니면 내가 너희 집으로 갈까?

레이첼 일단 우리 집으로 와.

23

공짜로 치료받는 기분

나는 제시와 공식적으로 헤어진 후 거의 대부분의 시간을 레이첼과 보냈다. 우리는 가까운 친구와 그 이상의 관계 사이에서 선을 잘 지켜 나갔다. 레지던트 2년 차 과정이 중반쯤 지났을 때 우리는 정서적으로 고갈되었고, 육체적으로는 지쳐 있었다. 나는 첫 단추를 잘못 낀 제시와의 일 때문에 새로운 누군가와 데이트를 하는 것에 몹시 겁이 났다.

그 대신 레이첼과 서로 편안하고 친밀한 관계로 발전했다. 우리는 퇴근 후 자주 함께 시간을 보내며 베스트 프렌드보다 한 단계 더 깊은 사이로 지냈다. 영화를 여러 개 같이 보다 보니 화면을 보면서 레이첼의 발과 종아리를 문지르는 것만으로는 만족하지 못하기 시작했다. 하루는 둘 다 와인 한 잔을 마시고 밤늦게 텔레비전을 보고 있던 중에 나는 그녀를 향해 몸을 기울이며 옆에 누워도 괜찮은지 물었다. 그녀는 허락했고, 나는 이렇게 말해 주었다.

"너하고 사랑에 빠지지 않겠다고 맹세할게."

그녀뿐 아니라 나 스스로에게 하는 다짐이었다. 나는 레이첼을 처음 봤을 때부터 얼빠진 사람처럼 굴었지만 친구 이상의 관계로 여러 달을 보낸 후에도, 진지하게 고백하자마자 거절당했을 경우에 느낄 수치심은 감당하기 어려울 것 같았다. 그녀가 말하기를, 그 웬과 미란다가 단도직입적으로 나와 무슨 사이인지 물었는데 서로 어울리기를 좋아할 뿐 그 이상은 아니라고 부정했다고 한다.

어느 날 밤 나는 스베트라나와 병원 밖에서 만나 멀리서도 그녀를 괴롭히고 있는 골칫덩어리 남편에 대한 얘기를 들어 주었다.

"그를 완전히 무시하면 어떨까?"

내 물음에, 그녀가 슬픈 표정으로 답했다.

"그럴 순 없어."

"왜?"

그녀는 나와 눈을 마주치지 않고 앞에 놓인 냅킨의 무늬를 따라 만지작거리기만 했다.

"난 딸이 있어."

정신의학과 수련을 받으면 어렵고 불편한 상황에서 무슨 말을 해야 할지 배울 수 있을 거라고 생각했지만, 그 순간 나는 너무 놀라서 아무 말도 할 수 없었다.

"딸은 그 사람이 데리고 있어. 그 아이를 위해 뭔가 방법을 찾아야 돼."

이젠 내가 그녀의 눈을 피하면서 적당한 대답을 떠올리려고 노력했다.

"네가 무슨 말을 할지 모른다 해도 괜찮아. 나도 모르는걸. 얘기해 봤자 우울해지기만 하지 뭐."

"그럼 그만 얘기하자."

내가 재빨리 대화를 끝냈다. 우리는 둘 다 하버드의 의사였지만 감당하지 못할 큰 문제를 맞닥뜨린 초등학생들 같았다. 그녀는 자신을 화려하게 꾸미는 것을 좋아하고 솔직담백한 편이지만 알면 알수록 연약한 성격의 소유자였다. 사실 우리 동기들 대부분이 그녀와 비슷했다. 늦은 밤 함께 시간을 보내며 관찰한 레이첼도 불완전하고 자기회의적인 성향을 드러내곤 했다. 나는 바텐더에게 추가로 술을 달라고 손짓했다.

"너는 어떻게 지내?"

10센티가 넘는 힐을 신고 있는 스베트라나가 물었다.

"응?"

"밝은 얘기 좀 하게 너에 대해서 말해 봐. 새로 시작한 로맨스는 없어?"

나를 고개를 저었다.

"네가 레이첼을 어떻게 대하는지 알아. 다들 알고 있어. 둘이 사귀는 거야, 뭐야?"

나는 또 고개를 저었다.

"우린 그냥 자주 어울릴 뿐이야."

"하지만 넌 그 애를 좋아하잖아."

"그건 중요한 게 아니야."

"무슨 소리야?"

"레이첼은 나와 똑같은 마음이 아니야."

"네가 어떻게 알아? 네 옆에 있으면 레이첼이 어떻게 하는지 난 알아. 네가 틀렸어. 저번 연휴 파티 기억나? 레이첼이 너를 계속 만지려고 했다고."

"우린 그 파티에서 완전히 취해 있었어."

"사람은 술이 들어가야 진짜 속마음을 표현한다는 이야기도 있잖아?"

"우리가 더 취하면 진짜 커플이 될지도 모르지."

우리는 말을 멈추고 동시에 술을 한 모금 마셨다.

"그때 그 파티는 정신없었어. 너 에린이 바 구석에서 붙잡혀 있던 거 봤어?"

"아니, 누구한테?"

"나이 많은 어떤 대머리 아저씨한테. 정교수로 보이는 사람이었어. 난 아직 교수님들 이름을 잘 몰라."

"에린은 너무 친절해서 가끔 남자들 중에서도 특히 나이 많은 사람들이 오해를 하는 것 같아."

"우리가 다 집으로 돌아갈 때도 여전히 그 사람한테 붙들려 있었다니까! 난 가끔 에린 스스로 원인을 제공한다고 생각해. 옆으로 지나갈 때 에린을 보니까 피해자처럼 보이지 않더라고."

그 뒤 감정 수업에서 우리는 그 일에 대한 에린의 입장을 들을
수 있었다.

"내가 바에 있었을 때 랜들 교수님이 바로 뒤에 있다가 조용히
내 옆으로 왔어."

"랜들 교수님이라고?"

내 물음엔 개의치 않고 에린이 말을 계속했다.

"그분은 나르시시스트 성향이 있어. 지난주 수업이 끝나고 그와
같이 대화를 나누게 되었어. 강의실에서부터 같이 걸으면서 복도로
나왔지. 그가 왼쪽으로 방향을 틀었는데, 대화 도중에 화장실 안으
로 들어가는 거였어. 난 그때 나도 화장실로 따라 들어가야 하는 건
지 헷갈렸어. 그가 안쪽에서 계속 얘기를 하는 바람에 나도 결국 화
장실로 들어갔지. 그는 소변을 누기 시작했고, 동시에 계속 말을 했
어. 대체 내가 어떻게 반응했어야 하지? 난 그냥 손을 닦으면서 세
면대만 내려다봤어. 그는 볼일을 마치고 아무렇지도 않다는 듯이
계속 얘기를 했어."

니나가 끼어들었다.

"그건, 정확히 네이슨 랜들 교수님다운 행동이죠."

에린이 말을 하는 동안 얼굴이 붉어지기 시작했다.

"너희들도 알겠지만, 그날은 연휴 파티였고 술이 공짜였어."

"두 잔까지만 공짜였어."

미란다가 선을 그었지만, 에린이 금세 반론을 폈다.

"그렇기는 하지만, 그웬하고 다나가 나한테 본인들 몫까지 줬거

든. 그리고 벤도 나한테 주고."

강의실 안에 어색한 침묵이 흘렀다. 모든 사람이 에린을 주목하고 있었다.

"당시에 난 상황이 좋지 않았어. 남편과 심하게 다퉜거든. 항상 그렇지만 그 사람은 파티에 오는 걸 거부했고, 난 그에게 최후통첩을 날렸어. 우리 둘 다 감정이 심하게 격해졌을 때, 나는 임신했다가 유산했다는 얘길 꺼내고야 말았어."

그곳에 있는 사람들은 처음 듣는 얘기였다. 인간의 정신에 대해 배우는 수련생들이 가득 있었지만 무슨 말로 대응해야 할지 아는 사람은 없었다. 니나와 젠은 에린이 이 공개적인 고백을 어떻게 풀어 갈지 스스로 결정하도록 지혜롭게 기다려 주었다.

"내가 남편한테 그 사실을 말했을 때, 그는 갑자기 울음을 터뜨렸어. 평소에는 절대 울지 않는 사람이야. 우리는 그 문제를 그렇게 덮어 뒀어. 내가 이미 파티에 늦었으니까. 난 밖으로 나왔고, 그는 혼자 남겨진 거지. 내가 혼자 바에 있을 때 랜들 교수님이 내 옆으로 온 거야. 난 그의 수업을 정말 즐겁게 듣고 있고, 내년에 그에게 레지던트 선택 과정을 배우고 싶다고 말했어. 그는 내가 몹시 화가 난 상태였다는 걸 알게 되었고, 내 말을 들어 주기 시작했어. 그의 태도는 그냥 순수했어. 그 상태로 한동안 있었는데 내가 상당히 취해 버렸다는 걸 깨달았지. 그리고 랜들 교수님도 취한 상태였던 거야! 그는 나에게 따뜻하고 친절하게 대해 줬고 공감을 해줬어. 마치 내가 공짜로 치료받는 기분이 들었어."

그때 에린의 표정이 변해 갔다. 그녀는 우리와 눈을 마주치지 않으려는 듯 손으로 자신의 이마를 짚었다.

"그러다 어느 순간 그 파티에 우리 둘만 남아 있다는 걸 깨닫기 시작했어. 그때 처음으로 뭔가 상황이 잘못됐다는 걸 알았지. 그래서 집에 그만 가보겠다고 그에게 말했어. 그가 그냥 알겠다고 말하니까 안심이 되었어. 그런데 그가 나를 데려다주겠다고 제안한 거야. 그때 그곳에는 바텐더 말고 아무도 없었어. 둘러댈 핑곗거리도 없고, 뭐라고 대답해야 할지 모르겠더라고."

젠이 물었다.

"자신이 안전하지 않다고 느꼈나요? 그가 뭔가 부적절한 행동을 할 수도 있다고 생각했나요?"

"그건 말도 안 돼요. 저는 랜들 교수님이 성적으로 위험한 사람은 아니라고 생각했어요. 그는 나이가 일흔 정도라고요! 우리 아버지뻘 되는 사람이에요."

"하지만 신뢰하는 대상이 선을 넘는 일은 아주 빈번하게 일어나죠. 주변에서는 아무런 경고도 해주지 못하고요."

이렇게 말한 사람은 니나였다.

"우리는 밖으로 나가 엘리베이터를 타고 아래로 내려갔어. 그는 주차장을 가기 위해 지하 1층을 눌렀는데 내가 막판에 1층 버튼을 눌렀고 엘리베이터 문이 열렸어. 엘리베이터를 내리면서 뒤도 안 돌아보고 '그냥 택시를 타고 가겠습니다!'라고 그에게 큰 소리로 말했어. '제 얘기를 들어 주셔서 감사합니다!'라고도 했지."

에린의 말에 무슨 말로 반응해야 할지 아는 누군가가 나타나기를 다들 조용히 기다렸다.

"난 그 뒤로 랜들 교수님을 만나거나 대화할 기회가 없었어. 그 일은 참 이상했어. 그는 아무런 잘못도 하지 않았는데, 나는 왜 안심할 수 없다고 느꼈던 걸까?"

이 물음에 답한 것은 젠이었다.

"에린은 위험할 가능성이 있는 불편한 상황에 처했다는 것을 스스로 알아차렸지만 확신하지는 못했던 거예요. 과잉반응을 보이고 싶지 않았겠지만 과소반응도 보이고 싶지 않았던 겁니다."

젠의 말에 니나가 받았다.

"그리고 에린이 더욱 불안해했던 이유 중 하나는, 상황이 이렇게 된 데에는 자신에게 일부 책임이 있다는 사실 때문이에요."

"맞아요! 저는 언제든지 그 자리를 떠날 수 있었어요. 제가 그냥 나와 버렸다면 아무 문제가 되지 않았을 거예요. 아까도 말했지만 저는 누군가 제 얘기를 들어 주고, 응원해 주고, 친절하게 대해 줄 거라는 기대감 때문에 스스로를 비정상적인 상황에 빠지게 만들곤 해요. 저도 죄책감을 느껴요. 저도 원인 제공자예요."

에린의 모습을 보자 문득 몇몇 환자들이 떠올랐다. 제인은 분명 병이 나아지길 바랐지만 그녀의 행동은 그것을 불가능하게 만들었다. 나의 새 상담 치료 환자인 짐은 자신의 자기애성 충동 때문에 결혼 생활을 망치고 있다는 것을 알지만 그것을 멈출 수는 없었다. 왜냐하면 그의 행동 방식에는 자신만의 숨겨진 가치가 존재했기 때문이다. 그렇게 행동함으로써 자기 자신에 대한 생각을 보호하고, 건강한 결혼 생활을 유지할 때보다 더 강력하게 그의 정신을 지키는 것이다.

그런가 하면 암 진단으로 자살 생각을 품었던 찰리는 그의 무너져 가는 세상 속에서 통제력을 갖고 싶은 욕구가 너무 간절한 나머지 일부러 자신이 가장 두려워하는 일을 벌이려고 생각함으로써 자신의 주체성을 찾으려 했다.

물론 에린의 상황은 레지던트 수련 환경에서 발생했기 때문에 성격이 다를 수도 있다. 전 직원을 위한 연휴 파티에서는 편안한 분위기라 할지라도 지도교수와 수련생으로서 행동을 바르게 할 수밖에 없다.

"이 문제에 대해 알릴 생각은 없어? 레딩 교수님은 어때?"

내 물음에 그녀가 고개를 가로저었다.

"난 그런 여자로 알려지기 싫어."

에린의 말이 끝나기가 무섭게 젠이 물었다.

"그런 여자가 무슨 뜻이죠?"

"남자 교수님들하고 부적절한 일에 연루된 여자요. 사람들이 나를 생각하면 나의 기술, 수상 경력, 실적을 먼저 떠올리면 좋겠어. 랜들 교수님과의 일을 보고하면 뭐가 달라질까? 일단 내가 뭐라고 말해야 되는 거지? 그가 필요 이상으로 내 얘기를 오래 들어 줬다고? 나를 집에 데려다주겠다고 제안했다고? 싫어. 난 스스로 생각을 정리할 시간이 필요해. 더 이상 이런 남자들하고 엮이는 일 따위를 그만둬야 해. 난 여기 거지 같은 레지던트 과정을 최고 점수로 마친 다음 언젠가 여기 정신의학과의 수장이 될 거야. 그리고 중간에 빌어먹을 아기도 낳아야겠지."

에린은 주먹을 꽉 쥐었다. 감정 수업이 실제로 행한 그룹 치료였다면, 우리는 그녀가 나중에 한 말에 대해 생각해 보는 시간을 가졌을 것이다. 항상 그렇지만 우리는 시간이 부족했고, 젠과 니나는 이 문제가 교육적인 조언으로 귀결될 수 있도록 최선을 다했다.

그들이 레지던트 수련 초기에 말하기를, 감정 수업은 체계적이지 않은 커리큘럼이더라도 우리 동기들의 토론을 통해 배우는 교훈들을 늘 각인시켜 줄 것이라고 했다. 나는 구체적으로 무슨 교훈을 얻었는지 기억하지 못하지만 젊은 남자로서 내가 전혀 겪지 않아도 될 일들을 전문가 여성인 그들이 매일 외줄타기를 하듯 이겨 내는 현실을 태어나서 처음으로 이해하게 된 것은 확실하다.

학계를 정복하고, 하버드 의대 정신의학과의 정상을 차지하고 싶은 동시에 나이 많은 지도교수들을 완전히 신뢰하지 못하면서도 다수를 상대하며 선을 지키도록 노력하는 에린의 삶이 딱히 좋아 보이진 않았다. 이 모든 것의 바탕에는 자신의 가치를 끊임없이 증명하고 싶은 욕구가 자리 잡고 있을 것이다.

거기에 비하면 나의 압박감은 가볍게만 느껴졌다. 나는 끔찍하게 일을 망치지 않고 업무를 무사히 마치는 것만으로도 만족했다. 혹시 레이첼이 나에게 키스할 일이 생긴다면, 그 정도는 얼마든지 감당할 수 있을 것이다.

24

뮤지컬 계단 위의 기쁨과 슬픔

"짐의 부인이 남편 곁을 떠나고 싶다고 말했답니다."

나는 무크 교수님의 사무실에서 짐에 관한 내용을 보고했다. 책상 뒤 큰 유리창 너머로 병원 옆 고등학교에서는 하키 경기가 열리고 있었다.

무크 교수님은 짐에 대한 공식적인 지도교수는 아니지만, 그 당시 나는 담당교수님들로부터 혼란스러운 조언을 받고 있었다. 어느 교수님은 짐의 행동을 바로잡는 데 적극적으로 개입하면서 숙제를 내듯이 그의 일상생활에 변화를 지시하라고 말하는 반면, 다른 교수님은 우선 그의 유아기에 중점을 두어야 한다고 말했다.

하지만 짐이 무너져 가는 결혼 생활 때문에 고통스러워하며 나타날 때마다, 나에겐 그 어떤 접근법도 썩 내키지가 않았다. 무크 교수님의 사무실이 열려 있는 걸 보았을 때, 나는 그녀로부터 추가지도를 받기로 했다. 외래 환자 치료를 책임지던 그녀는 레지던트들을 볼 때마다 매우 진지하게 상대해 주었고, 나같이 갈피를 못 잡는 레지던트들을 절대 외면하지 않았다.

"제가 그 환자에게 뭐라고 대답하면 좋을까요? 저는 심지어 결혼 생활에 대해 아는 것도 없습니다."

"환자들의 삶은 꼭 우리가 상상할 수 있는 게 아닐 수도 있어요. 하지만 그들의 경험에 공감할 수 있는 길은 늘 있죠. 애덤은 뭔가 중요한 걸 잃을까 봐 두려워해 본 경험이 있나요?"

"요즘은 거의 매일 그런 기분이 듭니다."

"일단 애덤 혼자서는 그의 결혼 생활을 구원할 능력이 없다는 현실을 받아들이세요. 대신 어려운 문제가 생겼을 때 그가 잘 헤쳐 나갈 방법을 강구해 볼 수는 있을 거예요."

"제가 어떻게 하면 될까요?"

"우선 결혼한 지 얼마 안 됐는데 이혼할 위기에 처한 지금, 그가 어떤 감정을 느끼고 있는지 함께 알아보세요. 그가 자신의 감정을 스스로 생각해 볼 수 있는 능력이 있는지 관찰해 보고, 그 감정을 주제로 대화해 보세요. 그것만으로도 그가 상황을 개선하는 데 큰 도움을 줄 수 있을 거예요."

"그렇게 해보겠습니다. 그런데 그다음은 어떻게 할까요?"

"그가 다음 상담에 어떤 말을 하는지 보세요. 그다음도 마찬가지고요. 그렇게 계속하다 보면 그가 본래 원했던 자기의 모습을 찾아가는 데 도움을 줄 내면세계를 함께 발견할 수 있을 겁니다."

"감사합니다, 교수님. 이제 그만 가보겠습니다. 저는 내일부터 소아청소년 정신과에서 순환 근무를 시작하는데 아이들에 대해서 아무것도 몰라요. 제가 모르는 내용들이 아주 많은 것 같습니다."

"필요하면 언제든지 나를 찾아오세요."

소아청소년 정신과에 도착하니 완전히 다른 세상으로 넘어온 것 같았다. 남관 4층이 오랜 시간에 걸친 먼지와 때가 묻어 있는 장소라면 아동병원은 모든 것이 반짝거렸다. 로비에는 바닷물고기들이 담긴 깨끗하고 투명한 어항이 있었고, 그 앞에 아이들이 나란히 서서 만화 주인공을 닮은 알록달록한 물고기들을 손으로 가리키고 있었다.

그곳의 중앙 계단을 오르는 것도 뮤지컬의 한 장면 같았다. 그곳은 한 걸음 내디딜 때마다 한 음씩 올라가며 소리가 나는 건반으로 꾸며져 있었다. 그 계단을 통과해 위층으로 올라서면 5초 전 계단을 막 오르기 시작했을 때보다 기분이 더 좋아졌다.

소아청소년 정신과 병동 내부는 깔끔했고, 정신병원이라기보다는 아이들의 실내 놀이터처럼 보였다. 벽은 밝은색으로 페인트칠이 되어 있고, 바닥에는 새것처럼 보이는 카펫이 깔려 있었다. 최신 비디오게임이 구비된 오락실과 복도 양쪽 끝에 교실도 여러 개 있었고, 작은 체육실과 미술 치료를 할 수 있는 방도 마련되어 있었다. 치료를 받기 위한 물리적인 공간이 이렇게 훌륭할 수 있다니 놀라울 따름이었다.

나는 그곳의 열정적인 직원들을 만났다. 그중에는 각각 다양한 곳에서 방법론을 전공한 치료사들도 있었다. 하루 종일 인지행동 전문가, 음악 치료사, 미술 치료사, 반려동물 치료사들이 그곳에 수시로 드나들었다.

병동에 있는 아이들은 다섯 살에서 열여덟 살이었는데, 내가 남관 4층에서 본 심각한 정신병을 가진 환자들보다 전체적으로 훨씬 건강하게 보였다. 내 눈에는 보통의 아이들과 다를 게 없어 보였지만, 아이들의 투약 기록을 검토하면서 그들이 처방받은 항우울제, 항불안제, 항정신병제, 기분안정제의 양을 보고 큰 충격을 받았다.

나를 지도해 줄 주치의 쿼드라토 교수님이 병원 건너편에 있는 한 식당에서 점심을 사주기로 했었다. 그가 물었다.

"특별한 점 못 느끼겠어요?"

내 눈에는 그 식당 안의 분위기가 별다를 것이 없어 보였다. 나는 고개를 가로저었다. 그는 나에게 답을 알려 주려고 하지 않았다. 나는 쿼드라토 교수님에 대한 이야기를 익히 들어서 알고 있었다. 솔직히 지나치게 많이 들었다.

그는 레지던트와 아동 전임의 과정을 끝낸 지 몇 년 지나지 않은 젊은 사람이었고, 우리 여자 동기들 모두 그를 매력적이라고 생각할 만큼 인기가 있었다. 이 사실 하나만으로도 나는 그를 미워할 준비가 되어 있었지만, 그를 만난 지 10분도 안 되어서 그가 아주 편안하게 느껴졌다.

그는 잘생긴 얼굴이었는데, 본인도 그 사실을 잘 알고 있는 듯했다. 그는 누구를 만나든 상대가 동등하게 대접받고 있다는 기분을 느끼게 하는 특별한 능력이 있었다. 그는 병동에 있는 10대 아이들과 격의 없이 대화를 나누고, 어린아이들에게는 하이파이브를 하는 등 모든 아이들을 능숙하게 다루었다. 그것만으로도 그가 아이들을 다루는 분야의 전문가답다는 생각이 들었다. 그는 의사는 어떤 모습이어야 한다는 사회적 요구나 기대감에 구애받지 않는 듯했다.

"다시 한 번 보세요. 낯익은 얼굴이 없나요?"

나는 다시 주위를 둘러보았다. 알고 보니 대부분의 테이블에는 병동에 있는 환자 아이들이 부모님과 점심을 먹는 중이었다.

"어떻게 아이들이 밖에 나와 있죠? 보호병동 아닌가요?"

남관 4층의 환자들이 밖으로 나가 점심을 먹으려 했다면 당장 경고음부터 울렸을 것이다.

"소아청소년 병동에서는 아이들이 퇴원 준비를 시작할 때 가족과 외출할 수 있게 허가하거든요. 바깥세상 속으로 아이들이 적응하게 하는 방법이죠. 아이들이 점심 외출을 시작한 후 잘 적응하면 퇴원 전에 하루 또는 주말 동안 집에 보내지기도 합니다."

그 후로 몇 년이 지났지만, 나는 병원 근처에 있는 식당에서 아이들을 볼 때마다 그 방침이 떠올랐다. 그와 동시에 보이지 않는 질병으로 고통받는 사람들이 점점 늘어나고 있는 현실을 실감하기도 했다. 이곳에 온 지 사흘이 지났을 때 나는 본격적으로 입원한 아이들 중 대부분이 앓고 있는 질병에 대해 파악하기 시작했다.

그곳에서 순환 근무를 막 끝낸 레이첼이 내가 근무를 시작하기 전날 밤에 내 아파트에 들렀다. 그녀는 그 병동에서 있었던 현실적인 경험담을 내게 전해 주었다.

"트레버라는 아이를 조심해."

"항상 스파이더맨 잠옷을 입고 있는 아이 말이야?"

"맞아. 그 애는 잘 깨물거든. 그리고 절대로, 무슨 일이 있어도 알리샤가 출입문 근처로 가게 하면 안 돼. 그 애는 정말 순식간에 달아나기 때문에 정신을 차리고 보면 이미 뉴햄프셔에 가 있을지도 몰라."

"빌리는 참 착한 아이 같아."

그녀의 얼굴이 굳어졌다.

"빌리는 무슨 문제가 있는데? 침을 흘린다는 건 이미 알고 있지만."

그녀의 슬픈 표정이 분노로 바뀌었다.

"침을 흘리는 건 클로자핀clozapine, 항정신병제 때문이야. 그 약 때문에 빌리의 몸무게가 지난달에만 13킬로그램이 늘어났어."

"왜 클로자핀을 처방하지? 열세 살 아이한테는 너무 과한 거 같은데."

"빌리한테 모든 걸 다 시도해 봤거든. 리스페리돈과 올란자핀도 처방해 봤고, 그 밖에 모든 치료법도 다 시도해 봤어. 하지만 클로자핀만 빌리의 환청에 효과가 있었어. 이 상태로 그 애를 놔두는 게 너무 안타까워. 약물이 도움은 되지만 빌리 같은 어린아이들한테는 부작용이 너무 크잖아."

"정말 어려운 분야인 것 같다."

"어려운 일이지만, 내가 하고 싶은 유일한 일이기도 해."

"너 아동심리 쪽으로 갈 생각이야?"

레이첼이 고개를 끄덕였다.

"아픈 아이들, 문제 있는 부모들까지 전부 다루는?"

"그게 바로 내가 하고 싶은 일의 전부야. 어릴 때 아이들을 변화시킬 수 있다면 그 아이들의 전 생애를 돕는 거나 다름없잖아."

나는 일에 대한 그녀의 열정이 대단하다고 생각했다. 더 정확히 말하자면, 그녀가 레지던트 수련 후 선택할 직업을 말하는 것이었다. 전임의 과정은 추가적으로 선택하는 훈련 프로그램으로, 레지던트 과정이 끝난 후 자신의 분야에서 세부 전공을 수련하고 싶은 의사를 위한 것이다.

나는 문득 레이첼이 소아청소년 정신과 전임의를 선택한다면 하버드 롱우드에서 그녀와 함께 지내는 것은 이번이 마지막이고, 그 시간이 얼마 남지 않았다는 현실을 깨달았다. 레지던트들은 3년 차에 전임의 지원이 가능해서 2년간의 전임의 수련을 조기에 시작할 수 있는 제도가 있다. 이 말은 레지던트 4년 차 과정을 생략할 수 있다는 의미다.

레이첼이 하려는 게 바로 이것이었다. 우리는 벌써 2년 차 과정의 끝을 향해 달려가고 있었고, 레이첼은 그녀가 원하는 훈련 프로그램 후보지 목록을 모두 작성해 두었다. 그중에 몇 군데는 캘리포니아에 있었다. 그녀는 미래에 일할 장소에 대해 대화를 나눌 때마다 따뜻한 지역들을 언급하곤 했다.

"난 이곳의 겨울이 지겨워."

그녀와 헤어진다는 것을 생각하면, 그녀를 친구로서만 여긴다 해도 가슴이 철렁했다.

"너희 가족은 어쩌고? 그들은 전부 이 근처에 있잖아."

"그래. 아주 중요한 문제지. 하지만 해가 쨍쨍 내리쬐는 곳에서 몇 년을 보낸 다음에 언제든지 돌아올 수 있잖아."

"알았어. 햇볕이 강렬한 바닷가를 꿈꾸는 얘기는 이제 그만해. 영화나 보자."

그녀는 명작인 〈양들의 침묵The Silence Of The Lambs〉을 선택했지만, 나는 그녀와 함께할 시간이 곧 끝날 거라는 생각을 쉽게 떨쳐 버릴 수 없어서 영화에 전혀 집중할 수 없었다. 이틀에 한 번 같이 시간을 보낼 때마다 늘 그랬듯이 우리는 눈앞 화면으로 시선을 고정했지만 서로의 몸이 점점 가까워지다가 나중에는 손을 잡고 소파 위에 같이 누웠다.

한니발 렉터가 보호 마스크를 쓰고 구속복을 입고 등장하는 장면과 버팔로 빌이 인간 가죽으로 옷을 만들기 위해 박음질을 하는 장면 사이 어디쯤에서 레이첼이 나를 향해 고개를 돌렸다. 우리의 눈이 마주쳤고 마침내 키스를 나누었다.

다음 날 소아청소년과로 출근한 나의 발걸음은 가벼웠고, 세상에 거칠 것이 없는 기분이 들었다. 그날 데럴이라는 열다섯 살 소년의 입원을 담당했다. 데럴은 최근에 가출한 경험이 있는데, 첫 진료에서는 특이사항을 발견하지 못했다. 데럴은 쌍둥이 형제와 함께 아버지와 살고 있었는데 사이가 별로 좋지 않았다. 소년은 부모님의 이혼 이후 만날 기회가 별로 없었던 어머니를 무척 그리워하고 있었다.

제일 큰 문제는 데럴이 학교에서 괴롭힘을 당하는 것이었다. 우리 팀의 사회복지사가 데럴의 가족 면담을 잡아 놓았고, 내가 면담실로 들어갔을 때 중년 남녀 두 사람이 의자에 앉아 우리를 기다리고 있었다. 서로 아무 말도 하진 않았지만, 그 두 사람은 같은 공간에 있기 힘든 마음을 온몸으로 표현하고 있었다.

쿼드라토 교수님, 사회복지사, 그리고 데럴과 함께 방으로 들어간 나는 드디어 그 중년여성의 얼굴을 확인할 수 있었다. 그녀는 데보라였다.

25

EXP

"어머, 선생님이시군요!"

데보라가 소리치며 미소 지었다.

"소아청소년과도 담당하세요? 다방면으로 능력 있는 분이셨군요."

그녀의 전남편이 마치 질투하듯 물어봤다.

"서로 아는 사이에요?"

"저는 이곳에서 순환 근무 중입니다. 아직 성인 병동에서도 야간 근무는 하고 있습니다."

그는 내가 그녀를 담당했던 의사라는 사실을 이제야 알겠다는 듯 고개를 끄덕였다. 이 대화에는 묘한 원리가 숨어 있었다. 원칙적으로 나는 어떻게 데보라를 알게 되었는지 사실을 밝히면 안 된다. 개인정보보호법을 위반할 수 있기 때문이다.

하지만 데보라는 자신이 원하는 대로 자유롭게 말할 수 있다. 그러나 가족 면담이 진행되는 동안 데보라는 자신의 근황에 대해 최대한 말을 아꼈고, 오직 아들에게만 집중했다. 데보라와 그녀의 전남편은 자녀들 앞에서 이혼 수당, 면접 교섭권 거부에 대해 언쟁했고 수시로 서로에 대해 분노를 쏟아 냈다. 전남편이 데보라를 가리키며 말했다.

"데럴을 보면 역시 피는 못 속인다는 말이 딱 맞아요. 이 아이는 항상 지나치게 감정적이었어요. 이 여자가 내가 하자는 대로 했으면……."

그는 데보라가 분노하면서 자신을 노려보고 있다는 걸 눈치챈 듯 말을 중단했다. 잠시 후 그가 마저 말을 마쳤다.

"우리는 데럴이 나아지기만을 바라고 있습니다."

쿼드라토 교수님이 두 사람을 바라보며 말했다.

"아이들은 부모의 이혼을 쉽게 받아들이지 못하지만 데럴과 쌍둥이 형제가 최대한 이 상황에 잘 적응하도록 도와줄 몇 가지 방법들이 있습니다. 저희가 여기서 그 방법들을 시도해 보는 것이 필요하지만, 퇴원 후에도 가족 치료를 포함해 장기간 관리가 필요할 수 있습니다."

쿼드라토 교수님은 아주 능숙했다. 편안하면서도 차분한 그의 목소리를 데보라는 집중해서 들었다. 면담이 끝났을 때 나는 재빨리 그 자리를 벗어났다. 다시 성인 병동으로 돌아가 야간 당직을 해야 했기 때문이다.

그때 데보라가 나에게 나가는 길에 동행하자고 제안했다. 다른 때였다면 나는 그런 대면을 피할 방법을 모색했겠지만 그녀가 어떻게 지냈는지 궁금했고 근황을 듣고 싶었다. 그녀가 ECT를 받기 위해 마취된 모습을 봤던 것을 마지막으로 여러 달이 흐른 뒤였다. 그녀는 모든 면에서 전보다 훨씬 나아 보였다. 표정이 더 밝아졌고, 감정도 더 풍부해 보였다. 시선을 마주치는 것도 자연스러웠다.

"ECT가 제 삶을 구원해 줬어요."

엘리베이터 안에서 그녀가 말했다.

"좋은 경험이 되셨다니 다행입니다."

"아니요, 선생님은 이해하지 못할 거예요. 진짜 그게 제 목숨을 살렸어요. 그 치료가 없었다면 저는 지금쯤 죽었거나 계속 암흑 속에서 살고 있을 거예요. 아직도 한 달에 한 번은 받고 있어요! 정말 하기 싫지만, 그 전에는 제가 어떤 상태였는지 기억하고 있기 때문에 매번 빠짐없이 치료를 받고 있어요."

"정말 좋은 소식이네요, 데보라. 저한테 얘기해 줘서 고마워요."

"선생님이 도와주셨던 모든 것이 감사했어요. 앞으로 데릴을 위해 애써 주실 것도 미리 감사드려요. 데릴이 좋은 분들을 만난 것 같아요. 선생님을 지도하시는 그 의사분도 괜찮아 보였어요!"

"네, 모든 사람이 그분을 좋아해요."

우리가 외부로 나가는 출구에 도착했을 때 데보라는 나에게 팔을 두르고 꼭 껴안았다. 그녀와 헤어진 후 돌아오면서, 내가 그녀와 같은 사람들이 다시 일어서는 데 조금이라도 기여했다면 지난 2년 동안 이곳에서 고군분투했던 일들과 스스로 부족하다고 여겼던 감정 소모가 결국 가치가 있다는 생각이 들었다. 데보라의 삶에 스트레스 요인이 없는 것은 분명 아닐 테지만, 그녀는 이제 훨씬 나아진 상태에서 그런 문제들을 다룰 수 있는 것이다.

나는 호출기가 울리는 소리에 놀랐다. 그즈음 밤에 잠들 때마다 호출기 진동 소리가 환청처럼 계속 들리기 시작할 지경이었다. 이제 막 출근했는데 벌써 일반 병동의 환자 한 명을 진단해 달라는 요청이 들어왔다.

나를 호출한 일반의학 레지던트에게 전화를 걸어 일명 속성 협진만으로 충분히 해결될 수 있는 문제인지 가늠해 보기로 했다. 가끔 시간이 오래 걸리는 정식 협진보다 특정 전문가에게 부탁해 신속하게 환자를 확인하는 방법이 레지던트들에게 더 필요한 것일 수도 있었다. 응급실에도 여러 명의 환자가 진료를 기다리고 있을 게 뻔했다.

"올란자핀은 중단할까 합니다. 그것 때문에 그 환자가 의식을 잃는 것 같고, 혈압도 약물을 감당하지 못할 수치입니다. 환자의 상태가 심각해 보입니다."

일반 의학 레지던트가 전화기 너머로 말했다.

"어떤 환자를 말하는 건가요?"

"072915."

그가 환자 번호로 대답했다. 나는 컴퓨터에서 그 번호를 검색했다. 그녀가 제인이라는 사실에 가슴이 철렁했다.

"지금은 올란자핀을 중지하세요. 제가 가능한 한 빨리 그쪽으로 가겠습니다."

나는 벙커 안 화이트보드에 있는 환자들을 다 처리한 후 제인을 직접 만나기 위해 7층으로 올라갔다. 그녀가 남관 4층에서 아주 건강하게 잘 지냈던 때가 겨우 몇 주밖에 지나지 않았는데, 그녀는 지금 완전 다른 사람이 되어 있었다.

그녀는 무의식 상태였고 내가 들어갔을 때 방문을 두드려도 반응이 없었다. 그녀의 몸에는 액체화된 음식을 위로 들어가게 밀어주는 튜브가 처치되어 있었는데, 뼈 위에 가죽만 남은 상태였다. 심장 감시 장치를 확인하니 심장 박동이 너무 느린 심각한 수준의 서맥이었다. 이것은 영양실조의 마지막 단계에서 흔하게 보이는 증상이었다.

"제인."

나는 속삭이듯이 말했지만, 그녀는 반응하지 않았다. 나는 소견서를 정리하러 곧 벙커로 돌아가야 했다. 곧 협진 요청들이 새로 들어올 것 같은 예감이 들었다. 이날은 업무의 시작이 너무 한가로웠기 때문이다.

하지만 병실을 떠나는 대신 의자를 끌어와 그녀의 옆에 앉았다. 내가 가만히 앉아 있자 그녀가 눈을 떴고, 그녀의 수척한 얼굴 위로 희미한 미소가 번졌다. 제인이 작은 목소리로 말했다.

"선생님, 또 오셨네요."

"기분이 어때요, 제인?"

"전 이제 지쳤어요."

"의료진이 올란자핀을 중단할 겁니다. 몇 시간 후면 다시 기운을 차릴 수 있을 거예요."

"아니요. 그냥 모든 게 다 지겨워요."

"이해합니다."

그녀는 그녀의 목 안쪽으로 꽂혀 있는 코 위관을 가리켰다.

"법정 명령이에요."

내가 고개를 끄덕였다.

"전 죽어 가고 있어요."

나는 뭔가를 말하려 했지만 목소리가 떨렸고, 그 여파로 눈에 눈물이 차올랐다. 그녀가 차분히 말했다.

"괜찮아요. 이제 때가 됐어요."

나는 어떻게라도 그녀를 위안하고 싶었다.

"나를 처음 만났을 때부터 당신은 항상 앞으로 어떻게 될지 정확히 맞혔죠. 하지만 이번엔 당신이 틀렸을 거예요. 여기 의료진들이 당신을 잘 보살필 겁니다."

그때 내 호출기가 또 울렸다. 베아트리체가 일반의약품인 멜라토닌 복용에 대해 질문하는 내용이었다.

"이제 가보세요. 괜찮을 거예요."

제인은 눈을 감으며 말했고, 내가 이렇게 말해 주었다.

"당신이 괜찮아질 거란 말로 생각할게요."

그녀는 조용히 한숨을 내쉰 후 도로 잠이 들었다. 나는 간호사실로 가서 간략하게 소견서를 작성한 후 벙커로 되돌아왔다. 3개의 협진 요청이 들어오고 있었지만, 책상에 앉아 베아트리체에게 전화를 걸었다. 최대한 빨리 응대하고 내 할 일을 마저 하려는 대신에 나도 모르게 그녀가 어떻게 지내고 있는지 질문을 했다. 요즘에는 어떤 책을 읽고 있는지, 혹시 반려동물은 있는지, 일요일 아침은 어떻게 보내고 싶은지 등을 물어보았다.

그때까지는 한 번도 그런 일이 없었지만 베아트리체가 먼저 전화를 끊었고, 나는 다시 내 업무로 돌아왔다. 자살 생각을 하는 3명의 환자들과 지역의 목사가 자신들을 허위로 경찰에 신고하려 한다는 망상에 빠진 노부부가 날 기다리고 있었다.

나는 그들을 모두 진료한 후 해가 뜰 때까지 소견서 작성을 마쳤다. 건물에서 나와 눈부신 이른 아침의 햇살을 보기 전에 컴퓨터 시스템에 접속해서 실시간 환자 관리 사이트에 들어가 제인의 활력 징후를 확인했다. 제인의 심박수와 혈압은 몇 시간 전 그녀를 만났을 때보다도 더 낮았다.

그 후 나는 겨우겨우 몸을 움직여 마침내 집에 도착했고 곧바로 침대에 몸을 던졌다. 몇 시간이 지나서 다시 눈을 떴을 때 내가 첫 번째로 한 일은 환자 관리 사이트로 들어가 제인의 환자 번호를 입력한 것이다.

'제인 웨스트, 072915, EXP.'

환자 번호 옆에 마지막 세 글자를 처음 본 것은 아니지만, 이토록 가슴이 찢어지도록 아픈 적은 없었다. 그 환자는 공식적으로 '사망

한expired' 상태였다. 나에게 괜찮을 거라고 말한 지 10시간 만에 제
인이 사망한 것이다.

　나는 괜찮지 않았다. 다른 느낌은 없었다. 가슴에 공허함이 차오
르는 기분이 강렬하게 휘몰아칠 뿐이었다. 나는 비틀거리며 부엌과
거실을 지나 욕실로 들어갔고, 샤워기의 수압을 최대로 틀어 살이
벌겋게 델 때까지 물을 맞으며 흐느껴 울었다.

26

창문이 있는 사무실

제인이 떠난 뒤 나는 며칠 동안 깊은 상실감에 빠져 있었다. 마치 내 인생이 아예 잘못된 길로 들어선 기분이었다. 의사가 되는 것은 환자의 경과가 안 좋을지라도 최소한 그들을 돕는 기분은 느낄 수 있을 거라고 생각했다. 하지만 내가 해온 모든 훈련과 수년간의 공부에도 불구하고 나는 제인을 위해 그 어떤 것도 해줄 능력이 없었다. 그렇다면 나는 왜 이 길을 가기 위해 이토록 고생을 하고 있을까?

나는 이 문제를 감정 수업에서 털어놓았고, 니나와 젠은 이런 식의 업무상 자신감 상실 위기를 위한 방안이 마련되어 있다고 말해주었다. 나는 치료가 필요하다고 생각하진 않았지만, 치료사 목록에서 혹시 마음에 드는 사람은 없는지 샅샅이 찾아봤다. 실망스럽게도 개인적으로 아는 사람들이라 절대 치료사로 만나고 싶지 않은 경우이거나 누구인지 전혀 알 길이 없는 이름들만 있었다. 다른 여러 가지 업무와 함께 임상의들의 건강관리도 책임지고 있는 무크 교수님에게 그 목록을 보여 주기로 했다.

나는 그녀와 마주앉아 내가 무슨 일을 겪었는지 설명했다. 그녀는 주의 깊게 내 얘기를 들으면서 제인을 치료하는 동안 무력함을 느꼈던 나의 경험에 공감했다. 그녀는 잠시 침묵하면서 고민하더니 내가 치료사에 대해 선호하는 성별이 있는지, 나이가 많은 숙련된 사람을 원하는지, 나의 상황에 더 공감대를 형성할 수 있는 젊은 사람을 원하는지 등을 질문했다. 그녀는 마침내 이곳 하버드에서 10년 전에 레지던트 생활을 했던 케서린 페티존이라는 한 여성의 이름을 찾아냈다.

"애덤에게 도움이 될 것 같아요. 내가 볼 때 그분이 조건에 딱 맞는 사람이에요."

닥터 페티존의 상담소는 대중교통으로 몇 정거장만 가면 되는 지역에 위치했고, 내가 가입해 둔 보험도 받아 주었다. 무크 교수님이 닥터 페티존과 내가 각각 좋은 치료사와 좋은 환자가 될 거라고 판단한 이상, 일단 그녀의 말에 따르기로 했다. 나는 닥터 페티존에게 연락을 했고 우리는 그다음 주에 만나기로 약속을 정했다.

그곳에 도착한 후 나는 대기실에서 초조하게 앉아 기다렸다. 그때까지는 내가 도움을 요청하는 일에 대해 부끄러움을 느껴 본 적이 없었다. 하지만 환자들을 심리학적으로 치료하는 사람인 내가 치료사를 필요로 한다면 사기꾼으로 보일지 모른다는 편협한 생각이 들었다.

그리고 언제라도 동료 중 누군가가 그곳에 들어와 나를 발견할 것만 같았다. 나에게 직접 손가락질을 하지는 않겠지만 상담소에 있었다는 사실 하나로 나를 이상한 사람 취급할 것 같았다. 그런 고민에 빠져 있다가 문득 나를 목격했다는 것은 그들도 상담소에 찾아왔다는 뜻이 아닌가 싶었다.

그러자 수치심을 떨쳐 버릴 수 있었고, 심지어 몇 주 후 내가 상담실로 들어가면서 선배 레지던트 한 명이 막 나오느라 마주쳤을 때도 아무렇지 않았다. 우리는 그저 미소만 지었을 뿐 각자 가던 길을 갔다.

대기실에 있다가 닥터 페티존의 작은 상담실로 들어가니 따뜻한 욕조에 몸을 담그는 기분이 들었다. 벽은 편안한 분위기의 장식품으로 꾸며져 있었고, 소파 위에는 알맞은 크기의 쿠션들이 놓여 있었다. 의자 옆에 찻잔을 두고 있던 그녀는 나에게도 차를 권했다.

그곳의 거대한 창문을 보며 나도 언젠가 이런 공간에서 환자를 상담하면 참 좋겠다는 생각을 했다. 그녀는 나에게 상담소에 무슨 일로 찾아왔는지 물었고, 나는 이 낯익은 대화에 움찔 놀랐다. 나는 제인에 대해 설명했다.

"안타깝네요."

닥터 페티존은 면 드레스와 편안하게 생긴 신발 차림이었고, 나는 시선을 계속 그쪽에 두었다.

"그 환자와의 관계가 어땠는지 들어 보고 싶네요. 그런데 확실히 말할 순 없지만 뭔가 다른 문제가 있는 것 같아요."

"무슨 뜻입니까?"

"잘 알겠지만 내가 제인과의 일을 해결해 줄 수는 없어요. 다만 함께 건강하게 슬퍼하고 상실감을 다룰 방법을 찾을 순 있을 거예요."

그녀는 말을 멈추고 몸을 살짝 앞으로 기울였다.

"다른 문제가 더 있죠, 그렇죠? 이곳에 온 이유가 슬픔을 해결하려고 온 건 아닌 거죠."

나는 그녀의 말에 수긍했고 눈에는 눈물이 고이기 시작했다.

"제가 이 일을 계속하고 싶은 건지 잘 모르겠어요."

나는 훌쩍이면서 말했다. 그녀가 내 쪽으로 각티슈를 밀었다.

"계속 말해 보세요."

"일은 정말 열심히 하고 있지만, 제게 중요한 것들이 뭔지 생각해 보면 애초에 정신과 의사가 되고 싶었던 게 맞는지 모르겠어요."

"당신에게 중요한 것들이 뭔가요?"

"제가 원하는 것은……, 제가 바라는 것은……, 잘 모르겠어요."

"천천히 생각해 본 다음 마음속에 떠오르는 것을 말해 보세요. 어떤 말이든 다 괜찮아요."

나는 코를 푼 후 내 왼쪽에 놓인 쓰레기통에 휴지를 버렸다.

"저는 사람들을 돕고 싶어요. 상투적인 대답인 건 알아요. 하지만 의대에 간 대부분의 사람들이 다 마찬가지일 거라고 생각해요. 의사는 좋은 직업이자 타인에게도 좋은 일을 하는 완벽한 조합이기 때문에 의사가 되면 좋겠다고 생각했어요. 아직은 전혀 아니지만 언젠가 급여도 높게 받을 수 있고 사람들의 삶에 변화를 준다는 점이 마음에 들었어요."

"아직 원하는 바를 이루지 못한 기분이 드나요?"

나는 고개를 끄덕였다.

"제인과 있을 때에도 같은 기분이었나요?"

"당연히 그렇죠. 그녀는 죽었으니까요."

분노가 서서히 일어나기 시작했지만, 나는 애써 무덤덤하게 대답했다.

"죽음은 받아들이기 어려운 것이죠. 시간이 흐르는 동안 죽음은 피할 수 없는 것인데도 의학에서는 부정적인 결과로 인식할 때가 있죠. 그렇다고 당신이 제인의 삶에 아무런 도움을 주지 못했다는 의미가 될 순 없겠죠. 아닌가요?"

나는 그녀의 질문을 곰곰이 생각하느라 아무 말도 할 수 없었다. 제인은 처음 한동안은 퉁명스러운 태도로 날 대했지만 시간이 흐르면서 나와 자신의 고통을 나누기도 했다. 그녀와 함께한 대부분의 시간 동안 그녀는 자신의 모든 고통과 고뇌, 분노를 같이 나눌 누군가를 갈망했다. 그것이 내가 그녀를 위해 해줄 수 있었던 역할이었다.

닥터 페티존과 나는 레지던트 수련을 하는 동안 겪은 여러 가지 긍정적이거나 부정적인 경험에 대해 대화를 계속했다. 나는 실무를 하면서 배우는 입장이긴 했지만 많은 환자들의 사례에서 내가 고통에 빠진 그들을 돕고 있음을 확인할 수 있었다. 물론 나에게 무력감, 분노, 미숙함, 심지어 우울감을 느끼게 하는 환자들도 있었다.

"거의 투사적인 동일시 같군요."

그녀가 말했고, 나는 그 용어가 뭔지 몰랐지만 일단 대답했다.

"네, 맞아요."

"가끔 환자들은 자신 안에 있는 강렬한 감정을 느낄 때 그것을 밖으로 분출하는 경우가 있는데, 정신과 의사처럼 수용을 잘하는 대상들이 종종 같은 강도의 감정을 느끼고 자신도 모르게 그 감정을 발산하죠."

"제가 그런 일을 겪는 중일까요?"

"잘 모르죠. 원한다면 함께 알아보도록 합시다."

닥터 페티존과 나는 두 달 동안 매주 만났다. 그 시간은 가벼운 정신치료학적 중재로 봐도 좋을 것이다. 닥터 페티존은 통찰력을 바탕으로 내가 스스로의 문제를 깨우칠 수 있도록 지지해 주는 분위기와 환경을 제공해 주었다.

그 시간은 정신의학과와 그 안에서 내가 경험한 것들에 대해 장점은 물론 단점까지 명확하게 보도록 큰 도움을 주었다. 내가 외래 환자를 주로 담당하는 3년 차가 되었을 때 우리는 상담을 중단해도 괜찮겠다는 결정을 내렸다. 그녀가 말했다.

"앞으로 상담을 재개하길 원하면 언제든지 오세요."

***

레이첼 내년에 우리가 같은 사무실을 사용하게 됐는데, 신나지 않아?

나 사전에 논의도 없었는데 우리 이름이 나란히 올라와 있어서 놀랐어.

레이첼 우리가 사무실 이용 시간이 겹치는 때는 3분기에 목요일 아침 외래 환자 진료뿐이야. 그 정도면 거의 완벽한 거지. 아무튼 나는 그 기간에 우리 사무실을 쓸 테니까, 너는 다른 장소를 알아보도록 해.

나 좋아. 그럼 나는 가장 힘든 환자들을 네가 맡고 있는 그룹 심리 치료에 보낼 거야.

레이첼 너를 치료사로 두고 있으니 그 사람들은 추가로 도움이 또 필요하겠지.

나 맞는 말이다. 가슴이 쓰리지만 맞는 말이야.

레이첼 난 그곳을 멋지게 꾸밀 거야. 좋은 사무실이면 좋겠다.

나 핑크색으로 페인트칠해도 될까?

레이첼 난 핑크색하고 노란색을 생각 중이야. 줄무늬로.

나 나도 노란색 좋아해!

레이첼 소아청소년과에서 근무하는 건 어때?

나 괜찮아. 쿼드라토 교수님은 정말 좋은 사람이야.

레이첼 아무도 그를 그렇게 부르지 않아. 그냥 큐 교수님이라고 하거나 쿼드라고 이름을 불러.

나 좋은 정보네. 아이들한테는 날 그냥 애덤으로 소개하면서 내가 거기에 소속된 의사라고 하는 게 좋을 거 같은데, 괜찮겠지?

레이첼 모르지. 나는 닥터 자이글러하임이라고 말했어. 그런데 아무도 못 알아들었어. 그래서 결국 모두 날 레이첼로 불렀지. 특히 다른 직원들도 아이들한테 나를 레이첼로 호칭했거든. 넌 닥터 애덤으로 하는 게 어때.

27

친구 사이에 자고 가진 않지

마침내 예정대로 데럴의 퇴원일이 되었다. 그날 오후 우리는 가족 면담이 잡혀 있었다. 데럴과 나는 휴게실에서 블록 쌓기 게임을 하며 마지막 상담을 진행했다.

"집에 가니까 기분이 어떠니?"

데럴은 대답 대신 어깨를 으쓱했다.

"불안감을 느껴도 괜찮아. 넌 여기에 오래 머물렀기 때문에 집으로 돌아갈 때 다양한 감정을 느끼는 건 당연한 거야."

"우리 형을 볼 수 있어서 설레요."

그렇게 말하던 데럴의 얼굴이 갑자기 어두워졌다.

"왜 그러니?"

"형이랑 엄마네 집에서만 살고 싶어요."

"엄마네 집하고 아빠네 집에서 번갈아 머무는구나, 맞지?"

데럴이 말없이 고개를 끄덕였다.

"두 군데에서 사는 건 쉽지 않겠구나."

"그래서 그런 게 아니에요."

"그럼 무슨 일이니?"

"엄마하고 있을 때는 마음이 편하고 자유롭게 지낼 수 있어요. 하지만 아빠하고 있을 때는 그렇게 못 해요."

"무슨 말이니?"

"농담도 못 하고, 불만도 얘기하지 못하고, 아무것도 못 해요. 제가 의도하지 않았는데도 가끔 아빠는 제가 아빠를 놀린다고 생각해서 저한테 벌을 줘요."

"그게 무슨 말이니?"

"혁대로요."

데럴은 아무것도 모르겠냐는 듯 나를 쳐다보았고, 순간 나는 정말 바보가 된 것 같았다.

"너희 아빠가 네가 농담할 때마다 너를 혁대로 때렸다는 말이지?"

데럴은 고개를 끄덕인 후 마저 블록을 쌓았지만, 블록 탑이 곧바로 무너졌다.

"다들 제가 얌전히 적응하려고 노력하다가 우울해진 거라고 생각하는 것 같아요. 물론 적응하는 게 어렵긴 하죠."

나는 크게 한숨을 내쉬었다.

"정말 힘들겠구나."

데럴은 어깨를 으쓱했고 잠시 동안 우리는 말없이 앉아 있었다.

"점심시간이 다 됐구나. 이따 가족 면담 시간에 다시 보자."

나는 즉시 쿼드라토 교수님을 호출했고, 그의 사무실에서 만났다. 그곳은 각종 장난감과 수집품으로 장식된 공간이었다. 그는 그 장식들이 환자들과 원활한 대화를 나누는 데 도움을 준다고 설명하지만, 내가 보기엔 그가 더 즐거워하는 것 같았다.

"데럴의 아버지가 혁대로 아이를 때리는 게 확실합니다."

"데럴이 오늘 그렇게 말했나요?"

그는 한숨을 내쉰 후 고개를 내 쪽에 둔 채 몸만 컴퓨터 쪽으로 돌렸다.

"아이가 정확히 뭐라고 했죠?"

"아빠네 집에서는 마음 편하게 지낼 수 없다고 했어요. 왜냐하면 조금이라도 마음대로 하면 아버지가 자신을 벨트로 때리니까요."

쿼드라토 교수님은 어느 웹사이트에 접속한 후 한 문서를 클릭했다.

"이런 문서 작성해 본 적 있어요?"

"그게 뭔지 전혀 모르겠습니다."

"제 51A 문서라고 해요. 의사로서 우리는 의무적인 보고자입니다. 아동이 위험한 상황에 처했다는 사실을 들으면 공식적으로 아동가족부에 신고해야 합니다."

"아니, 그럼 제가 뭔가를 얘기해야 됩니까? 이걸로 이 아이의 삶에 악영향이 끼치면 어떡합니까?"

"우선 첫째로 애덤은 단순히 얘기하는 것이 아니라 공식적으로 신고를 해야 합니다. 어서 이 문서 작성을 시작해 보세요."

그는 나에게 키보드를 건네주었다.

"둘째, 이번이 처음 신고라면 그냥 무시될 수도 있어요. 신고 건수와 증거가 많지 않으면 극단적인 조치가 내려지진 않을 거예요. 솔직히 혁대보다 더 심한 얘기를 듣는다 해도 상황이 크게 달라지지 않는다는 것이 바로 이 직업이 가진 최악의 결점이죠."

나는 데럴이 말한 내용들을 타이핑하기 시작했다.

"모든 내용을 문서화하면서 최대한 단어 하나하나 다 기록하고 어색한 표현이나 과장 또는 축소가 없어야 합니다. 사실 그대로를 기입하고, 오늘 오후에 데럴의 부모에게 신고했다는 내용을 전달해야 합니다."

"진심이세요? 부모에게 말을 해야 한다고요?"

"당연히 그들에게 얘기해야죠. 걱정하지 마세요. 내가 옆에 있을 테니까요."

그날 오후 데보라와 그녀의 전남편이 우리보다 먼저 와서 기다리고 있고, 데럴은 쿼드라토 교수님의 회전의자 위에 앉아서 빙그르르 돌고 있었다. 쿼드라토 교수님이 말하기 시작했다.

"편한가 보구나."

"선생님은 어떻게 어지러움을 느끼지 않고 이걸 할 수 있어요?"

"비법은, 정확히 열 번째 돌았을 때 정지하는 연습을 하면 돼."

그가 대답하면서 의자를 잡았다.

"이제 부모님 사이에 가 앉으렴."

그 말이 끝나기도 전에 데럴의 아버지가 거칠게 뱉었다.

"우리 아들이 대체 얼마나 오랫동안 이런 걸 치료랍시고 받아 온 거죠?"

나는 데럴의 아버지에게 눈길을 주며 차분히 입을 열었다.

"저희가 보기엔 데럴은 그동안 아주 많이 좋아졌습니다."

그다음으로 나는 데럴이 입원한 뒤 받아 온 효과적인 치료 과정에 대해 설명했다. 어떻게 아이의 기분이 밝아졌는지, 얼마나 다양한 주제로 마음을 터놓고 대화를 나누었는지 등을 설명했다. 우리는 그동안 데럴의 향후 치료 방안을 계획해 왔다. 그 방안이 새 외래 진료 치료사에게 전달되면 앞으로 몇 달 동안 데럴은 거기에 맞춰 치료를 받을 것이다.

그 후 쿼드라토 교수님이 개입해서 데럴에게 어른들끼리 서류 작업을 할 동안 휴게실에 가서 잠깐만 놀고 있으라고 말했다. 아이가 문을 닫고 나가자, 쿼드라토 교수님이 나를 돌아보며 눈짓으로 아까 내가 작성한 문서에 대해 말하라고 했다.

"오늘 데럴이 얘기하길, 당신과 지내는 게 전혀 편안하지 않다고 하더군요."

내 말이 끝나자마자 데럴의 아버지가 눈을 부릅떴다.

"편안? 엄마네 집에 있을 때처럼 떠받들어 주지 않아서 그런 거 겠지."

"아이는 당신이 가끔 자신을 때린다고 말했습니다. 당신이 혁대를 사용한다고 했습니다."

나는 긴장이 되어 숨이 가빠졌다.

"그게 뭐 어쨌다고요? 아직 애도 안 낳아 본 거 같은데, 당신이 자식 교육에 대해 뭘 알아요?"

그때 데보라가 손으로 이마를 짚은 채 고개를 가로저으며 말했다.

"맙소사! 쓸데없는 얘긴 그만합시다. 서류 쓸 거 있다면서요? 빨리 해요."

"저희는 규정에 따른 의무 보고자로서, 법에 따라 아동가족부에 신고서를 제출하게 되었습니다."

"뭘 했다고? 이 쥐새끼 같은 인간이!"

그는 분노로 얼굴이 벌겋게 달아오른 채 주먹을 꽉 쥐었다.

"신고를 당한 게 이번이 처음이라면 아동가족부에서 받아들이지 않을 가능성이 높습니다. 하지만 그쪽에 최대한 협조하고 앞으로는 당신 아들을 때리지 않길 강하게 권고합니다."

내 목소리가 얼마나 차분했는지 스스로 놀랄 정도였다.

"이건 말도 안 돼."

그는 데보라에게 고개를 돌렸다.

"당신도 이게 말이 안 되는 걸 알잖아. 이 돌팔이들이 당신 편 들어주니까 마냥 좋지. 난 아이의 입원비를 낼 생각 없고, 당신들이 아동부인지 뭔지에 신고하면……."

쿼드라토 교수님이 말했다.

"이미 신고했습니다."

"그럼 앞으로 내 변호사랑 얘기해."

그는 일어서더니 자리를 박차고 나갔다. 겁먹은 듯한 데보라가 그의 행동에 대해 우리에게 사과했다.

"전 벨트에 대해선 아무것도 몰랐지만, 그는 그러고도 남을 사람이에요. 하지만 당분간은 때리지 못할 거예요. 적어도 제가 단독 양육권을 주장할 탄원서를 낼 때까지는."

그녀는 일어서서 갈 채비를 마친 다음 악수를 하기 위해 우리에게 손을 뻗었다.

"감사했어요. 아 참, 그 사람 지금 변호사가 없을 거예요. 그가 고용한 이혼 변호사가 부업으로 의료 쪽에도 발을 담그고 있으면 모를까."

"잘 지내세요, 데보라."

"스턴 선생님도요. 큐 선생님도 그동안 많이 도와주셔서 감사했습니다."

나는 문에 달린 유리창을 통해 세 사람이 함께 병동에서 나가는 모습을 지켜보았다. 쿼드라토 교수님이 말했다.

"드디어 해냈군요. 기분이 어때요?"

"걱정됩니다."

"그렇죠. 좀처럼 걱정을 떨치기가 쉽지는 않죠."

레이첼과 나는 2년 차 과정이 끝날 무렵 거의 매일 밤을 같이 보내기 시작했다. 수개월 동안 긴 망설임과 수없이 많은 시행착오 끝에 첫 키스를 한 우리는 그동안 잃어버린 시간을 보상받고자 했다.

이제 우리는 같은 곳에서 수련하는 동료 레지던트로서 보낼 수 있는 시간이 1년밖에 남지 않았다는 사실을 잘 알고 있었다.

그녀는 아동청소년 정신의학과 훈련 프로그램에 지원할 예정이고, 나는 하버드 롱우드에서 1년을 더 머물러야 했다. 나는 그런 변화를 생각하는 것만으로도 불안해졌고, 우리가 같이 있는 동안 그 감정이 표출되기 시작했다.

"아침엔 왜 그랬어?"

출근길에 지하철에서 내릴 때 레이첼이 물었다.

"내가? 아무 일도 없는데."

나는 모른 척하고 대답했다. 우리는 어색하게 침묵하며 걸었다. 그때 미란다가 30여 미터 뒤에서 걷고 있었고, 우리가 같은 지하철에서 내리는 모습을 목격한 줄은 몰랐다.

"친구들한테는 언제 우리 일을 얘기하면 좋을까?"

내가 묻자, 레이첼이 단호한 표정으로 말했다.

"절대 말하지 마."

"진지하게 생각해 봐. 이건 말이 안 되는 거 같아. 우린 거의 매일 밤 같이 보내고 있는데."

"알아, 하지만 우리가 잘 안되면 어떡해? 모든 사람들이 우리의 일을 알게 될 수도 있어."

"그래서?"

"난 사람들이 나를 볼 때마다 그 일을 떠올리길 원치 않아."

최근 자신의 애정 문제에 대해서 더 이상 알리지 않겠다고 결심한 에린이 생각났다. 보통 이런 상황에서는 남자들은 피해 볼 일이 없기 때문에 여성만이 겪어야 하는 특별한 문제가 있을 수도 있다. 레이첼과 사귄다는 사실을 누군가가 알아도 전혀 개의치 않는 것은 나에게만 해당되는 얘기일 수도 있다. 그러다 문득 어쩌면 그녀는 나와 사귄다는 사실을 창피해하는 것일지도 모른다는 생각이 들었다.

"우리하고 아주 가까운 친구들한테만 말하는 건 어때? 미란다하고 에린한테만."

그녀는 고개를 저었다.

"아직은 아니야. 우리가 잘 지내다가 결혼하게 되면 그때 말하자."

"갑자기 하루아침에 우리가 약혼한 사이라고 밝히자는 거야?"

"그게 뭐 어때서?"

"그건 너무……."

"고전적이라고?"

"미쳤다고 말할 참이었어."

"정신과 의사가 그런 단어를 사용하면 안 되지."

"우리끼리는 사용해도 괜찮아. 말이 나와서 말인데, 난 오늘 밤 미란다와 M&M 학회를 준비하기로 했어."

레이첼은 어떤 일인지 안다는 듯 얼굴을 찌푸렸다. M&M은 '질병 이환과 사망morbidity and mortality'을 뜻한다. 그 학회는 의학계의 한 행사로, 각 부서의 사람들이 매달 만나 사망 및 기타 부정적인 결과로 이어진 어려운 환자의 사례에 대해 공개적으로 의논하는 자리였다.

이 시간은 최고난도의 치료 과정을 면밀히 분석함으로써 서로 배울 수 있는 기회를 마련하려는 목적을 갖고 있다. 의료 행위 중에서도 수술 같은 분야는 M&M을 통해 기술적인 접근법과 거기에 따른 실패 사례에 대해 의논하기도 한다.

정신의학과는 거의 사망 환자에 대한 추도문을 읽는 분위기로 진행되는데, 환자의 특징을 파악하면서 그들이 인간으로서 어떤 특성을 가졌는지, 우리 정신과 의사들은 그들이 원했던 삶을 살게 하려면 어떻게 도와주었어야 했는지 등을 논의한다.

결과가 좋지 않은 환자들의 사례에서 과연 우리는 어떤 다른 방법을 쓸 수 있었을까? 이제 곧 열리는 M&M은 제인을 주제로 한다. 나는 몹시 초조했지만 남관 4층에서 제인을 돌본 경험이 있는 미란다가 나를 도와주기로 했다.

우리는 미란다의 아파트에서 모였지만 일을 시작할 수 없었다. 말하기 좋아하고 사교적인 미란다는 끊임없이 잡담을 했다. 입을 꾹 다물고 있는 환자를 대할 때에는 오히려 유리할 수도 있겠다는 생각이 들었다.

"그래서 너하고 레이첼은 어떻게 된 거야? 지금 둘이 사귀고 있는 거야?"

그녀는 나의 어정쩡한 반응을 알아차렸다.

"어, 뭐라고?"

"오늘 아침 둘이 같은 지하철에서 내리는 걸 내가 봤어."

나는 조용히 앉아서 뭔가 좋은 핑곗거리를 생각해 내려고 했지만 아무 말도 떠오르지 않았다.

"우린 그냥 친구야."

내가 말했다. 그것은 분명 사실이지만 그게 전부는 아니고, 미란다는 이미 아는 눈치였다.

"우리 나이에는 친구 사이에 자고 가진 않지."

무슨 말을 해야 할지 머릿속을 쥐어짜 내는 동안 다시 어색한 침묵이 흘렀다. 레이첼은 아무도 모르길 원했지만 나는 친한 친구들에게 거짓말을 못하는 성격이었다. 나는 드디어 대답을 생각해 냈다.

"이 문제는 레이첼한테 직접 물어보는 게 좋겠다."

그녀는 알겠다는 듯 미소를 지었다.

우리는 마침내 제인의 삶과 치료 과정에 대해 냉정하게 통찰하는 내용으로 파워포인트 자료를 준비하기 시작했다. 논의 주제는 정신약리학적 개입부터 가족 관계, 기타 요인에 대한 것이었다. 하지만 우리가 제인과 상호작용하며 느꼈던 인간적인 요소는 거기에 포함시키지 못했다. 내가 그녀에게 공감해 주었던 일이나 그녀가 나아지길 원했던 나의 바람은 파워포인트에 담을 수가 없었다.

그 주 후반에 M&M 학회에서 제인의 사례를 발표했을 때, 나는 참석자들의 따뜻하고 호기심 많은 태도에 감동받았다. 그곳에는 하버드 정신의학과에서 온 50여 명의 정신과 의사들이 참석했고, 그중 상당수가 수십 년의 임상 경력을 가진 사람들이었다.

그들은 제인에게 어떤 약물이 투여되었는지, 사망 당시 어떤 법정 명령이 내려졌는지는 궁금해하지 않았다. 그 대신 그녀에 대한 이야기나 내가 그녀와 소통한 것에 대해 물었다. 나는 그들에게 젊은 여성으로서 안타까울 정도로 명석하고 지적이었지만, 기회가 주어져도 끝내 자신을 구제하지 못하리라는 두려움을 이기지 못했던 제인과 함께한 경험을 솔직하게 들려주었다.

또한 그녀와 대면하면서 느낀 무력감에 대해 말하면서, 그것이 바로 제인이 살아 있는 동안 줄곧 느꼈던 감정은 아니었을지 생각했다. 끝으로 나는 그녀를 알 수 있는 기회를 갖게 되어 영광이었고, 그녀로부터 많은 것을 배웠다고 말했다. 마지막으로, 내가 제인을 치료하기 위해 더 노력했어야 했다고 말하자 레딩 교수님은 내가 할 일을 다 했을 것으로 믿는다고 대답했다.

"우리가 옳은 조치를 다 취해도 안 좋은 결과가 계속 발생하는 건 피할 수 없을 겁니다."

레딩 교수님이 결론을 내리며 말했다.

***

레이첼 미란다는 너를 되게 이상한 애로 생각하고 있어. 얼마 전 너랑 나눈 해괴한 대화 때문이래. 이상한 사람처럼 굴지 마.

나 그래, 내가 왜 사람들한테 말하길 두려워하는지 이제 알겠지. 곧 소문날 거야. 잠깐, 확인할 게 있는데 미란다가 '애덤이 이상해졌어'라고 말했고, 너는 '애덤한테 무슨 일이 생긴 건지 나도 몰라'라는 식으로 말했다는 거지?

레이첼 미란다가 너한테 나랑 사귀고 있는지 물어봤다던데. 그런데 네가 모호하게 대답하면서 나중에 나한테 물어보라고 했다며? 난 아무것도 모른다고 대답했어. 네가 온라인에서 만난 여자들에 대해서 언급한 적은 있다고 둘러댔어.

나 너무하잖아.

3장

3년 차와
4년 차

28

아무것도 하지 말고 가만히 있어

정신의학과 레지던트 과정에서는 개인의 전 생애에 걸친 심리적 변화에 중점을 둔 인간 발달에 대한 기초 이론을 배운다. 심리학자 에릭 에릭슨Erik Erikson이 정의한 성격 발달의 8단계는 유아기부터 시작해서 노년기까지 차례로 이어진다.

정신의학과 레지던트 수련의 단계도 이러한 발달 단계와 아주 유사하게 흘러간다. 물론 4년간의 수련 기간에만 해당되는 얘기지만 말이다. 새로 들어온 인턴은 유아가 부모를 따르는 것처럼 수련 프로그램과 선배 레지던트에 전적으로 의지하면서 다음 단계로 성장할 준비를 해나간다.

시간이 지날수록 인턴은 성장하고 발달하면서 기술을 배우는데 어쩔 수 없이 자주성 대 수치심, 그리고 회의감 사이에서 계속 갈등을 겪는다. 연차가 낮은 레지던트는 모든 것을 스스로 할 수 있다고 생각하지만 일이 잘못되면 그만큼 큰 타격을 받는다. 물론 그들은 자주 일을 그르치는 편이다. 그래서 그들은 낮은 자존감에 맞서 싸우기도 한다.

레지던트 수련 중반에는 생산적일 수 있도록 노력하면서 자신의 가치를 찾으려고 한다. 이상적인 훈련 과정에서는 동료들과 멘토들로부터 인정과 격려, 심지어 존경도 받을 수 있다. 레이첼과 나의 관계처럼 친밀감을 경험하기도 하고, 학문적인 공간에 갇혀 버린 고립감을 느끼기도 한다. 결국 시간이 흘러 수련기의 종료가 가까워지면 레지던트들은 실적을 남기는 것에 대해 고민하기 시작하고, 완성된 커리어를 쌓기를 희망한다.

3년 차가 될 무렵, 나는 인간의 발달 단계의 중간 부분을 지나가고 있었고 차츰 정신과 의사로서의 소속감을 느끼기 시작했다. 나는 드디어 업무의 대부분을 사무실 같은 공간에서 자발적으로 도움을 요청하러 오는 환자들을 상담하는 훈련 단계에 들어갔다.

내가 맡은 환자 목록에는 심리 치료 환자 및 정신 약물 환자 여러 명을 포함해서 정신과 의사라는 전통적인 역할에 따라 진료할 환자들도 여럿 있었다. 그렇다는 것은 의학과 심리학을 통합한 의사로서 환자들에게 일정 기간 동안 수회에 걸쳐 치료 상담을 진행하는 것이었다.

환자군은 다양했다. 치료 경험이 전혀 없는 환자들도 있었는데 그들 중 일부는 1차 진료 의사들의 권고로 보내진 경우로, 그들이 난생처음 만난 정신과 의사가 바로 나였다. 그리고 치료실을 수년간 다닌 환자들도 있었는데 담당자가 바뀌어 온 경우가 그랬다. 그들 중 상당수는 마치 하버드 의과대학의 교수라도 된 것처럼 자신의 병에 대해 말을 했고, 레지던트들에게 좋은 의사가 되는 법을 가르치려는 사람도 있었다.

나는 지난 2년 동안 책으로만 읽어 온 정신의학과의 일면을 직접 경험할 수 있었다. 내가 맡은 환자들 중에는 안정된 상태를 유지하는 이들도 있었는데, 그들은 동일한 약물을 수년간 복용하면서 몇 달에 한 번씩 현재 상태를 검사받고 약을 타러 오는 것이 전부였다.

이런 환자들은 자신의 내면세계의 복잡한 요소들을 더 전문적으로 다루는 치료사를 따로 두기도 했다. 나는 이 환자들과 치료를 진행하는 동안 특별히 뭔가를 하지 않아도 그들을 도울 수 있는 평온한 신세계를 경험하리라고는 전혀 상상하지 못했다.

내가 약물의 복용 방식이나 종류를 바꾸거나 진정 효과가 덜한 다른 약물로 변경하려고 하면 상황을 더 악화시킬 수도 있다. 증상이 더 심해지거나 새로운 부작용이 나타날 수도 있기 때문이다.

그래서 나는 지도교수님 중 한 분이 조언해 주었던 것처럼 '아무것도 하지 말고 가만히 있어!'라는 태도를 유지했다. 방해꾼이 되기보다는 환자가 지속적으로 안정을 취하면서 높은 삶의 질을 유지할 수 있도록 협조하는 역할을 하는 것이다.

또 다른 단면을 볼 수 있는 환자들도 있었다. 새로 진단을 받은 환자들을 담당하면 완전 초기부터 환자와 같은 편이 되어 치료를 진행하는 경험을 할 수 있었다. 남관 4층에서 내가 담당했던 많은 환자들과는 다르게 그들 중 대부분은 수년 또는 수십 년에 걸쳐서 정신의학과가 자신을 위해 무엇을 할 수 있는지, 없는지에 대해 자신만의 생각을 오랫동안 쌓아 온 사람들이었고 몇몇 사람들은 그동안 정신과 의사를 한 번도 만난 적이 없는 경우도 있었다.

나는 정신 건강관리를 받는 것이 항상 큰 변화를 일으키는 것은 아닐지라도 즐거운 경험이 될 수 있다는 점을 그들에게 보여 준 내 능력에 스스로 자부심을 느끼기도 했다.

"이곳에 온다고 해서 긴장됐지만 선생님은 무섭게 생기지 않았네요."

공황 발작으로 인해 1차 진료 의사가 진료를 의뢰한 한 젊은 여성이 나에게 말했다. 그런가 하면 주의력 장애를 가진 중년의 남성은 이렇게 말했다.

"여기엔 소파도 없네요. 잘나가는 상담가는 아닌가 보군요."

이런 새 환자들을 대할 때면 그때까지 쌓아 온 지식을 활용하여 주변 사람들과 함께 그들의 삶을 개선시키고자 노력하려는 연대감을 진정으로 느낄 수 있었다.

내가 최선을 다했음에도 불구하고 환자의 상태가 악화되는 피할 수 없는 문제를 겪을 때마다 도움을 요청할 수 있는 지도교수님들과 멘토들이 주위에 많이 있었다. 이곳에서 수련하는 레지던트들 사이에서 여러 세대를 거쳐 전해 내려온 '혼자 걱정하지 말라'는 말이 마침내 믿을 수 있는 격언처럼 느껴지기 시작했다.

내가 3년 차 과정 중 전적으로 외래 환자만 담당하는 시기가 되었을 때, 언제라도 내 말에 귀를 기울여 주고 조언을 해주는 한 저명한 정신과 의사를 만나지 않았다면 임상 중 막다른 길을 만나거나 벽에 부딪혔을 때 빠져나오지 못했을 것이다.

나는 화요일 오후에 진행된 정신약리학 클리닉에서 환자 오렌을 담당하기 시작하면서 누군가의 지도가 절실히 필요했다. 오렌은 60대 후반의 이스라엘 출신 남성으로 보스턴에서 30년 동안 접시닦이로 살아왔다고 한다.

그는 그 일이 많은 사람들하고 부딪쳐야 하는 부담을 느낄 필요가 없으면서도 생산적이고 유용하기 때문에 자신에게 딱 맞는 직업이라고 평가했다. 보통 때에는 레스토랑에 들어가 할 일을 하고, 그곳을 떠날 때까지 아무에게도 말 한 마디 하지 않는 날도 종종 있다고 말했다.

오렌은 중증 편집증을 앓고 있었기 때문에 이런 방식의 업무가 적합할 수도 있다. 그러나 그는 성인기 초반에 뚜렷한 정신병의 발병과 함께 시작되는 전형적인 편집 조현병의 조건에는 해당되지 않았다. 오렌은 미국의 문화를 전혀 알지 못한 상태에서 이곳에 온 뒤로 사고력이 점차 흐려지고 두려움이 커져 가는 것을 느꼈다. 오렌이 말했다.

"전 무척 힘들었어요. 여러 가지 이유로 가족에게서 벗어나 이곳으로 오게 되었지만, 여기에 도착하고 보니 나는 사람들의 말을 절반도 알아듣지 못했어요. 누군가 농담을 하면 나를 조롱하는 거라고 생각했습니다. 누군가 내 손을 잡아 주겠다고 하면 나를 잡아당

겨서 밀어 버릴 거라고 생각했죠."

시간이 지날수록 그의 경계심은 더욱 뚜렷한 편집증으로 변해 갔고, 마침내 20여 년 전에는 강제로 입원하는 상황까지 갔다. 그때의 경험은 그에게 끔찍한 기억이 되었고, 그 후 정서적인 큰 상처로 남게 되었다고 말했다. 그는 첫 번째 상담에서 이 말을 반복해서 했다.

"정신병원으로 돌아가야 한다면 그 전에 내 목을 스스로 그을 겁니다."

"그렇게 느끼셨다니, 정말 끔찍한 경험이었겠군요."

그는 그저 고개를 절레절레 저었다.

"그때 상황에 대해 얘기해 주시겠어요?"

"못 하겠습니다."

그가 대답 대신 갑자기 큰 소리로 울기 시작했다. 그는 몇 분 동안 계속해서 흐느끼더니, 마침내 울음을 그치며 나에게 사과했다. 나는 그에게 말해 주었다.

"여기에서 오렌 씨의 고통을 표현하지 못한다면 어디에서 하실 수 있겠어요?"

"고마워요, 스턴 선생님. 감사드려요."

상담의 첫 출발은 순탄했고, 나는 오렌과 잘 맞춰 가고 있다고 생각했다. 그는 분류상 정신 약물 클리닉을 위한 환자였고, 그가 받는 치료는 짧은 상담으로 이루어진 약물 관리 클리닉으로서 많은 환자들이 드문드문 참여하는 것이었다.

나는 3년 차 과정의 순환 근무가 시작될 때 정신 약물 클리닉을 받는 많은 환자들이 이 시간을 가벼운 상담 정도로 여기는 것을 알게 되었다. 심지어 내가 클리닉의 내용을 설명하더라도 환자들은 자신에게 필요한 부분에만 관심을 가졌고, 나 또한 딱히 그들을 통제하지 않았다.

오렌은 한 달에 한 차례씩 날 찾아와 25분 동안 쉬지 않고 말했다. 그가 대화할 수 있는 유일한 상대가 바로 나일 것이라고 짐작했다. 나는 그가 항정신병 약물을 저용량으로 복용하면 편집증의 발현을 막는 데 큰 효과가 있을 것으로 예상했다. 그의 공포심과 사회적 불안은 점차 사라지고, 그가 수십 년 동안 외면했던 세상 밖으로 나가 친구를 사귀거나 누군가와 연애를 하는 것도 꿈꿀 수 있을 것 같았다.

하지만 그는 뚜렷한 설명 없이 약물 처방을 단호하게 거부했다. 과거에 그가 강제로 입원했을 때 약물 투여를 강요받았고, 그 일로 트라우마가 생긴 것은 아닌지 의심이 들었다. 약물을 다시 복용하거나 입원 병동으로 돌아가는 것은 그에게 강한 공포감을 유발하는 것처럼 보였다.

나는 상담 초기에 매번 표현과 어조를 바꿔 가며 약물을 권해 봤지만 오렌은 모두 거절했다. 그는 단순히 매달 나에게 와서 간단한 심리 치료처럼 상담을 받으려고만 했다. 그 만남이 짧은 시간 동안만 지속되고 드문드문한 일정으로 진행되는 것에 그는 전혀 개의치 않았다. 사실 사람과의 소통을 싫어하고, 선한 의도를 가진 나

같은 사람을 만날 때에도 힘들어하는 그에게는 오히려 그런 스케줄이 더 편할지도 모른다. 나는 이 문제를 지도교수 중 한 사람인 맥퀸 교수님과 의논했다. 열려 있는 그의 사무실로 가서 말을 건넸다.

"시간 있으세요?"

"물론이지. 들어오게!"

자신을 찾아오는 모든 사람들에게 친절하고 따뜻하게 대해 주는 맥퀸 교수님은 레지던트들에게 인기가 많았다. 내가 그를 가장 높이 평가하는 점은 누가 봐도 매우 평범한 그의 성격이었다. 정신과 의사들은 이쪽 분야를 선택하는 사람들 중 상당수가 다소 특이할 것이라는 사람들의 생각에 대해 잘 알고 있다.

하지만 맥퀸 교수님은 그 생각에 맞지 않는 예외적인 사람이었다. 50, 60대 정도로 보이는 그는 늘 편안한 복장을 했고, 그의 사무실은 동네 가게에서 구입한 듯한 물건들로 아늑하게 꾸며져 있었다.

그는 복도에서 레지던트들과 삶과 그들의 관심사에 대해서 대화를 나누었고, 똑같은 방식으로 사무실 안에서도 환자들에게 현재의 삶과 그들에게 중요한 존재들에 대해 질문할 방법을 찾아냈다.

"당신의 삶에서 중요한 사람들이 누구입니까?"

"시간을 어떻게 보내고 싶으세요?"

"취미는 무엇입니까?"

그의 접근법은 환자들의 정신병 뒤에 감춰진 수수께끼를 푸는 것보다 환자 내면의 중심에 공감하는 것이 더 효과적임을 보여 주었다.

"제가 화요일 정신 약물 클리닉에서 상담하는 한 환자가 있습니다. 그의 정신병은 약하게 발현되고는 있지만, 괜찮은 상태입니다. 그는 똑같은 일을 수년째 하고 있는 데다가 독립적이고 사람들을 공격하지도 않습니다. 그런데 약물을 전혀 복용하지 않으려고 합니다."

"그래서 무슨 문제가 있다는 건가?"

맥퀸 교수님이 진심으로 의아해하며 물었다.

"정신 약물 클리닉이니까요."

"클리닉이 맞지. 자네는 의사이고, 그 사람은 자네가 뭔가 도와줄 수 있기를 기대하는 환자인 거고. 매우 간단한 상황으로 보이는데?"

"그럼 그가 클리닉을 그만두게 할 필요는 없는 걸까요?"

"진심으로 묻는 건가? 왜 그래야 하지?"

"제 도움이 진짜 필요한 다른 환자에게 기회를 주기 위해서요."

"애덤, 그가 자네를 만나러 와서 매달 상담을 받는 자체가 그를 도와주고 있는 걸세. 상황이 그렇게 보이지 않는다는 건 잘 알지만, 그의 상태를 그대로 자네가 인정하는 것이 그의 전체 치료 계획에서 가장 중요한 요인이야."

나는 제인에 대해 생각했다. 그녀가 사망한 뒤 몇 달 동안, 내가 제인을 돕는 데 실패한 것은 아니라는 생각을 점점 더 받아들이고는 있었지만, 그때까지도 내가 할 수 있는 만큼 최선을 다해 그녀를 도왔는지 의심하고 있었다.

"계속 그 환자가 약물 처방을 받도록 노력해야 할까요?"

"물론이지. 하지만 그와 동맹 관계를 형성하는 게 먼저야. 일단 자네가 단순히 약장수가 아니라는 점을 보여 주면, 그 환자에게 약을 먹일 좋은 기회를 잡을 수가 있을 걸세."

나는 1년 반 동안 매월 정기적으로 오렌을 만났다. 그는 한 번도 상담에 빠지지 않았고, 마지막에는 늘 나에게 고맙다는 말을 아낌없이 했다. 나는 아마도 그가 태어나서 신뢰한 유일한 사람일 것이다. 그러나 그를 상담한 지 1년쯤 되었을 때 그의 편집증이 악화되면서 상담의 양상이 달라졌다. 그가 진지하게 말했다.

"출근할 때 지하철을 타는데 어떤 남자 두 명이 절 미행하고 있다는 걸 알아차렸어요."

"그 사람들 때문에 위협을 느끼십니까?"

그가 고개를 끄덕였다.

"지하철 회사에서 일하는 사람들일 수도 있고, 아닐 수도 있죠. 확실하진 않아요. 유니폼을 입고 있었지만 명찰 같은 게 가짜로 보였어요."

"그 사람들이 당신을 따라왔나요?"

그가 고개를 끄덕였다.

"항상 같은 사람들입니까?"

"네. 아니, 아니에요. 가끔 다른 사람들일 때도 있어요."

"어떤 식으로든 그들이 당신에게 접근했다든가 말을 건 적이 있었나요?"

그는 고개를 가로저었다. 내가 레지던트 1, 2년 차였다면 망상으로 보이는 그의 증상을 직접 지적하는 실수를 저질렀겠지만, 그렇게 하면 역효과가 난다는 것을 나는 경험으로 잘 알고 있었다. 대신 그가 겪은 일에 공감하면서 간접적으로 그 문제에 접근하면 그의 정신 속에서 요동치는 경계심을 가라앉히는 데 조금이라도 효과를 볼 수 있을 것이다.

"상당히 무서우셨겠네요. 하지만 다행인 점도 있어요. 그들이 당신에게 말을 건다거나 직접 대면하려고 하지는 않는 것 같아요. 그들이 위험하게 보이나요?"

그는 고개를 가로저으면서 카펫이 깔린 바닥을 응시했다.

"아직은 아니에요."

상담 시간이 다 끝나 가고 있었다. 오렌이 상담실에서 나가도 안전한 상태라는 것을 확실히 하기 위해 약물 처방을 다시 시도하기로 했다. 나는 지난 몇 달 동안 그의 신뢰를 얻었고, 이번에는 그가 내 말에 따라 줄 것 같았다.

"두려움이 어떤 행동으로 나타날 뻔한 적은 없었습니까?"

"무슨 뜻이죠?"

"폭력으로요. 정당방위로 그런 적은 없습니까?"

그는 당황했다.

"난 누굴 공격한 적이 없습니다. 정당방위라 해도요. 난 파리 한 마리도 죽여 본 적이 없어요! 선생님도 알고 있죠. 선생님은 잘 알잖아요."

"네, 압니다."

나는 숨을 크게 내쉰 후 내 말의 요지를 어떻게 전달해야 그가 잘 받아들일 수 있을지 고민했다. 그리고 입을 뗐다.

"오렌. 오늘 상담을 마치기 전에 몇 가지 말씀드리고 싶은 게 있어요. 우선 저는 당신을 걱정하고 있고, 당신이 좋은 사람이라는 걸 알고 있어요. 그리고 당신한테 무슨 일이 생기면 언제든지 저를 호출할 수 있다는 걸 기억해 주세요. 그럼 제가 전화를 바로 드릴 거예요. 두렵거나 무섭거나 혼란스러운 감정이 들면 언제든 응급실로 오세요. 그럼 제 동료들이 당신이 왔다고 저한테 알려 줄 거예요. 당신이 불안해하면 안심할 수 있도록 그들이 도와줄 거예요. 아시겠죠?"

"네, 하지만……."

"하지만 뭐죠?"

"제가 응급실에 가면, 그들은 절 강제로 입원시킬 거예요. 그런 장소에 다시 갇히느니 차라리 목을 긋겠다고 선생님한테 여러 번 말했잖아요."

"그들은 저한테 알리기 전에는 강제로 당신을 입원시키지 않습니다."

"하지만 스턴 선생님이 절 입원시키라고 할 수도 있잖아요. 그럼 저는 그 고통을 감당하지 못할 겁니다."

"저는 오렌 씨하고 주위 사람들의 안전을 위해 입원이 유일한 해결책일 때만 입원을 권유할 것입니다. 절 믿으셔도 돼요."

그는 얼굴을 찡그렸다. 방금 내가 한 말은 그의 증세가 명백히 심해질 경우에는 입원을 시키지 않겠다는 말이 지켜질 수 없다는 뜻임을 그가 이해한 듯했다. 그의 우려는 사실 정확했다.

"헤어지기 전에 마지막으로 말씀드리고 싶은 것은 저는 아직도 약물이 오렌 씨에게 도움이 된다고 생각합니다."

그는 고개를 가로저으며 초조함의 표시로 양손으로 허벅지를 반복해서 문지르기 시작했다.

"지하철에 있던 사람들 때문에 화가 많이 나셨죠."

나의 목소리가 살짝 커졌다. 그는 고개를 끄덕였다.

"당신이 두려움을 덜 느끼게 도와줄 약물을 한 가지 권해 드리고 싶어요. 그 약은 안전하고 효과적입니다. 진정으로 도움이 된다고 생각하지 않았다면 권해 드리지도 않았을 거예요."

"미안합니다, 스턴 선생님. 저는 거부하겠습니다. 아무튼 오늘 고마웠고 다음 달에 만납시다."

그는 상담실을 서둘러 나가 버렸고, 다음번에 그를 다시 만날 때는 그 장소가 응급실이거나 최악의 경우 지역신문에서 보게 되진 않을지 걱정이 들었다. 나는 그가 스스로에게나 타인에게 폭력적으로 돌변하지는 않을 거라고 생각했지만 장담하긴 힘들었다.

1년 넘게 그를 만나는 동안 처음으로 그가 다음 상담에 예고도 없이 나타나지 않았다. 나는 그에게 전화를 걸었고, 나에게 응답해 달라고 요청하는 문자 메시지를 세 번이나 남겼다. 그가 안전하게 있는지 꼭 확인하고 싶었다. 나는 맥퀸 교수님과 무크 교수님에게 상황을 알렸고, 두 사람 모두 오렌에게 다음 상담에 꼭 참석할 것을 권고하는 편지를 보내라고 알려 주었다.

그 편지는 내가 그에게 연락을 시도했다는 사실을 문서화하는 것으로 의료 기록의 일부로 남게 될 예정이었다. 거기엔 그가 다시 상담을 받게 하려는 목적이었지만 나를 보호하려는 이유도 포함돼 있었다. 그가 상담을 중단한 와중에도 나는 여전히 그의 치료에 대해 적극적인 태도였다는 점을 보여 주기 위한 것이다.

그 편지에는 치료 과정에서 정기적인 상담이 매우 중요한 부분이라는 내용과 그가 다음번에도 나타나지 않으면 치료가 강제로 종료될 것이라고 적혀 있었다. 치료를 중단하겠다며 그를 협박하는 것이 불편했지만 반드시 필요한 조치였다. 그가 상담에 나타나지 않는데 그를 위해 계속 빈자리를 유지할 수 없었고 그가 나를 만나러 오지 않는 상황에서 그의 치료에 대한 책임을 내가 질 수는 없었다.

나는 초조하게 오렌을 기다리며 시곗바늘이 그가 오기로 약속한 시간을 가리키는 것을 주시하고 있었다. 그리고 정시가 되었을 때 드디어 그가 문을 열고 들어왔다.

"선생님의 연락을 받았습니다. 미안합니다. 사과드릴게요. 제가 못 미더운 사람으로 보이시죠."

"제가 아는 한 오렌 씨는 그렇지 않습니다. 아무튼 다시 오셔서 정말 반갑습니다. 지난번 상담이 적절하지 않았던 것 같아서 걱정이 됐습니다."

"아닙니다. 전혀 아니에요. 선생님은 좋은 의사 선생님이에요. 난 그렇게 생각하고 있어요. 그 일은 제 잘못입니다."

"그건 누구의 잘못도 아닙니다. 저는 단지……."

"스턴 선생님."

그가 내 말을 가로챘다. 그가 그런 행동을 보인 것은 처음이었다. 그를 자세히 살펴보니 그제야 상태가 몇 달 만에 급격하게 악화되어 있는 것이 눈에 띄었다. 그의 옷은 낡고 너덜거렸으며, 그의 눈 밑에는 다크서클이 크게 자리 잡고 있었다.

"선생님, 부탁하고 싶은 것이 있습니다."

"그게 무엇입니까?"

나는 그가 약 처방을 요청하길 간절히 바랐다.

"제 상태가 괜찮다는 확인서가 필요합니다."

"무슨 뜻이죠?"

"제가 타인에게 위험하지 않고 정신병에 걸리지 않았다는 확인서 말입니다. 제가 그걸 가지고 다녀야 해서요."

"무슨 이유로 그게 필요한가요?"

"제가 확인서를 가지고 다니면 지하철에서 그 남자들과 혹시 무슨 일이 생겼을 때 훌륭한 의사가 내가 좋은 사람이라고 인정했다는 걸 경찰이 알 수 있잖아요."

"무슨 일이 생겼을 때라고요?"

그가 고개를 끄덕였다. 나는 놀란 눈으로 그를 바라봤다. 내 마음속에서는 이런 아우성이 요동쳤다.

'제발, 오렌. 내가 지금 당장 당신을 입원시키지 않아도 될 이유를 대줘요.'

내 속마음을 읽은 듯 그는 목소리가 변했다.

"저는 파리 한 마리도 못 죽입니다. 스턴 선생님도 그건 아시겠죠? 정당방위를 해야 할 때도요. 저는 단지 그 확인서가 필요할 뿐입니다. 단지 그뿐이에요."

나는 마음속으로 이 시간이 어떻게 결론이 날지 여러 가지 가능성에 대해 생각했다. 그가 요청하는 확인서를 줄 수는 없었다. 그가 실제로 정신질환을 앓고 있기 때문이다. 어쩌면 그에게 중요한 내용은 하나도 안 적힌, 어려운 의학 용어로 가득한 별 의미 없는 종이를 주면서 그를 달래고 계속해서 나를 보게 하는 용도로 사용할 수도 있을 것이다.

하지만 뭘 위해 그렇게 해야 한단 말인가? 이제 그에게 완전히 솔직해져야 하는 시간이 다가온 것일지도 모른다. 그가 어쩌면 내 말을 들을 수도 있지 않을까?.

"저는 당신이 편집증 증세를 보인다고 판단하기 때문에 요청하시는 확인서를 써드릴 수 없습니다. 그렇다고 당신이 나쁜 사람이나 위험한 사람이 되는 것은 아닙니다. 당신은 좋은 사람입니다. 증세가 있지만 약물로 치료가 가능할 것입니다. 제가 당신에게 약 처방전을 써드리고, 당신이 제 담당 아래 치료를 받는 중이라고 확인서를 써드리면 어떨까요? 그런 문서라면 아주 유용할 겁니다."

긴 침묵이 흘렀다. 나는 계속해서 말하려 했다.

"그 약물은……."

"고맙습니다만 약물은 안 됩니다. 절대로요. 아무튼 감사합니다. 전 괜찮습니다."

그는 벌떡 일어서더니 나를 향해 걸어왔다. 나는 일순간도 나의 안전을 걱정한 적이 없었다. 그는 좋은 사람이고, 그가 누군가를 고의로 위협할 것이라는 생각이 들지 않았다. 하지만 그의 편집증이 자기방어 차원에서 공격하게 할 수도 있다는 점은 두려웠다. 하지만 그것은 기우였다.

문이 조용히 닫혔을 때, 나는 이런저런 생각을 하다 맥퀸 교수님에게 달려갔고 열려 있는 그의 사무실로 들어가 방금 있었던 일에 대해 전했다.

"오렌을 입원시켜야 할 것 같아요. 그가 밖에 나가서 지하철에 있는 두 남자를 살해하면 어떡하죠?"

"그가 일을 저지를 거라고 생각하나?"

"아닙니다. 그는 폭력 사건을 일으킨 적은 없습니다. 한 번도요. 그는 이십 년 동안 평온한 상태를 유지해 왔어요. 총을 갖고 있지도 않고요. 그는 직업도 있고, 폭력 전과가 있는 것도 아닙니다. 그는 누군가를 죽이기 전에 차라리 자기 목숨을 끊을 거예요."

"그가 그럴 거라고 생각하나?"

"저도 잘 모르겠습니다. 오렌이 자살할 것 같진 않습니다. 제가 그를 입원시킨다 해도 당장은 안전하겠지만 그건 겨우 삼 일뿐입니다. 그는 곧 퇴원할 거고, 다시 원점으로 돌아갈 겁니다. 더군다나 그는 앞으로 정신과 의사를 다시는 신뢰하지 않을 겁니다."

"자네는 이미 답을 다 알고 있군."

"그럼 제가 그냥 가만히 있는 게 나을까요?"

'아무것도 하지 말고 가만히 있어라!'라는 말이 떠올라서 뱉은 말이었지만, 맥퀸 교수님은 조용히 웃으며 침묵을 지킬 뿐이었다.

"그럼 제가 그냥 가만히 있는 게 낫겠군요."

나는 단호한 목소리로 반복해서 말했다. 그때 맥퀸 교수님의 호출기가 울렸고, 그의 다음 환자가 도착했다는 내용이 전달되었다.

"감사합니다, 교수님."

나는 멍한 상태로 그의 사무실을 나왔다. 그 뒤 나는 두 달 동안 습관처럼 일간지를 뒤지면서 혹시 오렌에 대한 기사가 실렸는지 찾아보았지만 아무것도 없었다. 레지던트 수련이 끝날 때까지 그의 상담이 예약되어 있었지만, 그 후로는 그를 만날 수 없었다. 훗날 그가 언젠가는 나와 형성했던 동맹의 영향으로 다른 정신과 의사를 만나러 갈 의향이 생기길 바랐지만 확신할 수는 없다.

나는 점차 일간지를 덜 뒤져 보게 되었고, 나중에는 그가 바깥세상에서 무엇을 하든 우리의 치료는 완전히 종료되었다는 사실을 받아들이기로 했다. 내가 오렌에게 도움이 되었을까? 나는 거의 2년 동안 그렇다고 생각했지만, 그 후에는 혼란스러움만 가득했고 오렌이 어떻게 지내고 있는지 궁금해하는 것을 그만둘 수가 없었다.

29

현재에 충실하기

　나는 레지던트 훈련과장인 레딩 교수님의 안락한 사무실에 앉아 큰 창문을 바라보며 언젠간 나도 이런 여유로움을 느껴 볼 수 있는 날이 오기를 상상했다. 우리는 나의 연말 수행평가를 위해 만났다.

　"애덤, 아주 쉽게 끝나겠어요. 다들 애덤이 일을 잘하고 있다고 생각하고 있어요."

　"네? 정말입니까?"

　그녀는 고개를 끄덕였다.

　"그렇다고 자만하면 안 돼요. 지금 잘하고 있는 중이니까 계속 발전하도록 노력하면 아무 문제 없을 거예요. 항상 노력해야 하는 부분들이 있다는 점을 명심하세요."

　"네, 알겠습니다."

　맨 처음 오리엔테이션에서 봤던 것처럼, 레딩 교수님은 단 몇 마디 말로 사람들을 지휘하는 특별한 능력을 가졌다. 그녀는 흔히 볼 수 없는 엄격한 분위기를 풍기지만 그날은 나를 편안하게 대해 주었다.

"뭐 고민되는 게 있나요?"

"아니요. 아무것도 아닙니다. 다만 제가 잘하고 있다고 말씀해 주셔서 다행이라는 생각이 들었습니다."

"레지던트 외에 개인생활은 어때요?"

"잘 지내고 있습니다."

"알고 있는지 모르겠지만, 난 여러 가지 얘기를 듣고 있어요."

그녀는 약간 미소를 지으며 말했다. 혹시 레이첼과의 비밀 연애를 언급하려는 것일까?

"그러셨습니까?"

"그것도 나의 일이니까요."

"네, 그렇군요. 혹시 저한테 알려 주실 만한 내용이 있나요?"

"그럴 필요는 못 느끼겠네요. 뭘 알고 싶은 거죠?"

"아, 아닙니다. 이만 가보겠습니다, 교수님."

나는 일어서서 나가려다 말고 영 마음에 걸려 그녀를 다시 돌아보았다.

"레딩 교수님?"

"네?"

"이건 어디까지나 가정입니다만, 두 명의 레지던트 동기들이 우연히 서로 좋아하게 되면 사칙 위반에 해당될 수도 있나요?"

그녀는 내 말에 폭소를 터뜨렸다.

"이곳에서는 매년 레지던트 커플이 탄생해요. 가끔은 훈련 프로그램 덕분에 더 많은 커플이 생기는 건 아닌지 의심이 들 때가 있어요."

"그럼 다행입니다. 제 말은 어디까지나 가정이었습니다."

"가정이겠죠. 하지만 혹시 누굴 사귄다면 애덤이 평가해야 하는 대상이나 애덤을 평가하는 사람하고는 사귀지 마세요. 이해하죠? 그럴 땐 나 같은 사람이나 인사관리부에서 관여할 수밖에 없어요."

"감사합니다, 레딩 교수님."

레지던트 3년 차가 되었을 때, 우리는 독립적으로 임상을 할 수 있는 자격을 갖추기 위해 주립 의사협회에 지원하는 것이 허락되었다. 아직 훈련 과정이 1년 더 남아 있었지만 레지던트들은 인근 병원에서 추가로 근무할 수 있고, 그것은 부가적인 수입을 올리는 좋은 기회가 되었다. 대학병원은 거의 전적으로 최저임금에 가까운 급여를 받으며 주당 80시간을 일하는 수련생들의 극한적인 노동에 의존해서 운영된다.

나는 하버드를 벗어나 부업을 하면서 두 가지 중요한 교훈을 얻었다. 우선, 사회는 내 의료 기술을 아주 높게 평가하고 내가 하는 일이 매우 높은 수입을 벌어들일 수 있다는 점을 깨달았다. 한 달에 두 번만 부업을 하면 내 총수입이 두 배가 될 정도였다.

그다음으로는 하버드의 레지던트 과정이 어떤 문제를 맞닥뜨려도 해결할 수 있는 놀라울 정도로 유능한 정신과 의사로 나를 성장시켰다는 점을 깨달았다. 응급실에 있는 벙커와 남관 4층을 톡톡히 경험하는 것으로 수련을 시작한 나는 병원 밖에서 흔히 일어나는 광범위한 정신의학적 응급상황을 스스로도 믿을 수 없을 만큼 능숙하게 처리하게 되었다.

게다가 우리 동기들은 누군가가 혼란에 빠져 있거나 갈피를 못 잡는 일이 발생하면 언제라도 서로를 위해 조언해 주는 것을 당연시했다. 내 경우 급할 때 레이첼, 에린, 미란다에게 전화를 하면 늘 안심이 되었다.

물론 내가 완전히 숙련이 되기까지는 몇 가지 우여곡절도 있었다. 처음으로 부업을 시작한 전문 정신병원에서의 첫날, 나는 청각 환각과 편집증을 가진 환자를 입원시켰다. 그 환자의 입원은 단번에 진행되었고, 나는 그에게 항정신병제 올란자핀을 소량으로 투여하기 시작했다.

항상 컴퓨터를 통해 의료 처방을 기입해 왔기 때문에 간호사실에서 그 환자의 약 처방을 처방 기록지에 수기로 작성하는 게 조금 생소했다. 나는 그 환자가 잠들기 전에 2.5밀리그램의 알약 1개를 경구 투약해야 한다고 기입했다. 그런데 3시간 후 몹시 당황한 한 간호사가 약 처방에 소수점이 포함된 것을 나중에야 발견했다면서 나를 호출했다. 그녀는 단도직입적으로 말했다.

"제가 그 환자에게 너무 많은 약을 주었어요."

"그에게 얼마나 약을 준 거죠?"

"25밀리그램이요."

"25라고요? 그건 다음 주 화요일까지 그를 수면 상태에 빠지게 만들 양이에요. 그가 깨어나지 못할 수도 있어요!"

나는 머릿속으로 신문의 헤드라인과 연달아 나에게 들이닥칠 법적 소송에 대해 상상했다. 나는 의사자격증을 잃을 게 분명했다.

"제가 바로 달려가겠습니다."

"어떻게 하시려고요?"

"밤새 지켜보면서 십 초에 한 번씩 그가 숨을 쉬는지 확인해야죠."

그 환자의 병실로 가보니 침대 위에 있는 그는 움직임이 전혀 없었다. 나는 당장 그 환자에게 성큼성큼 달려가 내가 왔음을 알렸다.

"쟈코비 씨, 저는 닥터 스턴입니다."

내가 큰 소리로 말했지만 그는 응답하지 않았다.

"쟈코비 씨!"

나는 그의 손을 잡아 꽉 움켜쥐었다. 그가 반사반응을 보였지만 눈은 여전히 감겨 있었다.

"쟈코비 씨, 기운을 차리실 수 있도록 부드럽게 흉골을 문지르겠습니다."

이 말은 실제보다 더 미화된 표현이었다. 실제로는 환자의 반응을 이끌어 내기 위해 주먹으로 가슴 위를 있는 힘껏 누르면서 문지르는 것이었다. 그가 반사반응을 보이지 않으면 당장 인근 응급실로 보내야만 한다.

나는 그의 가슴 부위를 훑어 흉골의 가운데 부분을 찾았다. 그다음 주먹을 쥐고 흉골 한가운데를 살포시 올렸다. 나는 그의 가슴을 점점 더 세게 누르다가 주먹 뼈로 반원을 그리며 더 세게 짓눌렀다. 그러자 그가 눈을 번쩍 떴다.

"당신 대체 나한테 무슨 짓을 하는 거야?"

나는 안도의 숨을 내쉬었다.

"죄송합니다. 저는 단지 당신을……."

그는 나를 쫓아 버리려는 듯 손을 휘젓더니 다시 눈을 감았다. 나는 병실 밖 복도로 걸어 나와 에린에게 문자를 보냈다.

나 올란자핀을 과용했을 때 뭘 해야 할까?

에린 근육 긴장 이상이나 운동 장애가 나타나진 않았어?

나 아니. 그냥 수면 상태야.

에린 나라면 심전도 검사를 해서 계속 관찰해 보겠어. 심실근의 수축 시간 간격이 올라가지 않도록 조심해.

나는 심전도 검사 지시를 기록한 후, 결과가 정상으로 나오기를 속으로 빌었다. 그는 검사를 받는 동안 내내 코를 골았지만 심실근의 수축 시간 간격은 442밀리초millisecond. 1밀리초는 1,000분의 1초이다 로 완전히 정상이었다.

"이제 어떻게 해요?"

간호사가 여전히 긴장한 채로 내게 물었다.

"그만 나가 보셔도 됩니다. 제가 쟈코비 씨를 지키고 있을게요."

"밤새도록요?"

"그가 다시 기운을 차리거나 차리지 못할 때까지요."

나는 의자를 가져와 그의 침대 옆에 앉았다. 나는 생각날 때마다 수시로 손을 그의 가슴에 가볍게 대고 그가 호흡하는지 확인하고 10분마다 그의 맥박도 확인했다. 일출이 시작될 즈음 내가 눈이 부셔 몸을 뒤척였을 때, 그가 갑자기 깨어나 침대에서 몸을 일으켜 앉았다.

"어제 나한테 무슨 약을 준 겁니까? 당신이 손으로 내 가슴을 짓누르고 온갖 종류의 검사를 하는 꿈을 꿨습니다."

"죄송합니다. 어제 정량보다 더 많은 양의 약물이 투여됐습니다. 그것은 저희의 실수였고, 환자분이 안전한지 지켜봐야 했습니다."

"사실 기분은 상당히 좋아요. 좀 피곤하지만요."

"다행입니다."

"선생님 몰골이 말이 아니네요."

나는 동의하듯 고개를 끄덕였다.

"전 이제 자러 가도 될까요?"

"물론이죠. 어서 가서 쉬세요."

그날 업무가 끝난 후 나는 녹초가 되어 주차장으로 걸어갔다. 처음에는 앞으로 다시는 부업을 하지 않겠다고 다짐했지만, 언제 다시 근무할 수 있는지 일정을 확인해야겠다고 생각했다.

여전히 레이첼과 나는 우리의 관계를 공개하지 않았지만 나는 한 번도 느껴 보지 못한 감정에 빠져 있었다. 나는 사랑을 해본 적은 있지만 결혼을 생각할 만한 합리적이고 적절한 시기는 없었다. 나는 레이첼이 나와 평생 함께할 여자라는 생각에 행복해했고, 만약 그럴 가능성이 있다면 반지를 사기 위해 돈을 모아야겠다고 생각했다.

그러나 한편으로는 나 혼자만의 망상이 아닐지 걱정되었다. 레이첼은 끝내 가장 친한 친구들에게도 우리 관계에 대해 밝히지 않았다. 나는 여전히 그녀가 나와 사귀는 것을 창피해하는 것은 아닌지 의심이 들었지만 한참 동안 잠에 들지 못한 고요한 밤, 그녀가 우리의 첫아이 이름을 무엇으로 정할지 낭만적인 말들을 늘어놓을 때면 그녀의 말에 맞장구를 치는 일도 여러 번 있었다. 다음 해가 되면 그녀가 멀리 떠나 버릴 가능성이 매우 높았지만 나는 여전히 약혼반지를 마련하기 위해 돈을 모으길 원했고, 부업만이 그것을 가능하게 할 유일한 수단이었다.

나는 인근 지역 병원에서 하루 단위로 근무를 하고 있었는데, 하루는 엘리베이터에서 낯익은 여성을 만났다. 나이가 50대 중반 정도로 보이는 그녀는 나를 힐끔 쳐다보면서 우리가 어떻게 아는 사이인지 최대한 기억을 더듬는 것처럼 보였고, 나 또한 마찬가지였다. 그렇게 몇 초가 지났다.

"그 병원에 있던 정신과 의사죠!"

"네?"

"남편이 수술을 받은 뒤에 보러 왔던 젊은 의사잖아요."

나는 미소를 지었다.

"찰리 씨의 부인이시군요."

그때는 찰리가 암 진단을 받은 지 몇 달이 지난 후였다. 그를 다시 떠올리게 되어 반가운 기분이 들었다.

"두 분 다 어떻게 지내고 계세요?"

그녀는 우리가 서있는 응급실 주위를 가리키며 말했다.

"여기에 오게 된 거죠, 뭐. 찰리가 또 복수를 빼내야 해서요."

간암은 말기에 가까워질수록 복부에 복수가 찰 수 있다. 찰리의 병세가 그만큼 악화되었다는 뜻일 것이다.

"찰리가 선생님을 보면 반가워할 거예요. 우리는 18번 자리에 있어요. 어서 가요."

"제가 만나 뵈러 갈 수는 없지만 대신 인사를 전해 주세요."

"잠깐만 같이 가요."

그녀는 더욱 단호하게 반복해서 권했다. 엘리베이터 문이 열리자, 그녀는 손으로 나를 끌고 들어갔고 응급실 한쪽에 작은 커튼으로 막힌 찰리의 자리로 데려갔다.

"내가 누굴 만났는지 봐요."

그녀가 커튼을 젖히며 들뜬 목소리로 말했다. 거기엔 머리부터 발끝까지 보호복을 입고 있는 의사 두 명이 찰리의 팽창된 복부 속으로 거대한 바늘을 집어넣고 있었다. 구멍이 뚫리는 시술을 받고 있는 사람은 내가 몇 달 전에 만났던 찰리처럼 보이지 않았다. 순간적으로 내 기억 속에 찰리라는 이름을 가진 동명이인의 환자를 혼동한 건 아닌지 어리둥절했다.

"당신, 노크할 줄 몰라요?!"

그가 큰 목소리로 말했다. 그의 말을 들으니 그제야 내가 알고 있던 찰리로 보였다. 그의 배 주위 피부는 당겨져 있었지만 관절, 팔, 얼굴 부분은 늘어져 있었다. 그의 눈과 피부는 노랗게 변해 있었고, 눈과 코 주변의 얇은 종이 같은 피부 안쪽에 미세한 검은 혈관들이 수십 개 드러나 있었다. 그럼에도 불구하고 찰리가 분명히 맞았다.

"봐요, 찰리. 내가 누굴 데려왔는지."

그녀가 나를 가리키며 말했다.

"세상에. 그 정신과 의사 수련생!"

그가 외쳤을 때 바늘이 그의 거대한 복부로 절반이나 들어가 있었다.

"어떻게 지내고 있소, 의사 양반?"

"저는 잘 지내고 있습니다."

"얼굴이 좋아 보이네."

그가 대답하는 동안 맑은 노란색 체액이 거대한 바늘 밖으로 빠져나오기 시작했다.

"이제 정신과 의사답게 수염도 좀 길렀네!"

"네, 제대로 자리 잡기까지 꽤 오래 걸렸어요."

"나도 성공한 적은 없지."

내가 의자를 가져와 앉길 바라는 눈치가 보였지만 할 일이 많았다. 잡담을 나누는 매분마다 할 일이 산더미같이 쌓이고 있었다.

"찰리 씨, 저는……."

"여기 와서 앉아요. 이 거지 같은 것 좀 신경 안 쓰게."

그가 점차 가라앉고 있는 자신의 배를 가리키며 말했다. 내가 말했다.

"복수의 양이 많네요."

"이건 아무것도 아니라오. 이게 양이 얼마나 되겠소? 아마 8킬로그램 좀 안 될 거요. 저번에 할 때는 배가 두 배는 더 컸고, 의사들이 그걸 다 받아 내려고 용기를 더 가져와야 했지 뭐요! 그때는 12킬로그램 정도였어요!"

"잘 이겨 내고 계신 거죠?"

그렇게 물었지만 나는 그가 어떻게 지내고 있는지 이미 알고 있었다. 그의 육체는 매일 피폐해져 가고 있었고, 그에게는 시간이 얼마 남지 않았다. 그는 부정적인 생각을 쫓아 버리기 위해 최선을 다하고 있었다.

"알지 않소, 의사 양반. 우리가 지난번 만난 후로 모든 게 정신없게 흘러갔지. 아무도 나와 같은 병에 걸리지 않길 바란다오."

그는 다음 말을 생각하느라 잠시 뜸을 들였다.

"나 스스로 목숨을 끊지 않아 다행이오. 옳지 않은 선택이었을 거요."

"저도 다행이라고 생각합니다."

내가 레지던트 초년생이었다면 매우 당황했겠지만, 나는 단도직입적으로 정직하게 대답했다. 예전의 나는 진정한 정신과 의사라면 더 현명하게 말하는 방법을 알 것이라고 생각했지만, 짧고 정직한 대답이 때로는 노골적이더라도 환자들을 더 수긍하게 한다는 것을 알게 되었다. 하버드에 있는 사람이라면 어떻게 말할 거라는 추측 따위는 별 소용이 없다는 것도 알고 있었다.

"어쩌면 모든 게 다 의미 있는 일일 수도 있지 않겠소? 내 주치의가 어떤 치료를 시도해 보려고 준비하고 있소. 실험적인 약물이라나. 기적이 일어날 수도 있겠지. 누가 알겠소?"

"그렇게 되길 바랍니다. 찰리 씨, 저는 이제……."

"가봐야 하죠, 나도 알아요. 이제 괜찮으니 가보시오."

"환자들을 다 진료한 후에 다시 찾아뵙겠습니다. 그땐 얘기할 시간이 더 많을 거예요."

그가 미소 지었다.

"시간은 좀 오래 걸리겠지만요. 벌써 환자 여러 명이 밀려 있거든요."

그는 손을 흔들었다.

"나중에 봅시다, 의사 양반."

나는 죄책감을 느끼며 그 자리를 떠났다. 다른 좋은 수가 없었다. 나는 돈을 받고 일하는 사람이지 않은가. 일을 해야만 했고, 많은 양의 일들이 나를 기다리고 있었다. 나는 조증에 걸린 환자를 만난 후, 가출했다가 경찰에 의해 인계된 한 청소년을 만났다. 그리고 자살 생각을 가진 두 명의 환자들과 내 또래의 남자 환자 두 명을 검진했다. 그들은 1차 진료 의사와 좋지 않은 경험을 한 후에 나에게 왔는데 무척이나 폭력적이고 적대적인 태도를 보였다.

밀린 일을 다 끝냈을 때, 나는 육체적, 정신적으로 완전히 지쳤다. 일출이 시작되었을 때 나는 엉금엉금 기다시피 찰리의 18번 자리에 도착했지만 바닥 청소를 하고 있는 관리인만 보였다. 나는 계약직들을 위한 임시 사무실로 돌아가 온라인으로 환자 현황을 검색했다. 찰리는 이미 3시간 반 전에 이미 퇴원을 했다고 한다.

4개월이 지난 후, 내가 순환 근무하는 병원에서 찰리의 이름을 다시 볼 수 있었다. 그는 종양학과 병동에 입원했다가 완화 치료실로 이송된 상태였다. 나는 정신의학과 협진팀에서 근무하느라 그의 진료는 일정에 없었지만, 그를 꼭 만나고 싶었다. 마지막으로 만났을 때 그를 놔두고 다른 일을 하러 가버린 것이 몹시 마음에 걸렸기 때문이다.

그쪽 병동에 도착한 후 그의 이름이 적힌 병실을 찾았다. 그 안으로 들어갔을 때 나는 충격을 받았다. 그는 무척 쇠약한 모습으로 코와 가슴에 관을 달고 있었다. 눈은 크게 뜨고 있었지만 안구가 목적 없이 계속 움직이고 있었다. 그에게 다가갔지만 그와 소통할 수 없었다. 눈도 마주치기 힘들었다.

"안녕하세요, 찰리 씨."

내가 말을 건넸지만, 그는 나를 알아차리지 못했다. 그의 눈은 불규칙적으로 목적 없이 계속 빠르게 움직였다.

"애덤 스턴입니다. 제 말을 알아들으실 수 있는지 모르겠네요."

나는 그의 왼쪽에 놓인 화이트보드를 확인했다. 세세한 임상 정보들 중 일부를 추려서 전체적인 그의 상태를 가늠해 보기로 했다.

찰리의 뇌 속은 전이가 진행되고 있고, 뇌가 부어올라 뇌간을 압박하고 있었다. 그렇다는 것은, 앞서 말한 실험적인 약물이 그에게 기적을 가져다주지 못했음을 의미했다.

"저는 그저 찰리 씨를 뵈러 왔습니다……."

나는 말을 멈추고 이변이 일어나길 기대했지만 아무 변화가 없었다. 의료기기의 작동 소리가 귀에 거슬리고 불쾌했다. 그의 축 늘어진 손을 잡자 그가 가볍게 내 손을 쥐는 것이 느껴졌다. 그것은 반사반응에 불과할 것이다.

"그저 죄송하다는 말씀을 드리고 싶습니다."

그의 대답을 기다렸지만 아무 반응도 없었다.

"이제 쉬세요."

그에게 더 이상 할 말이 없었다. 잡고 있던 그의 손을 풀어 조심스럽게 내려놓았다. 무슨 생각으로 그랬는지 모르겠지만 나는 침대 옆에 놓인 화이트보드에 짧은 글을 남겼다.

'당신과 함께하다, AS.'

얼마 후 환자 현황에서 그의 이름이 삭제된 것을 발견했을 때, 나는 병실로 찾아가 그가 떠난 흔적을 찾고자 했다. 침대는 깨끗하게 비워져 있고 기계에서는 더 이상 소리가 들리지 않았다. 다음 환자가 이 자리에 들어오기까지 시간이 얼마 남지 않았지만 내가 쓴 글은 아직도 남아 있었다. 그 글은 그의 마지막까지 함께 있었으리라.

30

악몽의 캘리포니아

몇몇 동기들은 내가 레이첼의 면접을 위해 캘리포니아로 동행하는 것을 두고 우리 둘이 아주 가까운 친구 사이일 거라고 여기는 눈치였다. 미란다는 우리 사이가 범상치 않은 사이라는 걸 알고는 있지만 확실한 증거가 없거나 우리가 알려지는 것을 원하지 않아서인지 입을 꾹 다물고 있었다.

며칠 후, 레이첼과 나는 샌프란시스코에 도착했고, 오클랜드 만까지 이어지는 거대한 다리가 내려다보이는 호화로운 호텔로 들어갔다. 우리는 하루 동안 도심을 관광하면서 식물원을 산책하고 근방에서 피크닉을 즐겼다. 그곳 풍경은 남관 4층이나 롱우드 메디컬 지역의 어떤 곳과도 닮지 않았다.

우리는 뮤어 우즈 국립공원으로 운전해 갔고, 이후엔 높게 솟은 붉은 숲을 돌아다녔다. 그 후 지옥의 섬으로 유명한 알카트라즈 섬까지 여객선을 타고 이동한 후 도심으로 돌아와 부둣가에서 저녁을 먹고 항구에서 일광욕을 즐기는 야생 물개들을 구경했다.

다음 날 우리는 차량을 빌려 북부 캘리포니아의 역사도시인 소노마까지 운전해 갔고, 개별 와인 투어에 참가하는 동안 굽이치는 구릉과 계곡이 있는 장관 속에서 식사를 했다. 부업을 하며 모아 놓았던 돈 중 일부가 순식간에 빠져나갔다.

천국과도 같은 휴가가 끝날 때까지 병원이나 내가 담당한 환자들 생각은 나지 않았다. 레지던트 수련을 시작한 이래 어깨에 짐이 느껴지지 않았던 적은 그때가 처음이었다. 그 후 우리는 실리콘밸리에 있는 팰로앨토 지역으로 이동하여 스탠퍼드 의대 캠퍼스로 갔다.

레이첼은 소아청소년 정신의학과 펠로우 과정의 면접을 위해 전문가다운 모습으로 돌아갔다. 나는 커피숍과 의대 서점들을 돌아다니며 시간을 보내는 동안 이번 여정이 우리 관계에 어떤 결과를 가져올지 초조해했다. 나는 거의 넋이 나간 상태로 캠퍼스 안을 몇 시간 동안 정처 없이 걸어 다녔다.

화창한 가을이었던 그날 스탠퍼드의 모든 커플들이 바깥에서 자신들의 사랑을 과시하겠다는 듯 모여 있었다. 레이첼이 캘리포니아의 훈련 프로그램 중 한 곳을 원한다면 우리가 저들 틈에 낄 수 있을까, 아니면 우리는 그냥 끝인 걸까?

내가 레지던트 수련을 마치려면 아직 1년이나 더 남아 있었다. 나는 엘리아나와 떨어져 의대에 입학할 때 장거리 연애의 시련을 경험한 적이 있다. 그런 관계는 이별이라는 수순을 밟을 수밖에 없다. 서로 멀리 떨어져 있느라 그리워만 하면서 살을 맞대지도 못한 채 편집증적인 질투를 느끼는 것은 나에게 큰 고통이었다.

엘리아나가 대학을 졸업한 후 나와 함께 있기 위해 시러큐스에 왔지만 떨어져 있던 시간 때문에 우리 관계는 예전 같지 않았다. 그때 앞으로 다시는 장거리 연애를 하지 않겠다고 다짐했다. 나는 조카들과 형 부부, 부모님 때문이라도 더욱 동부에 자리를 잡고 싶었다. 그곳이 어디든 내가 기반을 닦고 새 삶을 시작할 장소가 될 터였다.

그런 판국에 국토의 반대쪽에서 새 삶을 시작하는 것은 상상할 수 없었다. 나는 이곳의 전임의 프로그램이 레이첼의 마음에 들길 바랐지만, 가능하면 그녀가 보스턴에 있는 곳을 더 좋아하길 바랐다.

면접이 끝난 후 호텔에서 레이첼을 다시 만났을 때, 그녀의 의중을 살피려고 했지만 아무 내색도 하지 않았다. 그녀는 특별한 이유가 있지 않는 이상 감정을 과하게 드러내지 않는 편이었다. 레이첼은 가끔 놀라울 정도로 따뜻해 보일 때가 있는데, 평상시 얼굴이 너무 무표정해서 기분이 좋아질 때는 마치 구름이 걷힌 후 햇볕이 쏟아지는 것 같았다.

"그래서?"

"나쁘지 않았어."

"그게 다야?"

"여기 훈련 프로그램은 잘되어 있어. 전임의들이 정말 만족하면서 잘 지내고 있는 것 같았어."

"이쪽으로 올 마음이 있는 거야?"

그녀는 귀찮다는 듯 짧게 대답했다.

"모르겠어. 올지도 모르지. 밥 먹자. 배고파. 이제 우리 공항으로 가야 돼."

로스앤젤레스로 떠나는 밤 비행기를 타기 전에 스탠퍼드에 대해서는 그 대화가 전부였다. 로스앤젤레스에서도 UCLA의 면접을 위해 모든 과정을 똑같이 반복할 것이다.

로스앤젤레스에 도착하자 완전히 다른 세상에 뚝 떨어진 것 같았다. 나는 끝없는 교통체증에 적응이 안 되었지만 레이첼은 창밖에 광활하게 펼쳐진 도시를 감상하며 즐거워했다. 다음 날 우리는 산타모니카 해변을 구경하는 동안 부둣가에서 바람에 머리가 날리는 우리의 모습을 사진으로 남겼다. 우리는 부자가 된 것처럼 쇼핑을 하고 식사를 즐겼다.

다음 날 아침 나는 레이첼을 UCLA 병원에 데려다주었다. 그곳은 화려한 고층 빌딩들 사이에 위치해 있었다. 모두 처음 보는 광경이었고, 우리가 사는 곳에서 4,800킬로미터나 떨어져 있다는 게 실감이 났다. 나는 그녀에게 키스를 하고 행운을 빌어 줬다.

"끝나면 문자 보내. 내가 데리러 올게."

나는 베니스 비치로 가서 시간을 보낼 생각이었다. 그곳은 이번 일정에서 내가 가장 기대한 장소였다. 나는 어렸을 때 그 근처에 살고 있던 삼촌네 집을 방문했던 어렴풋한 기억을 아름답게 간직하고 있었다. 우리 가족은 해변을 따라 걷다가 멈춰 서서 길거리에서 공연하는 사람들을 신기하게 보기도 했다.

그중에 걷고 말하는 로봇 흉내를 기가 막히게 내는 사람이 있었는데, 아직도 그때가 가끔 생각날 정도이다. 하지만 내 기억 속에 마법 같고 따뜻했던 그곳은 20년이 지나 도착해 보니 너무도 충격적인 모습이었다. 나는 해변을 따라 난 길을 샅샅이 훑어보면서 내 어린 시절 기억의 흔적을 찾으려 했지만 마리화나 판매점, 문신 미용실, 싸구려 티셔츠 가게들만 즐비했다. 그곳은 너무 지저분했고, 모든 것이 심각하게 낡고 더러웠다. 심지어 그날따라 날씨마저 우중충했다.

종일 주차권을 구입했지만 점심식사를 한 후 한낮에 호텔로 돌아와 버렸다. 그곳의 풍경은 사라진 것들에 대한 슬픔을 느끼게 했다. 혹시 그곳은 늘 그런 모습이었는데 내가 변해 버린 것은 아닐까?

나는 초조한 마음으로 수시로 핸드폰을 확인했다. 사람들이 이곳 날씨에 대해서 극찬만 하더니 밖에는 비가 오기 시작했고, 신경을 너무 써서 배까지 아팠다. 절대 로스앤젤레스로 오지 않을 거야. 나는 속으로 생각했다.

드디어 반가운 문자가 도착했고 나는 쏜살같이 주차장으로 내려가 레이첼을 데리러 갔다. 그녀가 차에 탔을 때 표정을 보니 무척 밝아 보였다. 그녀가 아주 즐거워하는 모습을 보니 기분이 좋지 않았다.

"거기가 마음에 들었어?"

나는 애써 무표정하게 물어봤다. 그녀가 웃으며 고개를 끄덕였다.

"정말 좋은 곳이야. 모든 전임의들이 개인 사무실을 갖고 있는데, 거기에는 전면 유리로 된 창문도 있고 바깥 풍경도 끝내줘. 다들 진심으로 만족스러워하고 있었어. 특히 거기는 지원금이 보장되는 연구 프로그램도 있어."

자동차의 앞 유리창에 비가 퍼붓고 있었다.

"좋아 보이네."

나는 억지로 호응하며 대꾸했고, 레이첼은 시큰둥하게 대답하는 내 태도를 알아차렸다.

"왜 그래?"

"뭐가? 아무것도 아니야. 좋은 프로그램이라니 잘됐다는 거야. 호텔로 돌아갈까?"

나는 차를 움직이기 시작했다.

"거기가 아주 마음에 든다는데 잘된 일 아니야?"

나는 고개를 끄덕였다.

"그런데 왜 그렇게 이상하게 굴어?"

"왜 그런다고 생각해?"

나는 자동차를 다시 주차하며 물었다.

"그 병원이 캘리포니아에 있기 때문이야?"

"정확히 말하면, 네가 캘리포니아에 있을 거니까. 네가 여길 선택하면 말이야."

"그럴 수도 있겠지."

"그런 상황이 되면 우리는 어떻게 될지 혼란스러웠어."

"네가 일 년 뒤에 이쪽으로 오면 되잖아. 우리가 그때도 사귀고 있다면, 안 그래?"

"나도 모르겠어. 생각해야 할 것들이 너무 많아."

그녀가 우리의 관계를 그렇게 멀리까지 생각한다는 사실에 기분이 좋으면서도 한편으로는 현재의 관계에 대해서는 별로 생각이 없는 것 같아 화가 나기도 했다.

그럴 수밖에 없는 일인지, 아니면 내가 비이성적으로 생각하는 것인지 혼란스러웠다. 나는 그녀가 나를 위해 동부에서 프로그램을 선택한 후 남은 평생 동안 기회를 놓친 것에 대해 나를 원망하는 일은 일어나지 않길 바랐다.

레이첼이 갑자기 핸드폰을 꺼내 들었다.

"누구한테 문자 왔어?"

"대학교 때 친구. 얘는 최근에 약혼했어."

"잘됐다."

"우리는 언제 약혼할 거 같아?"

"뭐?"

"우리가 약혼할 수 있을 거라고 생각해?"

내 심장이 빠르게 뛰기 시작했고, 얼굴로 피가 쏠리는 느낌이 들었다.

"나도 모르겠어. 내년엔 네가 어떻게 될지 아직 모르기도 하고 말이야……."

"그리고?"

"너는 우리가 공식적인 커플이 되길 원하지 않잖아."

"또 그 말이야?"

나는 고개를 끄덕였다.

"이건 옳지 않은 것 같아. 네가 나와 사귀는 걸 부끄러워하고 있다는 느낌이 들어."

"난 너랑 사귀는 걸 부끄럽게 생각하지 않아."

그녀는 내 뒷목에 손을 얹으며 말했다.

"난 반지 사려고 돈도 모으고 있었어."

"정말?"

"그래, 하지만……."

"하지만 뭐?"

"아무도 우리가 사귀는 걸 모르는데 약혼을 생각하는 게 좀 웃기는 것 같아. 언제가 될지 모르겠지만 친한 친구들한테 알리고 나서 좀 있다가 약혼 얘기를 다시 하는 게 좋겠어."

"내가 말했잖아. 롱우드에 있는 모든 사람들이 우리에 대해서 아는 걸 원치 않는다고. 그건 생각만 해도 정말 끔찍해."

"너는 롱우드를 곧 떠날 거잖아. 넌 내년에 분명히 4,800킬로미터 떨어진 곳으로 갈 거야. 사람들이 다 아는 게 무슨 상관이야?"

"내가 진짜 4,800킬로미터 떨어진 곳으로 간다면 어떻게 할 거야? 그럼 어떻게 될까?"

"나도 모르지."

나는 화가 난 목소리로 답했다. 잠시 침묵 끝에, 지금은 이럴 때가 아니라는 생각이 들어 그녀의 손을 꽉 잡았다. 우리는 차 안에 앉아 빗소리를 들으며 서로의 팔을 뻗어 손을 꼭 잡았다. 미래를 약속하는 단계에 가까워질수록 한편으로는 결별 위기가 다가온 것 같았다.

지금 헤어지지 않더라도 그녀가 전임의 훈련을 위해 캘리포니아로 떠난다면 언젠가 이별이 예정된 길로 들어선 것이나 다름없을 터였다. 정말 그런 일이 생긴다면 우리의 관계는 시작된 지 얼마 안 됐지만 그 끝이 이미 정해진 거나 마찬가지일 것이다.

***

미란다 안녕! 질문이 있어.

나 안녕.

미란다 방금 알아차렸는데, 레지던트 총모임이 수요일에 열리더라. 어디서 하는지 알아?

나 전혀 몰라. 난 당일에 오는 독촉 이메일에 써진 대로 가는 편이라.

미란다 하하, 그렇지. 주말은 어떻게 보내고 있어?

나 내 애완동물 기니피그가 오늘 아침에 죽었어. 그래서 오늘 많이 힘들어.

미란다 어머! 너무 안됐다. 정말 힘들겠다. 몇 살이었는데?

나 나이가 아주 많았어. 편안하게 간 거 같아. 일곱 살이었거든.

미란다 편안하게 갔다니 다행이다. 정말 긴 시간이구나. 너무 힘들겠다. 죽음은 고통스러워.

나 맞아. 난 한동안 상담 치료사를 만나기도 했지만 그 녀석이 제일 좋은 치료사였어. 항상 내 얘길 들어주는데도 치료비를 요구하지 않았지.

미란다 하하하.

나 바보같이 들리겠지만 그 녀석 덕분에 난 혼자라는 느낌은 들지 않았어. 내 말은 레이첼이 우리 집에 오지 않거나 실제로 내가 혼자 있을 때 말이야. 집착하려는 건 아니지만 오늘 아침 그 녀석이 그렇게 되었을 때 뭘 해야 될지 고민했어. 인터넷에서 반려동물 화장 같은 것을 검색해 보기도 했어. 뭘 하면 좋을지 모르겠더라고.

미란다 그렇지 않아도 기니피그를 묻어 주었는지 물어보려던 참이었어.

나 결국 동물병원으로 데려갔어. 그곳은 저렴한 가격에 화장도 해주고 묘지에 재도 뿌려 주거든. 사람들도 아주 친절했어.

미란다 지금 상황에서는 제일 좋은 방법이겠구나.

나 맞아.

미란다 레이첼하고는 만날 거야?

나 어, 레이첼이 여기로 와서 저녁 먹는 걸 상의하고 있었어.

미란다 좋겠다.

나 리걸 시푸드 레스토랑에 갈 생각이야. 너도 생각 있으면 와도 돼.

미란다 너희들 편할 대로 해. 네가 레이첼하고 단둘이 있고 싶어 해도 이해할게. 참, 레이첼이 너희 사이에 대해 말해 줬어. 그다지 놀랍진 않았지만.

나 그것 참 잘됐다! 한 명한테는 쓸데없이 비밀을 지키지 않아도 되잖아!

미란다   다들 보고 싶다. 각자 다른 곳에서 순환 근무하느라 못 본 지 오래됐잖아. 거기서 여섯 시 반에 만날까?

나   그러자. 내가 따로 연락하기 전까지는 일단 그렇게 정해 놓자.

미란다   잘됐다. 난 걸어서 갈까 봐. 그럼 하루 운동량을 채울 수 있겠는걸.

나   그래, 그때 보자.

31

내가 선택한 건 아니야

　우리가 본격적으로 레지던트 3년 차 과정을 수련하는 동안 감정 수업은 더욱 특별한 시간이 되었다. 우리 동기 열다섯 명과 교수님 두 분이 서로 경험한 것을 몇 년에 걸쳐 공유하면서 강한 유대감을 형성했고, 마치 대가족 안의 형제들처럼 가까운 사이가 되었다.

　수업에서의 각자의 역할은 뚜렷했다. 몇몇 동기들은 가족 내 희생양이라도 된 것처럼 그들이 맡는 순환 근무마다 불공정한 상황에 대해 끊임없이 비판했고, 드류 같은 동기들은 다른 사람들을 진정시키는 역할을 맡았다. 하루는 드류가 이렇게 말했다.

　"우리 모두 환자를 담당해야 하는 압박감이 누적된 상태로 스트레스를 받고 있는 건 다 마찬가지야. 어디서 순환 근무를 하든지 우리 스스로를 지키지 못할 거라는 느낌이 드는 건 당연한 거야."

　심지어 니나와 젠도 누군가 감정적으로 갈등을 일으킬 수 있는 이야기를 하면 드류가 반박해 주기를 기대하는 눈치였다. 물론 그것은 철저하게 안심할 수 있는 우리 동기들만의 얘기였다. 드류에게 의존하는 상황이 어이없었지만 다나와 벤, 그웬이 주치의가 부주의하고, 지도교수는 무관심하고, 환자는 반사회적이라고 말하면 모든 사람들의 시선이 본능적으로 드류에게 향했고, 그가 차분하고 이성적으로 진정시켜 주길 기대했다.

하지만 가끔 나나, 젠, 드류가 힘을 합쳐도 우리의 흥분을 가라앉히지 못할 때가 있었다. 하루는 스베트라나가 레지던트 훈련 과정상 열두 살 딸의 방학에 맞춰 휴가를 내는 것이 불가능하다며 화를 냈다. 동기 중 대부분은 그녀에게 딸이 있다는 사실조차 알지 못했고, 몇 달 전 어느 바에서 내가 그녀의 얘기를 들었을 때처럼 도움이 되는 조언을 해주기에는 다들 마음의 준비가 되어 있지 않았다.

그런데 에린이 나서서 다시 임신했다는 소식을 알리며 레지던트 생활을 포함해 그 어떤 것도 아이보다 중요하지 않다고 말해 모두를 놀라게 했다. 그러자 스베트라나는 누군가 자신의 입장을 이해해 주니 마음이 놓이는 듯 보였다. 에린이 슬픈 표정으로 말했다.

"나는 나 자신을 잘 아는 편이었어. 내가 가치가 있다는 걸 스스로 증명하기 위해 계속 앞으로 달려야만 하는 성격이었어. 내가 좋은 대학을 나와서 좋은 의대에 들어간 다음 하버드 레지던트 수련생이 되었을 때, 부모님은 나를 퍽 자랑스럽게 여겼지. 하지만 나는 끝도 없는 궤도 위에 머물고 있었어. 심지어 내가 정신의학과의 진료과장이 되어도 나의 가치를 증명하고 내가 능력 있다는 것을 보여 주려고 했을 거야. 하지만 내 안에 아이를 갖게 되면서 내가 중요하게 여겼던 것들이 이제 더 이상 중요하지 않게 되었어."

잠자코 듣고만 있던 젠이 에린에게 물었다.

"그럼 이 순간 에린에게 가장 중요한 것이 뭐죠?"

그녀가 자신의 배를 가리키며 대답했다.

"모든 것은 여기에서부터 시작해요. 이 아이가 자신이 누릴 세상 밖으로 나오려면 난 건강한 결혼 생활이 필요해. 그 말은 남편과의 관계를 개선해야 한다는 뜻이야. 그게 전부야. 이 아이는 자신의 삶을 위해 적극적으로 성취해 나가는 부모를 만날 자격이 있어. 레지던트 수련이 끝난 뒤 내가 덜 좋은 근무지를 선택함으로써 남편이 싫어하지 않을 도시에 살 수 있고 그의 영혼을 해치지 않을 일을 찾을 수 있다면, 그게 내가 해야 할 일이야."

내가 물었다.

"상황이 달라지면 남편을 그냥 네 옆에만 머물게 하지 않고 지금과 다르게 대할 수 있을까?"

그들 부부에 대해 내가 알고 있는 모든 사실을 비춰 볼 때, 그들의 관계는 에린이 절대 스스로 만족할 수 없는 영웅 심리를 갖고 있기 때문에 특정한 방식으로 유지되고 있었다. 남편이 직업이 없거나 사회생활을 하지 않는 것은 중요하지 않았다.

그의 역할은 그녀가 맡은 역할을 옆에서 지지해 주는 것이었다. 강한 불확실성과 자기회의적 성향 때문에 에린은 남편이 옆에 없으면 성장할 수 없다고 생각했다. 그런데도 나는 언제나 에린의 편을 들고 싶었다. 에린이 자신의 꿈을 위해 계속 정진하면 안 되는 것일까? 내가 다시 물었다.

"네 꿈이 어떻게 될지 확실히 모르는 상황에서 여태까지 항상 중요하게 여겨 왔던 것을 포기하는 건 불공평한 거 아닐까?"

그 말을 하는 순간, 레이첼과 나의 관계에서도 레이첼이 전임의 대신 나를 선택하거나 내가 동부에서 가족들 근처에 머물기보다 그녀를 선택한다면 똑같은 질문이 적용될 수 있다는 것을 깨달았다.

"들리는 말을 종합해 볼 때 에린은 원하는 삶을 이루기 위해서는 자신의 야망을 접어야 한다고 생각하는 건가요?"

니나가 묻자, 에린이 고개를 가로저었다.

"저의 야망의 크기는 여전히 같아요. 하지만 이제부터는 남편과 가족을 위해 쓰기로 했을 뿐이에요."

이러한 주제는 각자 상황은 다르지만 우리 모두에게 해당되는 것이기 때문에 다들 마음이 무거워져서 아무 말도 할 수가 없었다. 우리는 각자 자신의 앞날에 대해 조용히 생각하는 시간을 가졌고, 니나와 젠은 우리가 매 순간 내리는 결정들이 다른 기회를 차단할 수밖에 없는 또 다른 현실에 대해 말했다.

"여러분은 인생의 대부분을 한 단계씩 밟아 올라가면서 활짝 열린 세상 밖으로 나아가려고 끊임없이 노력해 왔습니다. 하지만 이제 미래의 일을 고민하기 시작하면서 하나를 얻으면 하나를 포기해야 하는 현실에 부딪히게 될 것입니다."

니나가 말했다.

"레이첼도 마찬가지죠. 소아청소년 정신의학과로 조기에 진급하게 되면 레지던트 4년 차 과정은 참여할 수 없게 되고, 그 기회는 다시 오지 않죠. 하지만 레이첼의 선택은 자신이 추구하는 커리어와 인생의 방향에 더 걸맞은 결정일 것입니다."

젠이 말했고, 이번에는 니나가 다시 입을 열었다.

"우리와 함께 다음 연차에 수련하는 사람들도 그러한 결정을 내려야 할 때가 있을 겁니다. 한 가지 말해 주고 싶은 것은, 그런 문제는 항상 쉽지 않고 레지던트 수련을 끝낸 지 한참이 지나도 마찬가지일 겁니다! 저는 오랫동안 정신의학과 전문의로 활동해 왔지만 아직도 제 개인 생활과 일의 균형을 맞추기 위해 내린 결정이 옳은 것인지 혼란스러울 때가 있어요."

나는 회의 테이블 건너편에 앉아 있는 레이첼을 바라보았다. 그녀는 여느 때처럼 공책에 스케치한 꽃 그림을 내려다보고 있었다. 늘 그렇지만 나는 딴짓을 하는 그녀의 모습에 미워할 수 없는 매력을 느끼며 미소를 지었다.

이제 우리가 내릴 결정이 우리의 남은 삶의 방향을 정하는 순간이 왔고, 나는 그녀의 마음을 확인해야만 했다. 캘리포니아에서 돌아온 후 레이첼은 하버드의 명망 있는 연계병원으로 보스턴 도심내에 위치한 매사추세츠 제너럴 병원에서 면접을 보았다. 매사추세츠 제너럴은 미국 최고 병원의 하나라는 명성이 자자한 곳으로 하버드 레지던트 수련생을 전임의로 자주 채용했다.

레이첼은 그곳을 매우 마음에 들어 했지만 과연 UCLA보다 우위에 둘 만큼일까? 그녀가 매사추세츠 제너럴을 최우선으로 꼽고, 전임의 선발 프로그램인 매치가 그녀를 그곳으로 보내는 두 가지 큰 가능성이 실현된다면, 나는 다음 날이라도 바로 약혼반지를 사러 갈 의향이 있었다.

하지만 그녀가 UCLA와 같은 곳의 프로그램을 1순위로 선호하거나 매사추세츠 제너럴을 더 선호하더라도 매치의 알고리즘 때문에 다른 곳에 채용이 된다면 결정권은 결국 나에게 넘어올 것이고, 나는 동부에서의 내 미래를 희생하는 결정을 내려야 할 수도 있었다.

그때까지도 레이첼은 우리 둘 다 친한 미란다를 제외하고는 아무에게도 우리가 사귀고 있다는 사실을 공개하지 않았다. 나는 레이첼이 나만큼 우리의 관계를 진지하게 생각하는지 의문이 들었다. 만약 그녀가 나와 생각이 다르다면 그녀의 전임의 선발 결과에 따라 내가 캘리포니아로 따라간다면 너무 무모한 결정이 아닐까?

레이첼과 나의 상황은 내가 커플 치료사로 활동할 때 만났던 한 커플의 이야기를 떠올리게 했다. 레지던트들은 외래 진료 훈련의 한 과정으로 치료를 원하는 한 쌍의 커플을 담당해야 했다. 내가 맡은 동성 커플인 테렌스와 자비에르는 우리와 매우 비슷한 상황에 놓여 있었기 때문에 내가 가진 편향된 생각들을 어떻게 조절해야 할지 조언을 구할 필요가 있었다.

테렌스와 자비에르는 사귄 지 1년이 조금 넘었고 비밀리에 서로 사랑하고 있었다. 테렌스는 보수적인 기독교 집안 출신이고, 그들의 관계는 물론 자신이 게이라는 사실까지 숨기고 있었다. 그리고 자비에르는 결혼한 후 함께 아이를 입양하길 원했지만 테렌스는 원하지 않았다.

"저는 가족들 없이 결혼식을 올릴 수 없어요. 그렇다고 그들에게 제 상황을 말할 순 없습니다. 제가 사실을 말하면 저희 엄마는 저와 인연을 끊을 거예요. 그럴 순 없습니다."

"당신 어머니가 당신과 절연하면 어떻게 되는데? 어차피 당신 어머니는 당신이 진짜 어떤 사람인지 모르고 있잖아?"

자비에르가 말했다.

"그건 나한테 중요한 문제야."

"그렇지 않아. 그런 게 중요한 거야? 스턴 선생님, 그게 중요한 겁니까?"

나는 그들이 나의 첫 번째 커플 환자이며, 그들의 문제는 더 경륜 있는 사람이 처리해야 될 심각한 사항으로 보인다고 솔직하게 털어놓고 싶었지만 무크 교수님에게 배운 내용들을 떠올리면서 그 방법대로 진행했다.

그들이 각자 말한 내용을 반추하는 동안 내 개인적인 감정을 최대한 억눌렀다. 나의 감정은 테렌스가 어서 가족에게 알려야 하고, 여태까지 실행에 옮기지 않은 것은 자비에르에게 큰 상처가 된다고 말하고 있었다.

결국 나의 조언에도 불구하고 자비에르는 테렌스에게 가족에게 그들의 관계를 알리지 않으면 더 이상 관계를 지속할 수 없다는 최후

통첩을 날렸고, 테렌스는 자신이 떠안은 압박감을 이기지 못했다.

그런데 레이첼과 나의 관계와 매우 비슷한 상황에 놓였던 그들은 테렌스가 다른 주에서 일자리를 제안 받은 후 이직을 결정하면서 이도저도 아닌 결론에 다다랐다.

"이제 상담은 못 가게 됐어요."

자비에르가 전화기 너머로 말했다.

"테렌스는 마지막 상담에 참석해서 선생님하고 이 문제를 의논할 생각도 없나 봐요."

"이렇게 되어서 유감이네요. 도움이 필요하면 두 분 모두 언제든지 찾아오세요."

나는 목소리에 감정이 실리지 않게 했지만 마음속으로는 정신과 의사로서 실패한 기분이 들었고, 나 또한 연애를 하고 있는 사람으로서 그들의 상황이 매우 불길한 징조로 느껴졌다.

그날 밤 나는 레이첼에게 선호하는 병원들 순위가 어떻게 되는지 물었다. 그녀는 다음 주까지는 순위를 정해야만 했다. 레이첼은 아직 모르겠다고 답했다. 아직까지 정확한 순위를 가리는 중인 것 같았다.

그녀가 정말 아직도 마음을 정하지 못한 것인지, 아니면 단순히 우리가 이별할 수밖에 없는 현실을 외면하는 것인지 궁금했다. 그녀가 UCLA를 1순위로 꼽았다고 하면, 나는 우리의 관계가 어디에 서있는지 바로 알게 될 것이다. 우리는 앞으로 여러 가지 일들을 겪다가 끝내 결별에 이를 게 뻔했다.

그것은 확실했다. 내가 먼저 이별을 선택하거나 몇 년 전 엘리아나와 사귈 때처럼 장거리로 인해 관계가 악화되고 소원해지다가 이별할 게 분명했다.

에린이나 테렌스의 영향을 받았든 나의 성장을 이끌어 주는 다른 여러 사람들의 영향을 받았든, 나는 그 순간 레이첼이 결정을 내리는 일에 부담을 주지 않기로 결심했다. 그녀가 나와 함께하길 원한다면 내가 그녀를 압박하지 않더라도 그녀 스스로 결단을 내릴 것이다.

단순히 내가 애원해서 그녀가 보스턴에 머물기로 결정한다면 그녀는 영원히 나를 원망하고, 우리의 관계가 멀어졌을 때 예상되는 슬픔보다 더 끔찍한 결과를 맞이할지도 모른다. 나는 그녀가 스스로 결정을 내릴 때까지 기다리기로 했다.

***

레이첼 화요일 밤에는 우리 집에서 같이 보내자.

나 좋아. 수요일 전임의 선발 발표 때 내가 옆에 있길 원한다면 화요일 밤에 자고 가야겠지. 내일이 화요일이잖아. 이번 주는 시간이 너무 빨리 지나간다.

레이첼 맞아.

나 일 끝나면 나는 일단 우리 집으로 올게. 네가 퇴근하고 집에서 쉬고 있으면, 내가 그리로 갈게. 네가 힘들게 일하고 와서 짜증이 난 상태라 해도 갈게, 알겠지?

레이첼 좋아. 한밤중에 퇴근하지 않았으면 좋겠다.

나 중간에 한번 연락해서 같이 뭘 먹을지 말지 정하자.

레이첼 알겠어. 난 보통 그룹 치료 전에 간단히 먹고 집에 와서 요거트나 다른 걸 먹는 편인데, 네가 원하면 같이 밥 먹어도 좋아.

나 알았어. 나 지금 빨래해야 되니까 조금 있다가 다시 연락할게.

레이첼 안녕.

나 우리 집 욕실에 네 바디버터가 있는 걸 봤어. 여기다 두고 쓰려는 거야, 아니면 내가 내일 너희 집으로 가져다줄까?

레이첼 그냥 거기에 둬. 더 좋은 걸 발견했는데 이건 우리 집에서 쓰는 중이야. 그러니까 그건 너희 집에 두는 게 좋겠어. 쓰고 싶으면 네가 쓰든가.

나 나보고 베이글에 넣어 먹으라는 거야?

레이첼 재미없거든. 하지만 네가 진짜 넣어 먹어 보면 좋겠다.

나 난 사실 바디버터가 어디에 쓰는 건지도 몰라.

레이첼 로션 같은 거야.

나 피부를 부드럽게 만드는 용도라는 건 알겠는데, 어디에 어떻게 사용하는지 모르겠어.

레이첼 어디든 부드럽게 만들고 싶은 부위에 바르면 돼. 나는 샤워하고 잘 준비나 해야겠다. 아침에 보자.

나 그래, 잘 자.

32

매치 프로그램의 귀환

레이첼의 아파트에 도착했을 때, 그녀의 룸메이트인 줄리아가 문을 열어 주었다. 손바닥에서 땀이 나고 심장이 두근거렸지만 나는 꽃다발을 손에 들고 편하게 행동하려고 노력했다. 줄리아가 말했다.

"꽃 참 예쁘다! 레이첼은 자기 방에 있어요. 어서 들어와요."

나는 거실을 지나 레이첼의 방문 앞으로 가서 노크를 했다.

"들어와."

나는 방으로 들어가 레이첼에게 꽃다발을 주었다. 그녀는 아무에게나 보여 주지 않는 진실한 미소로 나를 맞아 주었다.

"이 꽃들, 너무 예쁘다."

"축하의 꽃이야. 혹은 위로의 꽃이 될지도 모르지."

나는 그녀의 손을 잡았다.

"어떻게 되든 넌 축하받을 자격이 있어."

그녀는 다시 미소를 지으며 나에게 몸을 기댔다.

"열여섯 시간이 정말 길게 느껴질 것 같아."

나는 다음 날 아침 매치 프로그램 결과가 발표되는 순간을 그녀와 함께 맞이하기 위해 이 집에 왔다. 우리 둘을 동시에 하버드 롱우드에 보낸 신비롭고 전능한 알고리즘이 다시 한 번 레이첼을 어디서 전임의 과정을 수련할지 정하는 임무를 맡았다. 전임의 선발 프로그램은 각 지원자의 훈련 프로그램 선호도와 각 훈련 프로그램을 지원한 사람들의 순위를 반영해서 근무지를 배정한다. 그녀가 말했다.

"만약 아무 데서도 날 채용하지 않으면 어떡하지? 결과가 나올 때 다들 모여 있는 자리에는 절대 있지 않을 거야."

그녀의 말은 우리 사이는 물론 자신의 일을 비밀로 하는 그녀의 행동에 걸맞았다. 나는 그녀를 안심시키며 말했다.

"넌 합격할 거야."

우리는 밤새 잠을 이루지 못했다. 아침까지 온갖 주제로 대화를 나누었다. 터무니없는 얘기부터 심각한 것까지 모든 것을 주제로 대화했다.

해가 뜬 후 새들이 지저귀기 시작했을 때, 나는 침대에서 일어나 몇 블록 떨어진 곳에 있는 커피숍으로 갔다. 레이첼에게 줄 화려한 캐러멜마키아토를 포함해서 커피 두 잔을 주문한 후 집으로 돌아갔을 때, 그녀는 완전히 깨어나서 작은 방 안을 왔다 갔다 하고 있었다.

우리는 함께 시계의 초침이 움직이는 것을 보았고 마침내 정오가 되었을 때, 그녀가 우리의 운명을 알려 줄 웹사이트에 접속했다. 나는 1미터 떨어진 곳에서 그녀가 확인 항목을 클릭하더니 찡그리는 모습을 지켜보았다.

"왜 그래?"

"사이트가 멈췄어."

"다시 들어가 봐."

나는 그녀 옆으로 바짝 다가가 화면을 쳐다봤다. 그녀는 복잡한 아이디와 비밀번호를 다시 입력했다. 그녀가 확인 항목을 클릭하자 화면에 다음과 같은 문구가 떴다.

'축하합니다! 당신은 합격하셨습니다. 매사추세츠 제너럴 병원.'

"어? 매사추세츠 제너럴이잖아!"

나는 큰 소리로 외쳤다. 나는 두 팔로 레이첼을 꼭 끌어안았고, 내 눈에 눈물이 차오르는 것을 느꼈다. 하지만 뛸 듯이 기쁜 마음은 오래가지 않았고 불안한 생각이 스쳤다. 어쩌면 그녀는 UCLA를 1순위로 지목했지만 우연히 나와 가까이 지낼 수 있는 병원으로 선발된 것일 수도 있지 않을까? 나는 그녀를 잡고 있던 팔을 풀고 뒤로 물러나 그녀의 표정을 살폈다. 내가 말했다.

"난 네가 어디를 1순위로 지정했는지 한 번도 물어보지 않았어."

"바로 여기야."

레이첼은 진심으로 기뻐하고 있었다. 그녀는 매사추세츠 제너럴 병원뿐만 아니라 우리의 관계를 선택한 것이다. 그녀를 처음 봤을 때부터 그녀에 대해 내가 어떤 감정을 갖고 있는지 나 스스로는 잘 알고 있었지만, 그녀가 나를 어떻게 생각하는지는 그 순간이 되어서야 확신할 수 있었다.

그날 발표 이후 우리의 삶은 빠르게 변해 갔다. 나는 약혼반지를 마련하기 위해 부업을 두 배로 늘렸고, 우리는 임대 계약이 끝나는 여름이 되면 동거를 하기로 결정했다.

레이첼은 1년 먼저 조기에 레지던트 수련을 마치자마자 한 번에 전임의로 선발되었다. 그래서 우리는 같이 살고 있었지만 근무지는 달랐다. 그런 방식으로 지내 본 적은 없지만 우리의 사이는 더욱 깊어졌다. 레지던트 수련이 우리가 만난 계기가 되었다면 같은 직업을 갖되 각자 다른 일터를 가진 것은 우리의 관계 유지에 매우 효과적이었다. 이러한 특별한 상황이 우리 사이를 더욱 튼튼하게 만들었다.

그녀는 내가 근무하는 장소에 대한 모든 것과 내 주위의 모든 사람들에 대해 알고 있었기 때문에 가끔 재미있는 뒷담화를 나눌 수 있었다. 나도 물론 그녀의 새로운 전임의 동기들에 대해 알아야 했다.

당연하겠지만 모든 친구들과 동료들이 우리의 관계에 대해 알게 되었다. 우리는 페이스북의 공식 커플이 되었는데, 그 당시에는 내가 몇 달에 걸쳐 애써서 준비하고 있던 약혼식만큼이나 아주 중요한 일로 생각되었다.

레이첼은 내가 그녀에게 선물할 완벽한 반지가 어떤 것이어야 하는지 수시로 기대하는 말을 늘어놓았지만 나는 알맞은 보석상을 어떻게 찾아야 할지 당황스러웠다. 어머니는 완벽한 반지를 디자인해 줄 다이아몬드 보석상이 널려 있다고 나를 안심시켜 주었다. 어머니는 내가 처음 계획한 대로 단순히 쇼핑몰에 가서 반지를 사는 것보다 더 낫다고 했다.

하지만 어머니는 다른 지역도 다 뉴욕처럼 생긴 줄 알았다. 어머니는 결국 직접 발 벗고 나서서 척척박사로 통하는 보스턴에 살고 있는 우리의 옛 이웃에게 연락했고, 그분은 나에게 보스턴 다이아몬드 상가 지역의 한 보석상을 소개시켜 주었다.

그렇게 나는 알 3개가 연달아 박힌 완벽한 반지를 맞출 수 있었다. 그때까지 내 인생에서 가장 큰 금액을 결제한 후 그 반지를 한 달 동안 가지고 다니면서 30초에 한 번씩 반지가 잘 있는지 확인했다.

나는 한쪽에는 보스턴의 풍경을, 다른 한쪽에는 찰스강을 내려다보고 있는 내가 사는 아파트 옥상에서 프러포즈를 하기로 결심했다. 프러포즈 당일, 나는 아파트로 돌아온 후 반지와 함께 차에 있는 샴페인과 소형 음악 플레이어를 챙겼다. 나는 별다른 말 없이 레이첼에게 옥상으로 올라와 같이 시간을 보내자면서 옥상 데크로 올라오기 전에 노크하라는 작은 쪽지를 붙여 두었다.

그런데 너무나 실망스럽게도 그곳에 한 남자가 앉아 있었다. 그는 종종 나와 목례로 인사를 나누는 이웃이었다. 그곳은 전체 입주민을 위한 공용 옥상이었고, 그날은 아름다운 가을 날씨였기 때문에 이런 문제를 예상했어야 했지만 이런 일이 발생하리라고는 미처 생각하지 못했다.

정장을 빼입고 샴페인 병과 음악 플레이어를 손에 든 채 어찌할 바를 모르고 땀만 쏟아 내고 있던 나는 어쩔 수 없이 신문을 읽고 있던 그 남자에게 다가갔다.

"방해해서 죄송합니다만, 큰 부탁을 하나 드리고 싶습니다."

"네?"

그는 거의 나를 쳐다보지도 않고 대답했다.

"자리를 비워 주시면 감사하겠습니다."

"뭐라고요?"

"제 여자친구가 곧 이곳으로 올라올 겁니다. 제가 그녀에게 프러포즈를 할 계획이거든요. 죄송합니다만, 여기에 누가 있을 거라고 예상하지 못했습니다. 제 부탁을 들어주시겠습니까?"

만약 그가 싫다고 거절하면 그땐 어떻게 해야 할까. 옥상 밖으로 밀어 버릴까? 그의 귀라도 잡아서 계단으로 끌고 내려갈까? 적당한 방법이 바로 떠오르지 않았다. 고맙게도 그는 허락해 주었다. 그는 일어서서 천천히 기지개를 켜며 말했다.

"프러포즈를 하기에는 아름다운 날이네요."

나는 그를 빤히 쳐다보며 더 빨리 움직이라는 눈치를 주었다. 레이첼은 지금 쇼핑을 갔고 내 쪽지를 발견하려면 한 시간이나 걸릴 예정이었지만, 나는 오후 내내 옥상 데크에서 왔다 갔다 하며 혹시 레이첼이 무슨 일이 일어날지 눈치채고 도망이라도 간 것은 아닌지 조바심을 냈다.

드디어 계단 쪽으로 난 문이 열렸다. 함께하게 된 우리는 내 휴대용 스피커에서 흘러나오는 느린 음악에 맞춰 본능적으로 춤을 추기 시작했다. 그사이 나는 연습한 대로 그녀에게 고백을 했다. 우리 둘 다 그 내용은 잘 기억나지 않는다. 우리는 마침내 완전히 하나가 되었다는 기쁨에 도취되었다.

나는 그녀에게 반지를 보여 주면서 나와 결혼해 달라고 고백했고, 그녀는 기쁘게 승낙했다. 우리를 이어 준 도시가 내려다보이는 곳에 서서 우리는 약혼한 커플로서는 처음으로 키스를 나눴다.

33

나도 힘이 세요

하버드 레지던트 프로그램의 4년 차 과정은 매우 유연하게 진행되었다. 우리는 업무 시간의 절반을 외래 진료실에서 치료를 하거나 약물 관리 환자를 담당했다. 나머지 시간에 하는 일은 각자 다양했다. 드류와 같이 연구에 관심 있는 레지던트들은 자연스레 연구 프로젝트에 참여했고, 그럼으로써 교육 기관에서 커리어를 쌓는 길로 들어섰다.

레지던트 수련 후 정식 전임의 수련을 요하지 않는 특정한 분야에서 전문성을 키우고 싶은 사람들은 자신의 관심사를 위해 매진했다. 예를 들어 스베트라나는 의대에 진학하기 전에 미군에 있었는데 선택 순환 근무를 지역 재향군인 병원에서 하기로 했다.

미란다와 다나는 거의 한 달 동안 냉전 상태로 지내면서 레지던트 전체 프로그램의 수장인 의국장 지위를 놓고 경쟁했다. 그들은 앞으로 어디에 지원을 할지 질문을 받을 때마다 비밀을 유지하면서 우물쭈물하며 말을 아꼈다.

그것은 소리 없는 경쟁이었지만 우리는 모두 상황을 알고 있었고, 거기에 대해 말할 때는 목소리를 낮춰야 했다. 두 사람의 경쟁은 아주 치열하고 소모적이어서 심지어 행정직원들도 거기에 휩쓸릴 정도였다.

그런 와중에 레딩 교수님이 나에게 의국장 자리에 지원할 생각이 있는지 물어보았다. 그녀는 아마 미란다와 다나의 전쟁을 피할 손쉬운 방법을 찾고 있었던 것이다. 나는 그런 제안을 받게 되어 영광스럽고 기꺼이 면접을 보고는 싶지만 다른 부서의 의국장직을 생각 중이라고 말했다.

윗사람들은 상세한 면접을 통해 결국 미란다를 전체 의국장으로 선택했다. 나는 그녀가 끊임없이 활기찬 에너지와 낙관주의적 성향 덕분에 훌륭한 의국장이 될 것이라고 예상했다. 과중한 업무를 떠안고 있으면서도 제대로 인정을 못 받는 레지던트들이 종종 절망에 빠지는 상황에서 외향적이고 열정적인 사람이 수장이 되는 것은 현명한 선택이었다. 내가 되었다면 미란다만큼 훌륭하게 해내지 못했을 것이다.

내가 노린 자리는 외래 진료 의국장으로, 레지던트들에게 환자를 분배하고 그들을 지도하면서 무크 교수님에게 직접 업무 보고를 하는 역할이었다. 에린도 이 자리에 지원했다. 어디서든 늘 그랬듯이 에린은 실력이 출중한 후보자였다. 그녀는 나보다 항상 더 준비되어 있었고, 언제든지 타인에게 도움을 주려는 자세를 가졌다.

하지만 무크 교수님은 화요일에 열리는 치료 세미나에서 나의 업무 수행에 더 높은 점수를 주었다. 그리고 마침내 의국장 임명이 발표되었을 때 외래 진료 의국장은 두 자리로 역할이 나눠졌고, 에린과 내가 공동 의국장을 맡게 되었다. 우리는 또 같이 일하게 되어 마냥 기뻤다.

에린과 함께 공동 의국장이 된 나는 데보라가 전기경련요법을 받고 놀라울 정도로 변했던 경험을 통해 관심을 갖게 된 분야에 따로 시간을 투자할 수 있었다. 정신의학과에는 자극을 통해 뇌에 변화를 주는 신경 조절 개입을 연구하는 분야가 따로 있었다.

수십 년 동안 사용된 전기경련요법도 있었지만 경두개 자기자극법TMS: transcranial magnetic stimulation 같은 새로운 접근법도 있었다. 내가 근무하는 병원이 전 세계에서 선구자 역할을 하고 있는 이 접근법은 FDA의 승인을 받은 치료법이 된 지는 5년 정도였고, 이 기술의 초기 개발자들 중 일부는 이곳 신경과에서 근무했다. 그 분야에 대해 더 배우고 싶었던 내게 더할 나위 없이 좋은 기회였다. 나는 관련 부서에서 다시 순환 근무를 하면서 뇌 자극을 이용한 정신의학적 임상을 제대로 배우기로 결심했다.

TMS 임상 프로그램의 특정 부위를 자극하는 접근법은 아주 놀라웠다. 전기경련요법이 전기적 자극으로 뇌 전체를 진동시키는 투박한 기구를 사용했다면, TMS의 기구는 전자기 코일로 뇌의 미세한 부분을 활성화시키는 것이었다. 뇌는 다수의 중복 기능을 갖고 있어서 인간은 기능적으로 연결된 신경회로를 생성하게끔 진화되었고, 뇌의 이 부분들은 상호의존적이다.

뇌에는 기분 조절과 연관된 명확한 신경회로가 존재하고 TMS는 우울증과 관련된 신경망의 특정한 결절을 선별해 자극함으로써 여러 부위를 동시에 조절할 수 있다. 이것은 마치 기계 전체에 아주 정교하게 연결된 나사 1개를 돌리면 총 시스템이 영향을 받는 것과 같다. 옛 만화에 나오는, 기능은 단순하지만 아주 복잡하고 거대한 기계에 비유할 수 있다.

TMS를 사용한 신경과 의사들은 저명한 임상 신경과학 연구가들이었다. 그들은 유용한 신경과학을 통해 세상을 바꾸겠다는 한 가지 목표를 위해 다 같이 힘을 합쳐 연구에 매진했다.

TMS의 전제는 현재 우리는 뇌의 한 부분을 정확히 겨냥할 수 있는 기술을 갖고 있고, 이 방법을 통해 각 환자들의 경과에 큰 변화를 가져올 수 있다는 것이다. 이 치료법은 내가 그때까지 배웠던 심리 치료나 정신약리학과 같은 다소 모호한 접근법에 비해 놀라울 정도로 크게 발전했고 치료 속도에 신선한 변화를 가져왔다.

처음에 내가 신경 조절 기술에 매료되었던 이유는 환자들의 경과가 내가 한 말의 내용이나 방식에 민감하게 영향을 받지 않아 다행이라는 생각이 들었기 때문이다. 생물학적인 처치이기 때문에 환자와의 상호작용에 구속받지 않는 것처럼 보였다.

하지만 나는 경험을 통해 내 생각이 틀렸다는 것을 깨달았다. 이 분야에 대해 알아 갈수록 몇 년 전 메이시 교수님이 내게 가르쳐 주었던 내용들이 더욱 이해가 갔다. 치료 과정의 중심에 있는 환자는 치료 결과에서도 가장 중요한 역할을 하고 환자와 공감하는 정신과 의사의 능력은 생물학적인 효과 이상으로 치료 결과를 결정하는 데 중요한 역할을 한다는 말이었다.

4년 차 과정을 수련하는 동안, 나는 TMS의 기술적인 부분들을 익히기 시작했지만 내가 가장 중점을 두고 배운 것은 환자들이 일주일에 5회 정도 뇌에 전기 충격을 받으러 병원에 올 때마다 그들과 소통하는 방법이었다. 새 환자를 알아 가고 그들과 두어 달 집중해서 치료를 진행하고, 그들이 나아지길 빌어 주면서 다시 외래 진료 의사에게 보내기까지 내가 숙달해야 할 새로운 흐름이 생겼다.

내가 담당한 환자가 나아지면 그토록 짧은 시간 안에 치료가 이루어졌다는 사실에 스스로 자부심을 느끼기도 했다. 확률이 절반에 가깝지만, 그들이 치료에 반응을 보이지 않으면 우선 낙담은 하지만 그들을 위해 다른 치료법을 모색하려는 의욕이 더욱 왕성해졌다.

뜻깊었던 4년 차 과정을 수련하며 깨달은 또 다른 한 가지는 내가 후배 레지던트들과 의대생들을 가르치는 일을 좋아한다는 것이었다. 복잡한 치료 이론을 처음 듣는 누군가를 위해 설명하는 것만큼 내가 즐거움을 느낀 일은 없었다.

나는 의대생들이 남관 4층과 같은 치료 장소에서 실습하느라 전체적인 정신의학과의 외래 진료를 거의 경험하지 못한다는 것이 무척 안타까웠고, 그런 상황을 바꾸기 위해 임시 프로그램 하나를 개발했다. 상담 시간 동안 관찰자의 동석을 허락한 환자 몇 명을 선정하여 의대생들이 그들의 정신 약물 치료 상담에 번갈아 가며 참여하는 것이다.

상담 후 학생들과 나는 긴 시간 동안 치료와 관련된 모든 개념에 대해 토론했다. 중요한 개념을 타인에게 설명하는 것이야말로 나의 지식을 새롭게 정비할 수 있는 가장 좋은 방법이라는 것을 깨달았다.

레지던트들의 교육을 계획하고 실행하면서 나는 처음으로 진지하게 레지던트 수료 후에도 교육기관에 남는 문제에 대해 고민했다. 레지던트 과정을 수련하면서 알게 된 점은 하버드와 같은 교육기관들은 가르치는 일을 공동의 책임으로 간주했고 예외도 있지만 대부분 넉넉한 급여나 임상과 교육 사이에 고정적인 시간 할당이 보장되지는 않았다.

의대에서 어떤 정규직을 맡든 상관없이, 임상을 하든 학문적인 연구를 하든, 하버드 의대의 교수진은 교육생을 가르치는 게 의무였다. 그 일은 보통 얼마 안 되는 혜택이나 금전 또는 다른 형태로 보상을 받는 수준이지만 교수진이 되기로 결심한 사람들은 명석한 두뇌들을 성장시키는 경험이 어디에서도 할 수 없는 것임을 잘 알기에 이 일을 선택하는 것이다.

내 경험으로 비춰 볼 때 하버드 의대생과 레지던트들은 전체적으로 우수한 인재들임에는 틀림없지만 놀랍게도 그들은 아주 평범한 모습이기도 했다. 내가 처음 이곳에 왔을 때 느꼈던 것처럼 하버드에 있는 사람들도 다른 사람들과 마찬가지로 불완전하고 불안한 면도 있다. 다만 그들은 그런 약점을 지식을 흡수하고 실행하는 놀라운 능력으로 상쇄시킨다.

나는 능력이 부족한 사람인 데다 프로그램에 오류가 생겼기 때문에 하버드에 선발된 것이며 주위 사람들만큼 똑똑하지 않다는 생각은 레지던트 수련 내내 따라다니더니 4년 차 과정을 시작하면서 점점 희미해지기 시작했다.

내 자신감은 프라이트PRITE 점수를 받았을 때 최대로 고조되었다. 프라이트는 정신의학과 레지던트 시험Psychiatry Resident-In-Training Examination을 뜻하는데, 전국의 모든 정신의학과 레지던트들을 대상으로 매년 훈련 과정에서의 성취도를 평가하는 것이다.

세 차례의 시험을 치른 후 나는 스스로를 실망시키지 않겠다는 단순한 이유로 열심히 공부했다. 레딩 교수님이 내가 '잘하고 있다'고 말해 준 것은 꾸준히 점수가 오르고 있던 프라이트 결과를 참고해서 판단한 것이었지만 아직 완성된 단계는 아니었다.

네 번째 시험을 치를 무렵, 온 지역을 돌아다니며 부업을 하고 독립적으로 임상을 한 후에는 더 이상 누군가에게 나를 증명하기 위해 애쓸 필요가 없다는 생각이 들 만큼 자신감이 넘쳤다. 나는 시험이 열리는 회의실로 걸어 들어갔고 앞서 우리에게 레지던트 생활에 대해 소개해 주었던 행정과장 티나에게 다가갔다.

"안녕하세요, 티나."

"안녕하세요, 애덤."

그녀는 모든 프라이트 관련 자료가 들어 있는 밀봉된 종이 상자

2개를 나르고 있었다.

"제가 도와드릴까요?"

"괜찮아요. 나도 힘이 세요."

"네, 알고 있습니다."

시험이 시작되었고, 앞서 본 세 차례의 시험과는 다르게 나는 순식간에 문제를 풀었다. 제출 30분 전에 시험을 마치고 회의실 앞쪽에 있던 티나에게 제출했다. 그녀가 친절하게 미소를 지었을 때 나는 그녀에게 장난치듯 팔의 알통을 자랑하는 동작을 취했다.

결과가 발표되었고, 나는 전체 레지던트 중 가장 높은 점수를 받았다. 그동안 배웠던 교훈들이 이제야 명확히 이해가 가기 시작했다. 진정으로 나는 이곳에 속한 사람이 되었다.

그리고 나는 레이첼과 약혼을 했다. 내가 사랑하는 도시에서 나의 일과 삶이 모두 성공을 거두고 있었다. 이 세상에 거칠 것이 없는 기분이 들었다.

34

또다시 가짜 의사 행세

"내가 왜 당신 말을 들어야 하죠? 당신은 아직 진짜 의사도 아니잖아요. 나의 첫 진료를 맡은 레지던트일 뿐이잖아요."

40킬로그램 남짓 되어 보이는 스물한 살의 엘리스는 사무실 한쪽에 놓인 의자에 앉아 나를 향해 한껏 적개심을 드러내고 있었다. 그녀는 시선을 피하고 싶을 만큼 강렬하게 나를 노려보고 있었다. 나는 그녀보다 덩치가 두 배는 컸지만, 그녀가 얼마든지 나를 이길 수 있을 것 같았다. 간단히 말하자면 그녀는 제인이 환생한 것 같았다.

"당신 말이 틀리진 않아요. 하지만 마지막 구절은 완전히 정확하지는 않네요. 저는 이곳 진료를 담당하고 있는 의국장으로 환자에게 어떤 정신과 의사가 배정될지 정하는 업무를 담당하고 있고, 많은 고민 끝에 제가 당신을 맡게 된 겁니다."

내 말은 사실이었다. 무크 교수님은 내가 제인의 사망으로 트라우마를 겪었던 과정을 알고 있었고, 신경성 식욕부진증을 앓는 다른 환자의 상담 치료를 담당하면 내 수련에 도움이 될 것이라고 제안했다.

엘리스의 진료 기록에는 '클러스터 B cluster B의 징후들'과 '성격적 병리' 같은 문구가 여기저기 많이 등장했다. 클러스터 B란 미국 정신의학회의 성격 장애 분류인 클러스터 A, B, C 중에서 반사회성, 자기애성, 연극성, 경계성 성격 장애를 가리키는 말이다. 나는 엘리스의 치료를 피하고 싶었지만 무크 교수님의 의견을 존중하여 그 제안에 따랐다.

"그래서 당신이 의사 나부랭이 대장이라서 잘나가는 사람이다 이겁니까?"

그녀가 독설을 내뱉는 동안 어떻게 대응해야 할지 몰라 당황스러웠지만 내 표정에서 불편한 기색이 보였는지 그녀는 의자에 몸을 기대더니 시선을 돌렸다. 우리는 1분여 동안 말없이 앉아 있었다.

"엘리스가 왜 여기에 왔는지 얘기를 해보고 싶어요. 당신은 성인이니까 스스로 나를 보러 온 거잖아요, 그렇죠? 엘리스의 마음 한 구석에서는 증상이 나아지길 바라는 마음이 있는 거예요."

"말이 된다고 생각해요, 애덤?"

닥터 스턴으로 나를 소개했지만 환자가 애덤으로 호칭하면, 그것은 대개 나를 깎아내리려는 의도라는 것을 이미 경험을 통해 알고 있었다. 그녀가 일부러 그러는 게 맞다면 그 전략은 대성공이었다. 그 순간 나는 한없이 초라하게 느껴졌고, 또다시 가짜 의사 행세를 하는 것 같았다.

"한 가지 가르쳐 줄게요, 애덤. 내가 여기에 온 이유는 내가 안정된 상태로 치료에 임하지 않으면 보스턴대학에서 다음 학기에 날받아 주지 않기 때문이에요. 여기에 온 건 그 이유 딱 하나라고요."

"그럼 내가 엘리스의 목표를 도울 수 있겠군요. 다음 해에 당신이 학교로 돌아갈 수 있도록 같이 노력해 봐요."

다시 한 번 무거운 침묵이 흘렀다. 우리의 눈이 마주쳤을 때 나는 뒤로 물러서지 않았다. 상담이 끝나기까지 20분이 남은 순간, 아무런 예고도 없이 그녀가 벌떡 일어서서 나에게 비웃는 표정을 지었다.

"꺼져!"

엘리스가 거칠게 한마디 내뱉으며 쏜살같이 사무실을 빠져나갔다.

"다시 봐서 반가워요."

예전에 내가 슬럼프에 빠져 있을 때 심리 상담을 위해 만났던 닥터 페티존이 따뜻한 미소로 나를 맞아 주었다. 지난번 방문했던 이후로 몇 달이 지났지만 그녀의 사무실은 거의 그대로였다.

"다시 뵈어서 반갑습니다. 하지만 솔직히 제가 여기에 나타나면 안 되는 거겠죠."

"무슨 말인지 알아요. 왜 다시 오게 되었는지 말해 주세요."

나는 그녀에게 내 근황에 대해 설명했다. 레이첼과의 약혼, 내가 항상 원했던 외래 진료를 담당하게 된 기분 등에 대해 말했다.

"정말 다 잘됐네요."

"네, 그렇습니다만 그런 일들 때문에 제가 레지던트 4년 차 과정에 있다는 사실이 더욱 고통스럽게 느껴집니다. 이제 레지던트를 끝내고 진짜 정신과 의사가 되어 세상에 나오려고 하는데 아직도 스스로 뭘 하고 있는 건지 모르겠어요. 공부도 하고 책도 읽으면서 임상에 활용하기 위해 노력했지만 아직도 제가 남을 돕기에는 너무 무능하다는 생각이 듭니다. 지도교수님들을 보면 항상 자신 있고 노련해 보이지만 저는 그저 '난 저 사람들이 아니야. 난 절대 저렇게 못 될 거야'라고 생각합니다."

나는 내 신발을 내려다보면서 눈에 눈물이 차오르지 않기 위해 노력했다.

"제가 정말 운이 좋아서 하버드에 선발된 것이 맞는다면 어떡하죠? 원래 세상에는 말도 안 되는 일이 종종 일어나잖아요. 제가 얼마나 노력했든지, 앞으로 커리어를 위해 무엇을 하든지 끝까지 제가 진짜 의사라는 생각이 안 들면 어떡하죠?"

"당신이 가짜로 느껴지나요?"

나는 고개를 끄덕였다.

"이쪽 분야에서 그런 감정을 느끼는 건 흔한 일이에요. 이미 알겠지만, 심지어 그런 증상을 일컫는 용어도 있죠. 자신의 성공을 온전히 받아들이지 못하는 가면증후군 말이에요."

"박사님도 같은 경험을 하셨습니까?"

그녀는 폭소를 터뜨렸다.

"난 레지던트 수련을 하면서 스스로 실패자라고 확신했고, 바로 이곳 사무실로 상담을 받기 위해 찾아왔었어요."

"정말입니까?"

그녀는 고개를 끄덕였다.

"그런데 재미있는 일이 생겼어요. 대기실에서 내 동기들을 한 명씩 마주치기 시작했고, 마침내 다들 혼자서 버티면서 헤쳐 나갈 방법을 찾고 있었다는 걸 알게 되었죠. 당신의 동기들도 당신이 가끔 길을 잃은 듯한 느낌이 드는 것처럼 똑같이 느끼고 있을 겁니다."

나는 에린의 명석하지만 불안한 성향과 감정 수업 시간에 드러났던 그녀의 어리숙한 모습들이 떠올랐다.

"박사님 말씀이 맞습니다. 제 주위에 모든 사람들이 저처럼 자신이 뭔가 잘못하고 있는 것 같은 감정과 싸우고 있습니다. 그렇다면 정신의학과라는 분야 자체가 일종의 사기극 아닐까요?"

그것은 내가 지난 4년 동안 차마 물어보기 두려운 질문이었다. 정신의학과라는 분야는 다른 의학 사이에서 '사기 과학'이라는 오명을 쌓아 왔다. 정신의학과는 근본적으로 기계적이거나 생리학적인 것과는 거리가 멀다. 정신 건강관리에는 언제나 객관적인 자료보다 주관적인 평가가 더 많이 사용된다. 심지어 정신과 의사가 환자에게 직접 물어보지 않으면 그들의 기분이 나아진 건지 알아차릴 수도 없을 때가 많다.

"애덤은 어떻게 생각해요?"

"제 생각엔 이 분야는 파란만장한 과거를 갖고 있습니다. 과거의 이론들 중에는 노골적으로 터무니없는 이야기를 지어낸 경우도 많왔지만, 그 말도 안 되는 것들이 우리가 더 나은 방향으로 전진할 수 있도록 원리를 가르쳐 줄 수는 있다고 생각해요. 인지행동 치료법이나 정신분석학처럼 다양한 치료법이 도움이 된다는 것은, 정신과 의사들이 환자에게 형성한 인간적인 공감대라는 공통분모가 가장 중요한 부분이라는 것을 의미한다고 생각합니다."

그녀는 내 말에 고개를 끄덕이면서 계속해서 말하라고 눈짓을 했다.

"어떤 사람들한테는 약물이 도움이 되겠지만, 약물이 절대적으로 중요한 사람들도 있겠죠."

나는 첫 야간 당직 때 만났던 진저와 로저 같은 심각한 질병을 가진 몇몇 환자들을 떠올렸다.

"그리고 어떻게 치료해야 할지 아직 뾰족한 방법이 없는 환자들도 있고요."

나는 제인과 엘리스를 떠올렸다.

"모든 분야가 마찬가지지만 고통받는 환자들 중에 치료 경과가 좋지 않은 사람들도 상당해요. 그렇다고 그들을 도울 수 없다는 말은 아니에요. 제 경험상 누군가의 치료 과정에서 동반자가 된다는 것은 환자와 의사 둘 다에게 굉장히 유익한 일입니다. 그럴 가능성이 아주 희박해 보여도요."

나는 상담소를 나오며 엘리스에게 어떻게 접근해야 할지 다시 고민에 빠졌다. 그녀의 상태가 좋아지기 힘든 건 둘째치고 그녀는 부모님과 친구들, 심지어 학교까지 그녀를 버렸다고 생각하고 있었다. 하지만 나는 그녀를 저버리지 않을 것이다.

엘리스와의 상담 시간이 다가왔을 때, 나는 그녀가 진료 접수를 했는지 확인하기 위해 강박적으로 전산 시스템을 계속 클릭했다. 약속 시간인 오후 2시를 지나, 2시 2분, 2시 3분, 2시 4분이 지났다. 2시 18분이 되었을 때 드디어 엘리스가 나타났다.

"당신이 못 올 수도 있다는 생각을 했어요."

"이렇게 왔잖아요."

내가 그녀를 사무실 안으로 안내하자, 그녀는 의자에 앉자마자 어서 자신을 책망해 보라는 듯한 눈빛으로 나를 쳐다보았다. 나는 그 어떤 교과서에서도 이런 종류의 충돌에 대해 읽어 본 적은 없었지만, 나도 모르게 피식 웃음이 나왔다. 그녀가 냉소적으로 말했다.

"왜 웃어요?"

"내가요? 당신이 돌아와서 상담을 할 수 있게 되니까 기분이 좋아졌나 봐요."

우리는 그해가 끝날 때까지 매주 만났다. 제인과 마찬가지로 엘리스는 계속 나를 도발했지만, 차츰 나에게 마음을 열고 자신이 어떻게 고통스러운지 내가 잘 이해할 수 있게 했다. 상담 치료가 끝났을 때 그녀가 완전히 회복한 것인지는 말하기 힘들지만 온전한 상태로 보일 만큼 충분히 잘 이겨내 왔다.

수개월 전 그녀의 진료 기록에서 보았던 여러 개의 진단명은 더 이상 그녀에게 해당되지 않았다. 처음에 나는 그녀를 제인의 환생처럼 생각했고, 그래서 매우 당황했었다. 하지만 내가 바라는 그녀의 모습이 아니라 그녀의 모습 그대로 있게끔 기회를 주자 비로소 치료받는 동안 그녀가 변할 수 있는 여지가 생겼다.

몇 주 동안의 상담을 마무리하는 시간을 가지며 우리가 그동안 성취한 것들을 반추하던 끝에 드디어 마지막 상담 시간이 되었다. 그녀는 내가 자신을 포기하지 않은 것에 대해 고마움을 표현했고 나도 똑같은 말을 그녀에게 해주었다.

그녀를 마지막으로 본 지 두 해 정도 지났을 때 나는 우편으로 편지 하나를 받았다. 엘리스는 상담이 끝난 후 학교로 돌아간 것뿐만 아니라 최고 성적으로 졸업한 후 심리학을 전공하기 위해 대학원에 들어갔다고 한다.

35

이곳은 변화를 일으키는 곳이다

나는 무크 교수님의 사무실에 앉아 그녀의 책상 뒤에 있는 대형 유리창 밖을 바라보았다. 그동안 나는 창문도 없고 벽에 형편없는 그림만 잔뜩 걸려 있는 복도 쪽 사무실만 이용할 수 있었다. 레지던트 수련이 끝나 갈수록 창문이 있는 사무실에 채용되는 생각만으로도 가슴이 설렜다. 무크 교수님이 말했다.

"여기까지 왔군요."

"저도 이 순간을 맞이할 수 있을지 자신하지 못했는데 결국 때가 왔습니다."

그 자리는 임상 종료 면접으로, 모든 레지던트들은 자신이 맡은 환자들의 임상 현황을 의논하고 레지던트 치료실에 남아 계속 치료를 받는 환자들을 누가 담당하면 좋을지 후보를 정하는 시간이었다.

우리는 한 시간 넘게 내가 담당한 환자들의 목록을 꼼꼼히 살폈고, 나는 그들이 치료받는 동안 경과가 좋았거나 좋지 않았던 과정을 제대로 설명하기 위해 노력했다. 나는 무크 교수님에게 엘리스가 차도를 보인 과정을 포함해 오렌의 진료 기록 작성을 중단할 수밖에 없었고 그나마도 연락이 끊겨 경과를 확인할 수 없는 상황에 대해서도 설명했다.

"짐은 어때요?"

나의 첫 번째 상담 환자인 짐을 떠나보낸 과정을 생각하면 특히 마음이 아팠다.

"짐은 여전히 그대로입니다."

그녀는 궁금한 표정으로 나를 쳐다봤다.

"그는 여전히 분노에 찬 나르시시스트입니다. 그의 말에 의하면 지금은 부인이 그를 떠났답니다. 그는 분열된 자기의 빈 공간을 임시로라도 메우기 위해 여러 여자들을 만나고 있습니다."

그녀가 놀란 눈으로 나를 봤다. 나는 깜짝 놀라며 머리를 숙였다.

"맙소사, 제가 진짜 하버드 정신과 의사처럼 말을 했네요."

"내 생각엔 애덤이 진짜 정신과 의사로 보이는데요. 말이 나와서 하는 말인데, 일자리는 찾아보기 시작했나요? 레지던트 수련이 끝난 다음에 일할 곳 말이에요. 눈치챘는지 모르지만, 우린 애덤을 이곳에 채용하고 싶어요."

나는 뭔가 대답을 하고 싶었지만, 결국 아무 말도 하지 못했다.

"지금 대답할 필요는 없어요. 고민을 한번 해보세요."

사실 나는 미래에 대해 이미 진지하게 고민하고 있었다. 나는 벌써 이 근방을 돌아다니며 면접을 봤다. 그중 하나는 보스턴 북부 지역에서 여러 상담소를 운영하는 곳이었는데, 그중 한 지점은 마치 잘 돌아가는 기계처럼 환자당 20분씩, 하루에 25명 정도의 환자를 응대하고 있었다.

그곳은 화려한 조각품들이 놓여 있고 벽은 미술 작품들로 세련되게 꾸며져 있는, 베벌리힐스에서나 볼 수 있는 상담소 같은 분위기였다. 초봉은 상당했지만 그토록 많은 환자들을 간략하게만 상호작용하는 방식이 마음에 들지 않았다. 그런 분위기 속에서 과연 내가 단 한 명이라도 제대로 파악할 수 있을지 의심이 들었다.

그다음으로 면접을 본 곳은 보스턴 시내에 3개의 지점을 두고 있는 꽤 좋은 상담소였다. 그곳은 각 지점당 정신과 의사 1명과 수십 명의 치료사 및 신경심리학자를 두고 있어 다른 곳들과는 분위기가 사뭇 달랐다. 그곳의 지점들도 아주 훌륭했고 롱우드 지역에 있는 상담소보다 훨씬 화려하게 꾸며져 있었지만 정신과 의사는 환자의 치료에서 주로 약물 관리에 중점을 두어야 하고 주위에 치료사들이 환자들을 더 잘 파악하게 하는 방식이 이해가 가지 않았다.

내가 동경하던 보스턴 남부 지역에 있는 한 그룹 상담소도 고려해 봤다. 그곳은 여러 명의 의학박사로 구성되어 있었고, 치료 환경은 공유하지만 개별 의사로서 자기만의 방식으로 상담을 진행하는 곳이었다.

의사가 버는 총수익의 일부는 간접비용 및 행정직원의 급여를 위해 상담소로 반환되지만 개인이 소유할 수 있는 나머지 금액은 전적으로 임상을 하는 방식에 달려 있었다. 여러 가지로 나는 그곳이 마음에 들었고, 계약 직전 단계까지 갔었다.

내가 끝까지 망설인 것은 그곳이 나의 근거지인 하버드 정신의학과와 연결고리가 없다는 점이었다. 그곳에는 새롭게 등장한 연구 주제를 놓고 장기간 토론을 벌이는 일도 없었고, 다른 사람들의 실수 사례를 배우기 위해 '질병 이환과 사망 학회' 같은 세미나에 참가하는 일도 없었다.

아마도 그들은 휴게실 같은 장소에서 비공식적으로 그와 유사한 모임을 가질 수는 있겠지만, 내가 교육기관에 남았을 때 학생들이나 레지던트들에게 가질 막중한 책임감은 느낄 필요가 없을 것이다. 4년 차 과정을 수련하면서 누군가를 교육했던 것은 이 직업에서 나에게 가장 활력을 주었던 부분이었고 포기하고 싶지 않았다.

나는 결국 돌고 돌아 내가 소속된 병원으로 왔다. 나는 여전히 TMS 작업에 흥미를 느꼈고, 그중에서도 정신과 치료와 병행하는 것에 큰 관심을 갖게 되었다. 그래서 TMS 치료의 담당자들에게 정신과 의사를 정식 직원으로 채용해서 같이 협업할 생각은 없는지 문의했다.

그들은 나의 제안을 반가워했지만 단순히 정신의학과와 연결하기 위한 목적으로 나를 고용하고 싶어 하진 않았다. 그들은 내가 그들의 한 구성원이 되어 그 분야의 발전을 도와주길 원했다. 한 담당자가 말했다.

"이곳은 변화를 일으키는 곳입니다. 매일 일하러 와도 좋을 만큼 훌륭한 곳이죠."

그곳의 급여는 내가 다른 곳에서 받을 수 있는 액수보다 낮은 데다 초기에는 사람들과 사무실을 공유해야만 했다. 창문이 있을 수도, 없을 수도 있다. 또한 나는 다른 임상 업무도 병행해야 할 수도 있다.

하지만 그 일은 내가 이제 막 날개를 달기 시작한 한 치료법의 초기 과정에 참여할 수 있는 기회였다. 다른 치료로 효과를 보지 못한 환자들을 위해 새로운 치료의 길을 열어 줄 연구에 참여할 수 있는 것이다.

무엇보다 나는 하버드 의대의 일원으로 남아 이곳의 지도자로서 레지던트 1년 차를 위한 정신 약물 강의를 맡고 레지던트들을 감독하면서 그들이 4년 동안 성장하도록 돕게 된 것이다. 나는 그 일을 맡기로 한 후 무크 교수님을 찾아가 내가 이곳에 남기로 했다는 소식과 주로 다른 쪽 건물에 가서 일하게 된 상황을 전했다.

그녀는 내 소식에 매우 기뻐했고 필요하면 언제든지 자신을 찾아오라고 말했다. 지난 몇 년 동안 위기에 빠졌을 때마다 수차례 도움을 주었던 특별 혜택을 말하는 것이다. 또한 그녀는 교수진이 되면 환자를 개인적으로 상담할 수 있도록 저녁 시간에 공간 대여가 가능하다는 것도 말해 주었다. 임대비가 매우 저렴하기 때문에 창문이 달린 사무실을 얻기 위해 마음껏 예약해도 될 정도였다.

레지던트 종료식은 유월 중순에 열렸다. 그날을 위해 우리 가족들이 뉴욕에서 왔고, 행사가 시작되기 전에 인사를 나누는 자리에서 교수진들과 가벼운 대화를 하기도 했다.

나의 멘토들은 한 명씩 우리 쪽으로 와서 부모님에게 지난 4년 동안 나를 지도하게 되어 영광이었다는 말을 전했다. 니나와 젠, 스트랜드, 맥퀸, 무크, 레딩, 메이시 교수님이 번갈아 가며 나에 대한 칭찬을 늘어놓았다.

그 당시 나는 잘 이해가 가지 않았다. 나는 레지던트 수련 동안 특출하지도 않았고 능력이 부족한 데다가 너무 지쳐서 무기력할 때도 여러 번 있었다. 어떻게 그들은 그 긴 시간 동안 무능력했던 누군가를 가르치는 일이 뿌듯한 일이었다고 여길 수 있는지 의아했다.

몇 해가 지난 후, 나는 그들의 마음을 이해하기 시작했다. 교수진들은 레지던트들이 순수하고 열정적인 태도로 수련을 시작하는 것을 지켜보게 된다. 그들에게는 아직 임상 경험에 수반되는 상실감으로 인한 상처 같은 것은 없다.

누군가가 수련하는 과정을 돕고 그들이 자신만의 방식으로 완전히 성장하는 모습을 지켜보는 것은 때로는 그들이 덜 완벽하고 지쳐 쓰러질 때가 있다 해도 아무나 할 수 없는 소중한 경험이다.

공식적인 종료식이 진행되는 동안 레지던트들은 각각 한 명의 교수님으로부터 축배를 받았다. 무크 교수님은 나를 위해 덕담을 해주었고, 그녀의 말 중에 내가 가까이에서 근무하고 하버드 정신의학과의 구성원으로 남게 되어 정말 기쁘다는 내용이 가장 기억에 남는다.

마침내 그날 저녁을 마무리하는 순서로 정신의학과의 진료과장이 내게 '헨리 올트먼 의학 교육상Henry G. Altman Award for Excellence in Medical Education'을 수여했다. 그는 우리 동기들 중에 뛰어난 사람이 아주 많아서 위원회에서 한 사람만 고르기 어려웠지만 의대생들과 레지던트 초년생들의 교육성과를 참작해 나에게 이 특별한 상을 주게 되었다고 설명했다.

그가 나에게 악수를 청하자 바로 이게 성공하는 기분이라는 것인지 얼떨떨했다. 몇 년이 지난 후 각종 학위증을 전시해도 될 만큼 큰 나만의 사무실을 사용했을 때, 나는 그때 받은 상장을 학위증 바로 옆에 걸어 두었다. 그것은 내가 지금까지도 가장 소중하게 여기는 상이다.

종료식이 끝난 후 2주가 지났을 때 레이첼과 나는 보스턴 퍼블릭 가든에서 우리 동기 몇 명을 포함해 친한 친구들과 가족을 초대하여 조촐한 결혼식을 올렸다. 공원 안에 있던 수십 명의 사람들이 가던 길을 멈추고 결혼식을 구경했다. 우리의 사랑을 완전히 공개적으로 기념하게 된 역설적인 상황에 웃음이 났다.

혼인 서약을 낭독하는 동안 우리는 몹시 긴장했고 목소리가 떨렸다. 그날 두 번이나 결혼식이 중단됐던 사건이 일어났다. 웬 남자가 화려하게 옷을 입고 시끄러운 80년대식 대형 라디오를 어깨에 올린 채 공원 주위를 돌아다녔기 때문이다.

레이첼과 나는 서로 마주 보고 웃으며 잠시 긴장감을 내려놓고 그 순간을 즐겼다. 잠시 후 나는 레이첼에게 앞서 맞춘 완벽한 반지를 끼워 주고 그녀의 손을 잡았다. 소박한 결혼식이 다 끝났을 때 우리는 안도의 한숨을 내쉬며 함께하게 된 것을 감사히 여겼다. 우리의 여생이 우릴 기다리고 있었다.

우리는 동시에 2주 동안 휴가를 낼 수 있는 9월까지 신혼여행을 미루기로 했다. 레이첼과 결혼식을 올린 지 이틀 후에 나는 교수진으로서 새 출발을 위해 롱우드로 돌아왔다.

나는 4년 전 막연하게 상상했던 하버드의 정신과 의사처럼 되지는 못할 것이다. 수준 있게 격식을 차리기에는 그동안 수없이 목격한 환자들과 그들을 도우려는 사람들 사이에 형성된 인간적인 공감대가 더 중요하기 때문이다. 그런 정신과 의사를 꿈꾸었던 내 마음속 공간은 이제 주위 사람들과 소통하고, 그들에게 헌신하며, 목적의식을 갖고 정진하는 것의 의미를 깨닫게 해준 힘겹게 얻은 진실들로 채워져 있다.

우리 동기들은 레지던트 수련이 끝나고 각자 다음 단계의 삶을 위해 전국으로 뿔뿔이 흩어졌지만 3년이 지난 후 한 동료의 죽음을 애도하기 위해 보스턴으로 모두 모였다. 닥터 크리스틴 페트리치는 소중한 우리의 동기였고, 4년 동안 나의 좋은 친구가 되었다.

하버드 롱우드를 떠난 후 우리는 서로 거의 연락하지 못했지만 그동안 그녀는 명망 있는 법정신의학 전임의 과정을 수련한 후 가족이 있는 텍사스 주의 한 의대에서 교수가 되었다. 그런데 어느 날 아침 우리는 그녀가 스스로 목숨을 끊었다는 뉴스를 들으며 잠에서 깼다.

우리 모두 큰 충격으로 가슴이 아팠다. 우리는 각자 자신만의 방식으로 그녀의 자살을 이해해 보려고 노력했지만, 우리가 그 문제를 같이 의논하지 않으면 그녀의 죽음을 온전히 애도하는 것이 아니라는 생각이 들었다. 니나가 자신의 집으로 우리 모두를 초대했고, 젠도 그 자리에 참석했다. 너무 멀리 살고 있는 몇몇 사람들은 전화로 참석하기도 했다.

그날 밤 우리는 저녁식사를 하며 마지막 감정 수업을 가졌다. 이야기를 나누며 우리가 느낀 슬픔을 공유했다. 이 세상은 아주 특별한 한 사람을 잃었다. 나는 크리스틴을 위해 내가 할 수 있는 일은 없었는지 혼란스러워하는 마음을 털어놓았고, 다른 사람들도 그것과 똑같은 의문과 후회로 마음의 갈등을 겪고 있다고 말했다.

우리는 자살을 방지하는 전문가였지만 우리 중 한 사람을 보호하지는 못했다. 하지만 따로 시간을 들여 우리가 놓친 위험 신호를 논의하고 싶은 마음은 잠시 접어 두기로 했다.

우리가 알아낼 수 있는 친구의 삶에 드리운 위험 요인이 무엇이든 슬픔을 해소하는 데 도움이 되지도 않고 그런 요인들보다 그녀의 지성과 업적, 그리고 가족과 친구에 대한 사랑 등 훌륭하고 귀중한 삶의 모습들이 더 중요하기 때문이다. 누구나 크리스틴과 같은 상황이 될 수도 있었기에 우리는 그녀의 죽음을 통해 삶의 소중함을 더 깊이 느끼게 되었다.

그날 저녁 모임이 끝나갈 무렵 우리는 친구를 위해 눈물을 흘리며 특별한 사람이었던 그녀를 추모했다. 그리고 앞으로는 망설이거나 거리끼지 않고 서로를 지켜 주기로 결심했다. 헤어지는 인사말을 나눴을 때 우리는 처음 만났을 때보다 더 힘껏 포옹을 하며 더 큰 마음의 평화를 얻었다.

옮긴이 박귀옥

아주대학교 심리학과를 졸업한 후 다년간 기업체 번역 및 통역을 담당했다. 현재 번역에이전시 엔터스코리아에서 출판 기획 및 전문 번역가로 활동하고 있다. 역서로는《프로이트 심리학 강의: 프로이트가 말하는 정신분석의 모든 것》이 있다.

정신과 의사를
만났습니다

초판 1쇄 인쇄일 2021년 10월 18일
초판 1쇄 발행일 2021년 10월 25일

지은이 애덤 스턴
옮긴이 박귀옥
발행인 이지연
주간 이미숙
책임편집 정윤정
책임디자인 이경진
권지은
책임마케팅 이운섭
경영지원 이지연

발행처 ㈜홍익출판미디어그룹
출판등록번호 제 2020-000332 호
출판등록 2020년 12월 07일
주소 서울시 마포구 독막로18길 12, 2층(상수동)
대표전화 02-323-0421
팩스 02-337-0569
메일 editor@hongikbooks.com

제작처 갑우문화사

ISBN 979-11-9142-052-4 (03840)